Yazar Hakkında

Çocukluğunda en sevdiği oyuncakları matematik ve fizikti. Bu yatkınlığı ona İstanbul Teknik Üniversitesi Gemi İnşaat Mühendisliği'ni kazandırdı. Üniversite yıllarını ise kelimeler, insanlar ve yaşamdaki matematiği keşfetmekle geçirdi.

Henüz 26 yaşındayken çıkarttığı "Elif Gibi Sevmek" kitapları 1 milyon baskıyı geçti. Ardından *Eyvallah*, *Eyvallah-2* ve *Fesleğen* kitaplarını çıkarttı. Son kitabı *Ne İçin Varsan Onun İçin Yaşa* ile birlikte tüm kitapları toplam 2,5 milyon adedi geçti. Youtube ve Instagram'da milyonlarca üyesi olan bir aile ile üretmeye, paylaşmaya devam ediyor.

En büyük yeteneğinin "hayal kurabilmek" olduğunu söyler. Kitlesel değişimlerin mümkün olduğuna inanır ve Youtube kanalında videolar, sosyal medya hesaplarında yazılar, kitaplarında da kurgular ve Avrupa'nın birçok ülkesindeki seminerleriyle kitlesel uyanışı sağlamaya çalışmaktadır. Tüm bu yaptığı şeyleri hayatını adadığı yaşam felsefesini insanlara aktarma aracı olarak kullanmakta ve bunu tüm dünyaya yaymayı amaçlamaktadır.

DESTEK
yayınları

DESTEK MEDYA GRUBU

DESTEK YAYINLARI: 1513
EDEBİYAT: 447

HİKMET ANIL ÖZTEKİN / NE İÇİN VARSAN ONUN İÇİN YAŞA

İmtiyaz Sahibi: Yelda Cumalıoğlu
Genel Yayın Yönetmeni: Ertürk Akşun
Yayın Koordinatörü: Özlem Esmergül
Editör: Özlem Esmergül
Son Okuma: Devrim Yalkut
Kapak Tasarım: İlknur Muştu
Sayfa Düzeni: Melike Doğan
Sosyal Medya-Grafik: Tuğçe Budak - Mesud Topal

Destek Yayınları: Ekim 2021
Yayıncı Sertifika No. 13226

ISBN 978-625-441-404-6

Abdi İpekçi Caddesi No. 31/5 Nişantaşı/İstanbul
Tel. (0) 212 252 22 42 – Faks: (0) 212 252 22 43
www.destekdukkan.com
info@destekyayinlari.com
facebook.com/DestekYayinevi
twitter.com/destekyayinlari
instagram.com/destekyayinlari
www.destekmedyagrubu.com

Destek Dukkan

Deniz Ofset – Çetin Koçak
Sertifika No. 48625
Maltepe Mahallesi
Hastane Yolu Sokak No. 1/6
Zeytinburnu / İstanbul

DESTEK yayınları KARAKARGA BEYAZ BAYKUŞ genç DESTEK

HİKMET ANIL ÖZTEKİN

NE İÇİN VARSAN ONUN İÇİN YAŞA

BİR ARAYIŞIN ROMANI

İmzadan önce beklerim...

Okumaya Başlama Tarihi ....../....../.........

İmza Tarihi ....../....../.........

Bu kitapta bahsi geçen tüm
kişi, isim, tarih, mekân ve olaylar gerçektir.

Bu dünyaya hâlâ daha alışamamış,
tanıdığım ve tanımadığım herkese...

I. KISIM

"Tüm muhteşem hikâyeler iki şekilde başlar.
Ya bir insan bir yolculuğa çıkar ya da şehre bir yabancı gelir."

Tolstoy

1. Girona

1974 Aralık, Girona

Bazen rüyayla gerçeklik arasında gidip gelir ya insan ne oraya aittir ne buraya. Uyanık mıdır uykuda mı, belli değil... Çok ince bir çizgidir orası ve başı nereye devrilirse oradadır aslında.

Benim de hangi tarafta olduğum belli değil. Başım ne yana düşmüş anlamıyorum. Sanırım uyanığım...

Derinlerden gelen hırıltılı öksürük sesinin giderek yükselmesi tedirgin ediyordu beni. Başım uyanık tarafa düşmüştü belli ki...

Nereden geliyordu bu ses?

Neden bu kadar kederli, yorgun ve hasta?

Gözlerimi araladım endişeyle. Beni neyi beklediğinden emin değildim. Hatta nerede olduğumu bile anlamadım önce...

Katalonya'da dört nehrin kesiştiği Girona'daki büyükannemin köy evindeyim... Hava henüz aydınlanmamış... Serin bir sabah kokusu var odada... Güneş ha doğdu ha doğacak...

Kendime gelmem bir süre aldı ve zihnim her şeyi yerli yerine oturtunca o hırıltılı öksürüğün kime ait olduğunu çıkarabildim...

Yıllardır hasta yatağında yaşamaya mahkûm düşmüş zavallı dedemin kederi çınlıyor iki katlı taş evimizde...

Bu konuda ne yazık ki yapabileceğim hiçbir şey olmadığını biliyordum. Hem çocuktum hem de doktor değil. Eğer su ya da ilaç isterse de büyükannem vardı yanında. Sakince tekrar gözlerimi kapayıp uykuya geçmeyi denedim ama olmadı.

Büyükannemin sesine benzettiğim ağlamaklı, iniltili bir sayıklamayla kıyıldı içim. Ne kadar acılı ve çaresiz bir iniltiydi o öyle...

Sanırım alt kata yanlarına inmem gerekiyor. Uykum çoktan kaçmış, içime bir huzursuzluk dolmuştu.

Büyükbabamın yıllardır sabahlara kadar süren öksürüklerine alışkındım ama büyükannemin ağlaması öyle değil... Çocukluğumdan beri gözünden bir damla yaş süzüldüğünü görmemişimdir.

İşin içinde bir tuhaflık olduğu belli...

Bedenimi sürüyerek yavaşça kalktım yataktan, odamın kapısını araladığımda aşağıdan yükselen sesler hızlıca tırmanıverdi merdivenleri... Şimdi daha iyi duyabiliyordum onları...

Sanki birini uyandırmamaya çalışıyormuş gibi merdivenlerden indim, oysaki evde üç kişiydik ve öyle görünüyor ki kimse uyumuyordu. Zaten ahşap basamaklardan inerken bir çocuk olarak en az sesi de ben çıkarırdım.

Odaya girdiğimi fark eden büyükannem ağlamaklı yüzünü benden saklayıp çevirdi hemen. Perişandı hali... İnce telli, bembeyaz saçları darmadağın düşmüş, kurumuş topraklardan daha çatlak görünen susuz alnına. Dokunsam paramparça dökülecek gibi... Gece boyunca uyumadığı her halinden belli... Büyükbabamın başında bekliyor hâlâ... Yatağın bir ucuna kapaklanıp, gömdü yüzünü örtülere... Arkasından usulca yaklaşıp beyaz saçlarını kenara çekip taşıdığı yüklerin altında ezilmiş zayıf omzundan öptüm.

"İyileşecek değil mi büyükanne?"

"Elbette iyileşecek yakışıklım..."

Ağlamamak için direnen tunçtan bir kadın heykeliydi adeta. Hayatım boyunca hayran kalmıştım onun bu dirayetine, gücüne ve sabrına...

Bakışlarımı büyükbabama çevirdiğimde korkuyla doldu içim. Rengi iyice solmuş, derisi erimiş, küçüldükçe küçülmüştü bedeni. Çektiği ıstırabı dindirmek için masanın üzerinde bekleyen ilaç kutularını ağzına ulaştırmaktan başka bir şey gelmiyordu elimizden.

İçimdeki çaresizliği sezen büyükannem, "Doktoru aradım..." dedi. "Güneş doğmak üzere, gelirler birazdan."

Anı biriktiremeyecek kadar küçük bir yaşta, trafik kazasında kaybetmiştim annemle babamı... Aile içinde, huzurla ve güvenle büyümenin ne demek olduğunu bana hiç tattırmayan hayat, var gücüyle bana babalık yapmaya çalışan adamdan da ayrılma vaktimin geldiğini fısıldıyordu şimdi.

Duyuyorum. Ölüm bir kez daha sevdiklerimin peşindeydi...

Daha önce birçok kişinin öldüğünü duymuştum ama o gün ilk kez bir yakınıma şahit oluyordum...

2. Görecelik Kuramı

2005 Haziran, İstanbul

Müsvedde hayatlar yaşıyoruz, öylesine ciddiye almadan, özenmeden. Hep bir gün toparlarız düşüncesi var kafamızda. Hepimiz hiçbir zaman gelmemiş ve gelmeyecek o gün umuduyla yaşıyoruz. Ben artık müsvedde bir hayat yaşamak istemiyorum.

Düşünmemek için büyük çaba gösteren insanların hızlı ve yoğun dünyalarında yaşıyor olmama rağmen, düşüncelere sevk olmaya can atan tuhaf mizaçlı bir genç olarak hep çok sevdim felsefe derslerini...

Mühendislik fakültesi öğrencisi olduğum için felsefe derslerinden muaf tutulsam da, misafir öğrenci olarak katılmaya devam ettim. Hatırlıyorum da hocayı ikna etmem çok da kolay olmamıştı.

Beni gözünüzde zayıf, gözlüklü, ciddi bir mizaca sahip, matematik konularında her soruya çok hızlı cevap verebilen ancak basit sorulara, sosyal konulara cevap vermek için epey süreye ihtiyacı olan bir genç olarak canlandırabilirsiniz.

En büyük meşguliyetim kendi düşüncelerim. Zaten bir insanı kendi kafasının içinde ürettiği evrende olup bitenlerden daha çok ne yorabilir ki?

Derslerine dışarıdan katılmam konusundaki yıpratıcı ısrarlarımı artık karşılıksız bırakamayacak noktaya gelen sevgili hocama, bütün eğitim dönemi boyunca bir kez bile devamsızlık yapmayarak teşekkür etmiştim. Biliyorum, hiçbir zaman unutamayacaktır beni.

Doğru cevaplardan çok fikirlerle ilgilenildiği için felsefeye meraklıydım. Mühendislik okuduğum için çok sevdiğim bu alandan uzak kalmaya razı olamazdım. Her felsefe dersine severek, büyük bir iştahla ve coşkuyla katıldım dışarıdan.

Çünkü düşünceye vakit ayırmadığım bir dünyadan hep korkmuşumdur. Buna özel bir ilgi göstermediğinde hayatın önüne koyduğu gündelik işlerden kaçamayacağımı düşünürüm.

Belki artık o yoktu buralarda ama bir gün geri döneceği ihtimaliyle hayata kaldığım yerden devam etme çabamı yadsıyamazdı kimse. Bu arada size ondan bahsedeceğim.

Birazdan bitecek felsefe dersinde büyük fizikçi Albert Einstein'ın "Bilgi sizi A noktasından B noktasında götürür ama hayal gücü her yere" sözüyle Mevlana'nın tefekkür tahayyülünü harmanlayarak döktüm içimi amfide... "Bunu da dönem sonu hediyem sayarsın artık hocam" dedim yüzüme pek de alışkın olmadığı tebessümü giydirerek.

Hikâyemin henüz çok başındayken sizi korkutmamak için hocamla derste neler konuştuğumuzu uzun uzadıya anlatacak değilim, merak etmeyin. Belki sonra...

Hayır, ne konuşacağımızı unutmam katiyen. Sevdiğim şeyleri unutmam mümkün değil çünkü... Felsefeyi, derin düşünmeyi, matematiği ve onu... Bütün bunların hepsi benim için bir soluk alışverişi, bir göz kırpışı kadar tabii ve yaşamsal. Ve düşünmeyi çok severim ben, zaten insanı yaşadıklarından çok düşündükleri çıldırtırmış.

Muhtemelen kafanızda hayata dair birtakım sorularınız vardır sizin de. Yani umarım vardır.

Üniversiteye girdiğimden beri hayat, yaşam, ölüm, başarı, değer ve anlam üzerine sorduğum sorular iyice arttı. Sorduğum sorular aylar sonra cevaba, cevap diye bildiklerimse soruya dönüşüyor sürekli. Bilmiyorum belki giderek olgunlaştığım içindir ya da belki üzerime aldığım sorumluluklardandır.

Elbette her zaman, her ortamda cesurca sorabildikleri kadar, kendiyle bile tartışmaktan imtina edeceği sorunları olabiliyor insanın bazen... Benim de öyle...

Sorular ve cevaplar birbirine karıştığında ve işin içinden çıkamayacağımı düşündüğümde her zaman hep sevgi yetişir imdadıma. Öylesine kolay ve kendiliğinden çözülür ki o vakit her şey...

Sorularını da, merakını da, bilinmezliği de sevmeli insan...

Çünkü eğer insan güzel düşünmeyi anlayabilirse felsefe dersine gönüllü giren tek mühendis olur, eğer insan güzel sevmeyi öğrenebilirse uğruna yaşadığı şeyi gözüyle görmese de olur, eğer insan güzel yürümeyi becerebilirse gideceği yere varmasa da olur ve eğer insan beklemeyi sevebilirse o gemi limana hiç yanaşmasa da olur...

Bugüne kadar hayatta başıma gelen en güzel şey gönüllü olarak girdiğim felsefe dersinde gerçekleşmişti. Herkesten gizlediğim bir düşünce gezegenim vardır benim. İçerisi bazen çok karışık, bazen çok sakin, bazen fazla fırtınalı, bazen karanlık, bazen loş... Elbette tüm gayem düşünce gezegenimde elektriği icat edip ya da güneşi tutup getirip aydınlanmayı yaşamak...

Bir süredir hep gitmek fikri var kafamda. Öyle alıp başını kaybolmak değil, yakalanmak, bulunmak, kavuşmak hevesiyle gitmek... Büyümek, öğrenmek, anlamak için gitmek... Dönmeyi düşünmeden ama dönebilme ihtimalinin huzuruna da tutunarak gitmek...

Müthiş bir devrimdir gitmek. Ataleti kabul etmemek, söküp kurtulmaktır.

Olağanüstü bir başlangıç...

Bir sınav...

Bir serüven...

Sıkı bir ders...

Sağlam bir öğreti...

Hatta belki çaresizliğimin çaresi...

Dönüşünü beklemektense peşine düşmenin en güzel bahanesi...

Öyle ya...

İşte buydu aylardır kafamın içinde dönen gitme hikâyesi...

Onunla bir hayalimiz vardı bizim. Birlikte planlanmamış, hesaplanmamış bir yolculuğa çıkacaktık. Yol nereye götürürse, yolun bize yazdığı kaderi yaşamayı öğrenecektik. Neden vazgeçmiştim ki bu fikirden? O artık yok diye, yol da mı bitmişti sanki? Belki yolun bir yerinde karşılaşırdık yine, olamaz mı? Belki üzerimize düğümlenen yollar çözülüverirdi bir durakta, yeni kaderler açılırdı önümüze.

Gidişine alışmaya çalışmak yerine onu bulmak için çabalamak birlikte yapamadığımız yolculuğa onu içimde taşıyarak çıkmak başlı başına bir isyan, bir ayaklanma, bir aydınlanmaydı benim için.

Elimde önceki gün kütüphaneden ödünç aldığım Furuğ Ferruhzad'ın bir kitabı. Ve içinde sayfasını kırdığım mısralar.

"Her zaman bir aralık vardır
Pencere ile görmek arasında.
Niçin bakmadım?"

Ben bakacaktım. Gerçekle görmek arasında ne kadar mesafe varsa hepsini aşıp görmem gereken, bilmem gereken ne varsa deneyimleyecektim.

"Gidiyorum" dedim. Sorun bunu farkında olmadan sesli söylemiş olmamdı. O sırada amfide derste olduğumun farkında bile değildim.

Önümdeki sırada oturan kızlar dönüp "Hayırdır nereye?" deyince panikledim, "Bir şey söylemedim" deyiverdim sadece.

"Ders bitmedi ki..." dedi içlerinden biri. "Hoca ders anlatırken çıkıp giden öğrenciye ifrit olur. Beş dakika daha bekle."

Neyse ki kızlar konunun daha fazla uzamasına izin vermediler. Anlamsız bakışlarını hocaya çevirip dersi dinlemeye devam ettiler.

Aylar önce onun gidişinin ardından üzerime yığılan acı yükünü sırtımda her hissettiğimde, her sokak lambasının ölgün ışığında, her kırık kaldırımda, İstiklal Caddesi'nde her sütlü mısır yiyişimde, her akbil sesinde, martıların vapurdan atılan her simit parçasını kapma çabasında, farkında bile olmadan için içe çoktan vermiştim aslında bu kararı...

Gitmeliydim.

Hayatta bazı anlar vardır ki ne olmak istediğiniz yerde duruyorsunuzdur ne de gitmek istediğiniz yere doğru bir adım bile atacak haliniz vardır.

Kafanızın içinde birbiriyle çarpışıp duran binlerce fikir gezinirken özenle planlanmış bir yol sizi bütün karmaşaların içinden alır ve olmanız gereken yere götürür. Nereye ait olduğumu bilmiyordum ben artık. Ne yerdeydim ne gökte... Ne hayattaydım ne toprakta. Ne cehennemdeydim ne cennette... Adresim yok, tarifim yok, anlamım yok. Yol beni nasılsa götürürdü ait olduğum yere. Hiç değilse tıpkı onun her fırsatta dediği gibi yol bir kader yazardı nasıl olsa. Benim yeni bir kadere ihtiyacım vardı. İsmimi bile unutmuştum artık. Benim yeni bir ismim olmalıydı.

Ders boyunca bu derin düşüncelerimin deryasında yüzerken telefonumun şarjının bitmek üzere olduğunu haber veren sevimsiz sinyal sesiyle kendime geldim. Amfi çoktan dağılmış...

Şarjının bitmesi sanki suçmuş gibi bir tavırla "Fazla bile dayandın" deyip çantama attım telefonumu... Sadece ve daima sol omzuma taktığım, içi ders kitaplarım dışında kitaplarla dolu çantamı kaptığım gibi biyolojik navigasyonuma "Kampüs çıkış kapısı" yazarak amfiden ayrıldım. Bir gencin rast gelebileceği en güzel şeylerden biri muhteşem bir kütüphane olan Mustafa İnan Kütüphanesi'ne ödünç kitabı teslim edip yola koyuldum.

Dünyanın insanlara armağanıdır ilkbahar mevsimi. İyi hissediyordum kendimi. Aylar sonra ilk defa garip şekilde güçlü, enerjik ve heyecanlı... Bitmişti işte... Onun yokluğuna alışmak için çırpınıp durmayacaktım bu karanlık kör kuyunun içinde. Çıkıp gidecektim ben de. Birlikte hayal ettiğimiz o hesapsız yolculuğa çıkacaktım. Bu onu bulabileceğim anlamına gelmezdi belki ama kendime yeni bir kader yazacağım muhakkaktı. Üstelik onu bulabilme ihtimalinin peşinden gitmek de başka bir ümit, başka bir yaşam coşkusu salıyordu sanki içime...

Tam bin beş yüz elli metre vardı çıkış kapısına... Einstein haklıydı, zaman görecelidir, keyfim yerindeyse bu uzun yol sadece birkaç dakikamı alıyor, ama onu hatırladığımda yol bitmek bilmiyordu.

Tabii ki size ondan daha çok söz edeceğim. Hem de uzun uzun, seve seve anlatacağım... Benim kadar siz de seversiniz eminim... Ama önce şu kampüsten bir çıkalım...

Bir buçuk kilometrelik yürüme mesafesine sizce ne kadar düşünce, müzakere, çatışma ve hayal sığar?

Evet zaman görecelidir ve eğer âşıksanız, kısa bir yolculukta bir kitap dolusu düşünebilirsiniz...

3. Bir Buçuk Kilometre

Zihnim kontrolüm dışında milyonlarca düşünceyi sakinleştirmeye çalışırken, ayaklarım her adımımı bir sonraki kaldırım taşının tam ortasına getirme alışkanlığımla kampüsün çıkışına doğru ilerliyordum. Sakinim bu kez... Belki bundan sonra neler olacağının bilinmezliği içimi huzursuz etmiyor değil ama gidecek olmamın kararı günahıyla sevabıyla direnç veriyordu bana.

Gitmek için nasıl da uygun bir zamandı aslında. Okulun son haftasıydı zaten. Bahar dalları önümüzde tatlı bir yaz mevsimini müjdeliyordu. Bahçe bazen bembeyaz, bazen tozpembeydi... Önümde uzun ve sıcak bir yaz vardı.

Üniversiteliler başka bir heyecanlı oluyor okulun son haftalarında. İçlerinde dizginlenemez bir coşku. Sanki bir yanları çocuk kalmış, diğer yanları yetişkin olma çabasında... Tatil zamanlarında çocuk tarafları daha ağır basıyor hepsinin... Çoğunun tepesindeki düşünce balonlarını okuyabiliyorum. Geziler, yaz kampları, deniz, çadır, dağ, yamaç. Ege'de tatil planları, Akdeniz'de akraba ziyaretleri...

Kampüste türlü çeşitli tatil planları havada uçuşurken ben tam bir Antarktika sessizliği gibi yürüyordum... Nereye gideceğimi bilmiyorum ama gitmek istediğimden eminim ve hazırım beni bekleyen bütün bilinmezliklere...

Düşünmeyi sevmek beni soğuk biri gibi gösterebiliyor ancak aslına bakarsanız sevilen biriyim okulda... Kimseyle içlidışlı olamam ama herkes tarafından sevilirim.

Söylemek bazen incitiyor beni fakat saklamak da istemiyorum sizden. Arkadaşlarımın beni "gerektiğinde iletişime geçilecek biri" olarak gördüklerini düşünüyorum. Bu minvalde bir şeyler çalınmıştı daha önce kulağıma. Hakkımda sorular soran birine "O mu?" demişti bizim hazırcevaplardan biri... "Gerektiğinde konuşursan iyi çocuktur."

Okul arkadaşlarımın büyük bir heyecanla organize ettikleri yıl sonu partilerinin hiçbiri gerektiğinde iletişime geçilecek bu çocuğu hiç heyecanlandırmıyordu. Umurumda değildi bütün bunlar. Aklımdaki yol fikri, bütün dünya keyiflerinden daha fazla çekiyordu beni kendine.

Bir yazarın sözleri geliyordu aklıma... "Bazen, akışına bırakmak gerekir yaprakları, suyu, mevsimleri, olayları ve insanları" diyordu ya... Bazen yola teslim olmak gerekirdi sahiden. Yolun aktığı yöne güvenmek... Neler olacağını bilmesen de olanın zaten hayırlı olacağından emin olmak.

Büyükler insanın aşksız yaşayamayacağını söylerler.

"Peki ya aşk yüküyle yaşanır mı hiç?" diye düşünürdüm ben de... Biliyorum, serde gençlik var tabii. İnsan âşık olup da nasıl devam edebilirdi ki hayata? Bu yükle yaşanır mıydı hiç?

Üzerindeki yükle sarsılmadan ayakta durabilir miydi bir aşkzede?

"Yaşamın anlamı için leylayı bul" diyen büyükler, leylayı bulduktan sonra onsuz yaşamanın da formülünü vermişler miydi?

Leylayı bilmeden yaşamak mı, bilip de onu hiç göremeden yaşamak mı?

Hangisinin daha ağır olduğunu bu derdi sırtında taşıyanlar dışında kimse bilemezdi bana göre ki bu bilgi tüm yaraları iyileştirecek yegâne güç, yegâne eylemdi...

Tam iki yıl önce...

Soluk renkli şehrimin sokaklarında birden renkli çiçekler mi açtı desem, yoksa ansızın gidişiyle bütün umut çiçeklerimi soldurdu mu desem, bilemedim.

İlk kez gökyüzüne bakmak için bir sebep bulmuştum mu desem, yoksa gökyüzümü benden alıp gitti mi desem?

Bazen canımızı sıkan şu hayata da kızamıyorum. Onu da anlamak lazım bir yerde. Milyarlarca insanın hepsini her an nasıl mutlu edebilsin ki? Herkesin yanına istediği kişiyi nasıl yazsın ki? Hadi yazdı diyelim, onu hep aynı yerde nasıl tutabilsin?

Âşıklara yazılmış bir dünya kanunu mudur ki vakti gelince hayal kırıklığına uğramak? Tam da en güvenli ve en huzurlu hissederken, bir zorunluluk mudur sanki âşığı bırakıp gitmeler?

Evet ben de âşık oldum... Hem de çok...

Yaşadığım 21 yılın sadece iki yılının yaşanılabilir olduğunu hissettiren birine âşıktım.

Hayatımın en güzel anısıdır o. Yaşadığım en güzel hikâye... Yarım kalan bir hikâye üstelik. Bir yaşam düsturu... Bir kader cetveli... Bir aşk çemberi...

"Sana bir hediyem var..." demişti. "Sadece birkaç cümle aslında, bilmiyorum ben çok hoşlandım ve tanıdık geldi bana okuduklarım. Al sen de oku bakalım tanıdık gelecek mi?"

Dörde katlanmış bir A4 ve üzerinde "Senin için" yazan hediyemi bir heyecanla açıp okumuştum hemen. Dünyada kaç kişi benim kadar mutlu olabilirdi ki o an?

"Görülemez, duyulamaz, dokunulamaz bir bilinmezdedir bu çember. Kaç yıl süreceği hesaplanamaz, çevresi ölçülemez. Ne beden dayanabilir bu yola ne de bir ruh. İnsanın ömür dediği şey çemberi kat edebilme sanatıdır. Ömür sanatını güzelleştirecek en büyük güç ise çemberin özü, sebebi olan aşktır. Bu sebeple insanın ömür döngüsüne 'aşk çemberi' denir. Her insanın doğduğu ve öldüğü nokta birdir. İnsanın yolculuğu başladığında başka yere değil sadece doğduğu yere varabilir. Uyanamadan çemberi tamamlayanlar elem bir neticeye, sırrı keşfedip uyanarak tamamlayanlar ise hakikate varırlar..."

Bu sözler kafamın içinde ışığın büyüsüyle sarhoş olmuş pervane kelebeği gibi dönüp durmaya başlamıştı. Başımı kaldırdığımda onu son kez gördüğümün farkında bile değildim. Nerden bilebilirdim ki? Bilsem neyi değiştirebilirdim ki? Ondan, neden ve nereye gittiğinden bahsedeceğim. Şu bir gerçek ki geçen sekiz ay boyunca onsuzluğa alışamadığım gibi, sanki daha dün çekip gitmişçesine tazedir yaralarım.

Bakın gördünüz mü? Bir buçuk kilometrelik bir yola neler sığıyor... Aşk, umut, sevinç, coşku, huzur, ayrılık, hayal kırıklığı, bilinmezlik, yıkılış, arayış ve hatta kaçış...

Sadece bu bir buçuk kilometrelik patikayı geçerken beynimin içinde dalgalanıp duran şeyler bunlar... Kendimi toparladığımda anlatacağım her şeyi...

Üzerimdeki ıstırabını aylarca atamadığım o kara ayrılık, ailemin beni hayatım boyunca hep yalnız bırakması ve anlamlandıramadığım her şeyin hep bana denk gelmesi son bir yıldır öylesine yormuştu ki beni, her dolduğumda yutkunarak içime yolladığım o acıklı duygu, çıkış kapısına vardığımda patladı birden. İnşaat fakültesinin önünden çıkış kapısına kadar uzanan sağı ve solu ağaçlarla dolu o büyülü yolun son metrelerinde kendimi tutamayıp hıçkıra hıçkıra ağlamaya başladım.

4. Laktozlu Süt

Daha önce hiç tesadüf etmediğim bir sokaktan geçiyorum. Henüz tanışmadığım bir arnavutkaldırımı sanki yüz verirsem bir dolu hikâye anlatacakmış gibi bakıyor bana. Yorgun ama dayanıklı bir kaldırım. Üzerine basan her ayağın tarihini hatırlıyor belli ki... Beni de hatırlasın istiyorum. İçimdeki yaralarla ve gitmek coşkusuyla dolu yüreğimle hatırlasın beni...

Yeni yıkanmış çarşaflardan sabun kokusu yayılıyor sokağa, çamaşır iplerine uzanan buruşmuş, bakımsız eller sallanıyor havada... Bir gömleği eteklerinden çamaşır ipine sımsıkı tutturmuş renkli mandallar çekiyor dikkatimi, pencerelerin önünde mahallenin yerlisi mormenekşeler...

Hava sıcak, mevsim bahar sonu, hafif ılık esintili bir akşam vakti... Sokağa nasıl da yakışıyor bu hava, bu esinti ve üstleri başları toz içinde bu çocuklar...

Kendi çocukluğum geliyor aklıma... Oyunlarımızdan hatırladığım o coşkulu sesler bu sefer anılarımın içinden değil şu an yürüdüğüm sokağı yakan top, ebeleme, seksek oyunlarıyla dolduran çocuklardan geliyor kulağıma.

Bir tanesi evlerden birinin penceresine doğru kaldırıyor başını:

"Anne! Su sal anne!" diye bağırıyor avaz avaz. Yukarıya bakmasanız gökyüzünden indiğini düşüneceğiniz bir sepet sarkıyor cumbadan, yeşil bir çamaşır ipinin ucunda.

Geceleri annemin beni uyutmak için okuduğu masallardan sonra yaptığım gibi yine hayaller kurarak geçiyorum sokaktan, köşedeki kıraathanenin dışarı taşmış masalarına yaklaşıp hasır bir tabureye oturuyorum.

Çaydanlıkta kaynayan suyun sesi vuruyor binaların duvarlarına. Kendinden büyük mavi önlük giyen çocuk elinde yine kendinden büyük bir çay tepsisiyle yanıma geliyor. "Çay ister misin abi?"

İstediğim iki çayı masama bırakırken ikincisinin kime olduğunu merak eden masum bakışlarını yakalıyorum yüzünde.

"Biri bana diğeri çocukluğuma" diyorum...

"Mutlu aileler birbirine benzer, her mutsuz aileninse kendine özgü bir mutsuzluğu vardır" der ya Tolstoy, benimki hangisi bilmiyorum.

Biz ne mutlu bir aileydik ne de mutsuz...

Mutlu sayılırdık bir yerde, çünkü manevi bir çemberin içinde birbirimize var gücümüzle bağlıydık. Mutsuz da sayılırdık çünkü zaman zaman birbirimizin sesini, ışığını kaybeder, uzun müddet bulamazdık. O daracık çemberin içinde nasıl olur da yitirirdik birbirimizi aklım almaz hâlâ...

Babam hep anlatır. Büyüdüğümde ne olacağım sorulduğunda, kuşlardan bahsedermişim çocukken. Bir gün martılardan, bir gün kartallardan, bir gün albatroslardan... Aslında ne pilot olmaktı mesele ne de çocukluğumdan beri gözüme korkunç görünen başlıklar takan astronotlara özenmek... Şimdi anlıyorum ki kuşların özgürlüğünü çekiyor içim, derinlerde bir yerlerde. Kuşlar gibi gökyüzünde süzülebilmek, kuşlar gibi düşündüğüm an sevdiğim yere gidebilmek isterdim.

Velhasıl kelam benim hayalim özgürlüktü hep... Üniversitede üçüncü dereceden integral çözerken de çocukken annemin koynuna başımı yaslayıp uykuya dalarken de, miladım saydığım onunla karşılaştığım gün de...

Sevmenin özgürlükle ne ilgisi var ama değil mi?

Ya da sevmekle özgürlük farklı şeyler mi?

Hepsinden bahsedeceğim.

Birkaç haftadır ilk kez eve gelmeme rağmen kimse oralı olmamıştı. Annemle babam yine dünyadan ama en çok da benim dünyamdan habersiz, modern çağın uyuşturucusuna kendilerini yine gönüllü maruz bırakarak televizyonda dizi izliyorlardı. Kardeşim tabii ki dışarıda... Ya nerede olacaktı, ne münasebetle bu saatte evde olacaktı? Görülmüş şey değil...

Üzerimi değişip babamın yanına gittim. Belli belirsiz bir selamlaşma geçti aramızda her zamanki gibi... Olsa da olur, olmasa da olur cinsinden.

"Bugün okulun son günüydü..." dedim. "Eşyalarım yurtta. Size de uğramak istedim ne yapıyorsunuz diye."

Sanırım ekrandaki hareketli sahnenin geçmesini bekledi bir süre. Sonra paketten bir dal sigara alıp yaktı. Sanki ıssız bir dağ tepesinde yaktığı kamp ateşinin harlamasını beklemeye başladı.

Dinlemiyordu galiba beni ya da üzerinde durmadı söylediğim şeyin...

Kendimi bildim bileli benimle ilgilenecek vakti bulamadı bir türlü... Sigarasıyla daha çok ilgilendiğini söyleyebilirim. Hep çözemediği bir derdi varmış gibidir babam. Hep uzaklarda, hep yalnız ve hep mutsuz... Televizyon, içine dalıp saklanabildiği bir mağaraydı onun için... Belki de hayal ettiği hayat için mücadele etmek yerine onu televizyonun içinde arıyordu. O hayata sahip olmak yerine olanları izlemeyi tercih ediyordu.

Bu yüzdendir ki ailemle büyümeme rağmen ailesiz büyümüş insanları daha çok anlarım. Babamdan ileride bahsedeceğim ama öncesinde hiç unutamadığım bir anımı aktarmak isterim size...

Annem, dedemin rahatsızlığı yüzünden birkaç haftalığına köye gittiğinde babam bir akşam eve gelip "Kahve yapıyorum içer misin?" diye sordu.

"Olur baba..." dedim. "Sağ ol."

Sütlü bir kahve hazırlayıp koydu önüme.

"İyi de baba bu sütlü" dedim.

"Evet, sevmez misin?"

"Süt içemiyorum ya ben?"

"Neden?"

"Laktoz intoleransım var, sütteki laktoz bağırsaklarımı mahvediyor. Kaç defa hastanelik bile oldum ya ben?"

"Hadi ya, bilmiyordum, ne zamandır var bu?"

"Doğduğumdan beri var baba..."

5. Odamdaki Gökyüzü

Evde kaldığım günlerde kardeşimle paylaştığımız odayı hızlıca rahat edebileceğim şekilde toparlayarak uzandım yatağıma. Madem yine bir muhabbet ortamı bulamayacaktım evde, o halde düşünce gezegenime dönerdim ben de. Önceki sene üniversiteyi kazanana kadar bu odada geçmişti hayatım. On yedi yılım...

Anlaşılamamak insana icat yaptırırmış...

Benim yalnızlığımın icadı da tavandaki gökyüzüdür. Kendim inşa ettim... Sorsanız ne nerde durur, hepsini söylerim. Dışarıdaki gökyüzünden ne bir eksiği vardır ne de fazlası...

Her dizilimin, her parlak ışığın ve her özlemin bir sebebi vardır.

Ama durun bir fazlası var benim gökyüzümde. İlk benim gördüğüm ve hemen sahiplenerek kimselere göstermeden üzerini karanlıkla örttüğüm bir yıldız... İyilik yıldızı... Bir gün dünya yeterince hazır olduğunda ve üzerinde yeteri kadar iyi insan yaşadığında göğümü açıp gökyüzüne yükselmesine izin vereceğim.

Belki kuş olup kanat çırparak dalamadım dilediğim yere ama gözlerimi kapadığım an gidebiliyordum istediğim yere... Hep böyle bir çocuktum ben, içekapanık demek istemiyorum, aslında içine açılmış bir çocuktum. İçeriyi keşfetmiş ve içerideki oyuncakları dışarıdakilerden daha eğlenceli bulmuştum. Ne varsa beni hayatımda memnun ve huzurlu eden hepsini içimde bir yerlerde bulurdum.

Kimseye tarif edemezdim içimdeki hayatın bana anlattıklarını... İnsanlardan uzaklaştıkça kâğıtları, kâğıtlara yaklaştıkça yazdığım insanları sevdim.

İlginçtir ki sokaklarda çoğu pişmanlıklarla dolu arkadaşlarımdan sıkıldığım halde, kitaplarda tanıdığım insanlardan şimdiye dek hiç pişmanlık duymadım.

Çekmecemde her zaman saklı duran fosforlu kalemimi alıp ailemle paylaşamadığım duygularımı yıldız yapmaya karar verdim. İskemleyi masanın üzerine koyarak uzandım tavana... İstediğim yere küçük bir nokta bıraktım.

"Teşekkürler hayat..." dedim. "Bugün gökyüzüme bir yıldız daha çizdirdin."

Artık bir yıldız daha bekleyecek güneşin doğuşunu... Elbette güzel günlere inancımız tam... Karıncalardan öğrendiklerim geldi aklıma:

Kaç defa yıkılırsa yıkılsın yuvamız, taşırız kendimizden büyük o taneleri... Gerekirse yerimizi değiştirir yine inşa ederiz hayallerimizi yaşatacak o şehri.

Evet, ben içten inanıyordum buna, bakmayın böyle karamsar konuştuğuma. Sorguluyorum sadece, soruyorum... Bu benim içebakışım... İçime bakışım...

Gelecekten yana ümitliyim elbette... Gelecek güzel günleri yeşertebilmek için yeni düşünceler, fikirler ve sorular ekmeye devam edeceğim. Filizlenen her güzel düşüncenin karşılığında, düşünenin kendisine bir mükâfat düşeceğinden eminim.

Dünyanın en güzel manzarası da olsa, burnunuza değdirecek kadar yakın tuttuğunuz fotoğrafın içinde hiçbir şey göremezsiniz. Yavaşça uzaklaştırdığınızda belirmeye başlar fotoğraftaki manzara... Ve unutmayın ki o uzaklaşma sürecinin ucundaki umuttur insanı yaşatan...

İnsanın zihnine yazılmış bir satır koddur sanat. Konuşmayı bilmezken mağaralara kendini, okunu, vurduğu geyiği çizdiren şey işte o koddur. Hayatımın en büyük kararından bir gün önce ben de bir şeyler bırakmak istedim geride. Çizsem tenezzül edip bakacak, yazsam okuyacak kimsem olmadığı için çıkacağım yolculuktan önce gelecekteki kendime bir mektup yazdım ben de:

Sevgili ben,

Bu mektubu ne zaman okuyacağından emin değilim, hatta okuyabileceğinden bile emin değilim çünkü uğruna kalbinin atmadığı yerlere gidiyorsun.

Olur da okursan geçen onca günden sonra bu yazdıklarımın karşılarında şu ankinden farklı birini görmek isteyeceklerinden emin olabilirsin. Lütfen bu cümlelere mahcup olma.

Hayatında hiçbir şey değişmeyecekse ne diye çıkasın ki yola?

Umarım iyisindir. Umarım iyi geçmiştir. Umarım not defterini, kitaplarını turistlerin bol olduğu ve "Eşyalarınıza sahip çıkın" uyarılarının sıkça yapıldığı yabancı yerlerde unutmazsın.

İnsanlar ve dünya değişim konusunda hız rekoru kırmaya devam etse de burası bildiğin gibi, yıllardır ne değişmediyse yine değişmemeye devam ediyor. Ailen aile olduğunu, insanlar bir amaç için var olduklarını unutmaya devam ediyorlar. Israrla ve her bir gün hiç akıllarından çıkarmadan...

Bu satırları sana yazarken biraz tebessüm ettirdin bana. Söylememe gerek yok ama yine de iyi hissedeceğini düşünüyorum. Seni çok seviyorum. Zaten bir insan önce kendiyle mutlu olmalı değil mi? Sımsıkı sarılacağız birbirimize.

Kimimiz var ki bizden başka? Bir gün herkes hayatından gidince anlıyor insan bu dünyada sadece iki ayak üzerinde durduğunu...

Evet buna inanıyorum. Güzel günlerin geleceğine inanıyorum. Yolun açık olsun, dönüşün hayal edemediğin kadar güzel olsun. Hep seninle kalacak olan, sen...

İşin doğrusu yazdıklarıma ara ara dönüp baktığımda satırları başkasının kaleminden çıkmış gibi heyecanla okuyordum. İnsan değişir derler, sanırım ben de normal olarak çok yavaş uğradığım değişimi fark edemediğim için belli bir süre sonra kendime baktığımda irkilebiliyorum.

Önümde uzun bir yol var ve çözülmeyi bekleyen sayısız bilmece, iyileşmeyi bekleyen kocaman bir yara... Elimdeki tren biletine baktım uzun uzun. Muhayyel dünyamdan ayrılıp daha önce hiç tanışmadığım gerçek bir dünyayla yüzleşmenin vakti gelmişti artık. Umut etmenin insanı nasıl iyileştirdiğini, düştüğü yerden kaldırdığını biliyordum.

Aramızda hiç yakınlık kalmamış olsa da ailemin kokusunun sindiği yastıklarda son kez güzel bir uyku çekmeliydim, zira zor günler yaşanacağa benziyordu.

Doğduğu şehirden hiç çıkmamış bir genç, bu uzun ve bilinmezliklerle dolu yola çıkmaya nasıl cesaret etmişti, ben bile şaşıyorum.

Kendime çelme takıyormuşum gibi hissediyorum bazen... Bende bana benzeyen ama beni dinlemeyen bir ben daha yaşıyordu sanki...

Dizginleyemediğim benin, dizginlediğimi sandığım beni aslında nereye sürüklediğini yarın Sirkeci'de trene bindikten tam bir yıl sonra anlamış olacaktım.

6. Siyah

Telefonumun alarmıyla uyandım, saat sabahın beşi. İstanbul'un birçok semtinde sıkışık binaların içinde pencerenizden bakarak saatin kaç olduğunu kestiremezsiniz. Güneşi göremezsiniz çünkü.

Az ve bölünmüş bir uyku da olsa sabah beş güne başlamak için en sevdiğim saat... Herkes henüz uykuda... Güneş taze ve yalnız... Bir sıfır önde başlıyorsun güne...

Hiç oyalanmadan hazırladım sırt çantamı. Akşam gelirken eve yanımda getirdiğim birkaç paket hazır sandviç, muhtemelen en yakın arkadaşım olacak not defterim ve yükte hafif yazlık kıyafetlerim var yanımda... Bütün eşyam bu işte...

Sabah sekiz trenine yetişmek için pek vaktim yoktu. Evdekilerin uyanmalarına da epey vardı. 65 litrelik sırt çantamı sırtlandım, ayakkabılarımı giydim ve her dış çıkışlarımda yaptığım son kontrol. Anahtar, telefon, cüzdan... Bu sefer takıma yeni biri katılmıştı, pasaport...

Evden vakitlice çıkıp Sirkeci'ye geçtim. Yola çıkmadan evvel yapmam gereken bir iş daha vardı. Açık bir sahaf bulup yolda okuyacağım kitapları alacaktım. Tabii bir de harita...

Garın karşısındaki sokakta kapısının önünde küçük bir kitap tezgâhı bulunan küçük dükkâna girdim bir heves. Bu saatte bir sahaf neden açık olsun ki?

Şaşkınlığımı ve sevincimi gizleyemedim tabii...

"Bu saatte açık dükkân pek bulunmaz buralarda" dedim.

"Kimin ne zaman nasıl bir kitaba ihtiyacı olacağı belli olmaz" dedi kitapçı dudağının kenarında küçük bir tebessümle...

Keyiflenmiştim. Samimiyet, çalışkanlık ve misafirperverlik esnaflığın can damarı olmalı...

Sahafı da bu küçücük dükkânını da yıllardır tanıyormuşum gibi sevmiştim. Hayatımda hiç bu kadar düzenli bir sahaf görmemiştim. Her şey nizami, dükkândaki her şey insanın gözüne hoş gelecek şekilde yerleştirilmiş gibiydi. Film seti için özenle hazırlanmış bir kitapçıda gibi hissettim kendimi.

Kitapçıları gezmeyi oldum olası çok severim. Özellikle de sahafları. Çoğunlukla aşina olmadığım, adını bile duymadığım sürprizli kitaplarla dolu oldukları için sahaflar daha da heyecanlandırır beni... Öğrenci halimden dolayı tıka basa kitap dolu bir kütüphanem yok henüz ama kitapçılarda rafları gezerken ayaküstü bir kitap bitirmişliğim vardır.

Raftan bir kitap alıp incelemeye başlamıştım. Arkasındaki etikete baktığımı görmüş olacak ki "Ne aramıştınız?" diye sordu sahaf. "Fiyatları etiketlerinden farklıdır."

"Bir aylık yolculuğum boyunca bana eşlik edecek güzel romanlar arıyorum" dedim. "Birazdan yurtdışına çıkacağım... Ayrıca genel olarak Avrupa'yı anlatan, içinde harita da bulunan bir kitap ya da dergi de isterim."

"Bütün Avrupa'yı bir kitapta bulamazsınız. Öneri ve tanıtımları içeren kitaplar ülke ülke ayrılmış..."

"Hay Allah, onları da mı ayırmışlar?" dedim gayriihtiyari...

Yine o zarif tebessüm belirmişti sahafın yaşlı ama hayat dolu yüzünde. Ağarmış ve seyrelmiş saçları altmışlarında olduğunu gösteriyordu. İnce çerçeveli gözlükleri burnunun ucuna kadar düşmüştü. Anlıyorum ki verdiğim cevap, onda benden yana olumlu bir his yaratmıştı. Beni sevdiğini düşündüm bir an...

"Bakın ben bütün Avrupa'yım diyen bir kitap yok yani?" dediğimde sözlerimin karşılığında aldığım samimiyete, yine samimi bir karşılık vermeye çalışarak ben de gülümsedim ona.

"Arkadaşınızla mı gidiyorsunuz Avrupa'ya?" diye sordu.

"Hayır..." dedim. "Yalnız gidiyorum."

O an tuhaf bir sahiplenme, yol gösterme, yardımcı olma güdüsü uyandı ihtiyarın içinde...

Kalkıp rafların arasından *Avrupa* isimli bir kitap çıkarıp uzattı bana.

"Alın, bu işinizi görür."

Kitabı inceleyip, "Tamam..." dedim. "Bu işimi görür. Ne kadar?"

Fiyatının, kitap alışverişine ayırdığım paranın iki katı olduğunu duyunca afalladım.

"Normal kitaplar gibi değil mi bunlar?"

"Uzaklardan bu kitaplar, yabancı yayınevleri, bedeli de fiyatı tabii. Bedeli olunca ödülü de oluyor, buralarda keşfedemeyeceğiniz bilgiler... Baksanıza tuğla gibi... Bizim de işimize gelmiyor bunları satmak ama bizde üretilen bir şey değil maalesef" dedi.

Masadaki ahşap kaptan biraz kuru üzüm ve kuru erik alıp çevirdi parmaklarının arasında.

"Aslında, harita satın almanıza gerek yok. Zaten trenle gidiyorsunuz... Avrupa'da ana ulaşım aracı trendir. Herkes her yere trenle gider. Bizdeki gibi değildir ulaşım sistemi... Orada raylar şehirleri ağ gibi örmüştür. Her tren istasyonu şehrin ana giriş kapısı gibi olduğu için rehber şirketleri, şehir turu şirketleri, belediyenin turist yardım merkezleri oralardadır. Gelenlere şehrin haritalarını verirler. Yani her indiğiniz istasyonun önünden kolayca ücretsiz şehir haritalarını alabilirsiniz."

İşte sabah erkenden yola koyulmanın güzelliği...

Nereden nasıl bir bilgiye ulaşacağınızı bilemezsiniz. Sahafın söyledikleri hem içimi rahatlatmış hem de büyük bir stresten kurtarmıştı beni...

"Harita işini dediğiniz gibi hallederim ama yolculuk için hâlâ bir kitabım yok. Elimdeki paranın yeteceği kadar, bana önerdiğiniz kitapları gösterir misiniz?"

Sahaf halimi anlayıp derin bir iç geçirdi. Durumuma mı acıdı, çabamı mı takdir etti anlamadım.

Boyundan kısa, daracık bir kapıdan eğilip bükülerek arka tarafta bir odaya geçen sahaf, çok geçmeden elinde iki kupa çayla geri dönünce hayal kırıklığına uğradım açıkçası. Fiyatı uygun kitaplarla geri döneceğini sanmıştım oysa...

"Buyur evladım" dedi üzerinde taze dumanların yükseldiği kupayı uzatarak. Üstelik artık beni yakın hissettiği de aşikârdı. Müşterisi değildim bundan sonra. "Siz" demeyi bırakmış, diline "evladım" hitabını taşımıştı ki cebindeki parasından gideceği yola kadar her şeyini bilip öğrendiği kişiydim artık onun için.

"Neden zahmet ettiniz?" dedim kupaya uzanırken. "Çok teşekkür ederim ama içmesem olur mu? Tren saatim çok yaklaştı da."

"Merak etme, 45 yıldır buradayım, şu trenlerin hepsi benden genç... Hepsinin huyunu saatini bilirim, daha var sınır kapısı trenine. Bir yudum al iyi gelir. Kitaplar insana hayal kurmayı öğretir ve kitapların yanında benim bergamotlu çayım çok iyi gider."

İki kitap seçip koydu tezgâhın üzerine. "Sana yoldaşlık etsinler" dedi. İkisini ödemeye param yetecek mi diye düşünürken çekmeceden bir tane daha çıkarıp bıraktı iki kitabın üzerine.

"Gittiğine göre bir derdin olmalı..." dedi utandırmak istemiyor gibi yüzüme bakmadan. "Dünya istediğin yönde gitmiyorsa, sen gittiğin yönü değiştir" derler...

"Bu kitaplar tam sana göre... Aradığın cevapları verirler mi bilmiyorum ama yoldaşlık ederler sana merak etme. Güzel sakla kitapları... Kıymeti bilinmeyen insan nasıl üzülürse kitaplar da kıymeti bilinmediğinde, okunmadığında öyle üzülürler."

"Çok teşekkür ederim ama param yeter mi ki üçüne?"

"Bu ikisine yeter paran... Üstteki kitaba kimsenin parası yetmez ama. O satılık değildir. Parayla satılmaz. Sende gördüğüm şeyin hürmetine hediye etmek istedim.

Herkesin kendince bir sevgi çemberinin olduğuna inanırım ben. Kiminde geniştir o çember kiminde dar. Bir kez o çemberin içine girdin mi, artık o kişiye nazın da geçmeye başlar, hoşgörün de genişler. Sabah misafiri oldun bu ihtiyarın, bu arkadaşlığa hediyem olsun" dedi.

Bahsettiği sevgi çemberinin içine almıştı sanki beni. Ne diyeceğimi bilemedim bir an... Hazırlıksız yakalanmıştım.

"Belli ki özel bir kitap bu... Ben almayayım onu ne olur ne olmaz."

"Asıl bunu al. Diğer ikisini bırak istemiyorsan. Haritası olmadan kaybolsa da bir şekilde yolunu bulur insan. Ama gönülde yol bulunacak kadar ömür verilmemiştir insana. Sevdim seni genç adam... Aşk yolculuğun tamamlanmadan bitmesin dünya yolculuğun. Oku bu kitabı... Her zaman değil, hissettiğinde oku. İyileşmek ve tamamlanmak için oku. Herkes aşkın peşinden koşar ama herkese nasip olmaz aşkın ağırlığını sırtlanmak. Yükü ağır gelir, yolu uzun gelir..."

Çayımın son yudumunu içmiştim ki "Hadi yolun açık olsun" dedi...

"Dünyadaki tüm kötülükler yeterince ince olamayan ruhlar tarafından gerçekleştirilir" dedi sahaf. "İncelikler ve sevgi kurtaracaktır dünyayı..."

Dükkândan çıkınca kitapları sırt çantama koydum hemen... Biri hariç...

Trene bininceye kadar bekleyebileceğimi sanmıyordum. Yürürken sağımı solumu karıştırmaya başlamıştım bile. Sararmış eski sayfalar, kimi yırtık, kimi yaralı, kimi tamir edilmiş... Cildi belli ki sonradan yapılmış... Daha yeni, daha temiz, daha parlak çünkü. Kitabın adı da yazılmamış yeni cildin üzerine... Muhtemelen sahaf kendi ciltleyip onarmıştı bu kitabı. Merakım giderek daha da artıyordu kitabı incelemeye devam ettikçe.

İçinde beni bambaşka bir dünyanın beklediğinden neredeyse emindim. Yeni bir dünyanın, yeni bir yolculuğun kapısında karşıma çıkmış olması başlangıçta tesadüf gibi görünüyordu bana da ama öyle değilmiş meğer...

Yürürken düşmemek için tek gözümle yolu gözetirken diğer gözümle de kitaba bakmaya devam ediyordum. Kapağını açıp baktım ilk sayfasına...

Yer yer silinmiş siyah harflerle eski kitaplara özgü bir yazı fontuyla yazılmış ismini okudum kitabın...

Bir Çemberdir Aşk.

II. KISIM

“Her gün bir yerden göçmek ne iyi.
Her gün bir yere konmak ne güzel.
Bulanmadan, donmadan akmak ne hoş.
Dünle beraber gitti, cancağızım
Ne kadar söz varsa düne ait
Şimdi yeni şeyler söylemek lazım.”

Mevlana Celaleddin Rumi

7. Kitap

Sirkeci Garı'nın inşasına 11 Şubat 1888'de başlanmış. Garın bulunduğu yerde önceleri geçici olarak kullanılan küçük bir istasyon varmış. Alman mimar August Jachmund tarafından çizilmiş planı. Avrupalıların ellerinde tasarlanıp oluşturulmuş ama harcı hep ülkemizin kalbinde karılmış... Ben de şimdi harcı ülkemde karılmış kalbimi alıp, yeni hayaller inşa etmek üzere o diyarlara doğru yola çıkıyordum.

Sirkeci Garı'nın tarihin bütün yükünü vakur bir kararlılıkla taşıyan güçlü kapılarından girdiğimde, sırtımda kocaman bir gezi çantası, cebimde tekyönlü bir bilet vardı sadece...

Aklımda sayısız soru, içimde tarifsiz bir boşluk, kalbimde karşılığını tam olarak veremediğim ürpertiden hafif, rüzgârlı bir his... İyi mi geliyor, huzursuz mu ediyor belli değil...

Cesurca bakıyorum önümde uzanan sonsuz yola... İnanıyorum ki bir adımım bile boşa değil... Çünkü kimse turist diye doğmaz dünyaya. Herkesin bir amaca hizmet eden uzun ya da kısa adımları vardır âlemde.

Bahar döneminde yarızamanlı çalışarak biriktirdiğim parayla aldığım bu bilet, Avrupa'daki bütün trenleri 30 gün boyunca sınırsız kullanma imkânı verecekti bana... Müthiş bir şey bu bence... Nerelere gidebileceğimi bilmiyorum henüz ama dilediğimce gidebileceğimden eminim sonuçta. Bu oldukça iyi hissettiriyordu bana kendimi.

Yemek konusunda son derece hassas ve seçici davranan midemi de düşünmek zorunda olduğum için yanıma bolca hazır yiyecek de aldım.

İstasyonda uykulu gözlerle bilet satmayı bekleyen görevliden İpsala treninin peronunu öğrenip yakınındaki bir banka oturdum hemen. Zamanlamam mükemmel... Çok geçmeden gelirdi tren... Açılırdı hemen kapılar...

Çantamı bacaklarımın arasına almış, davul çalar gibi ritim tutmaya başlamıştım bir ayağımla.

Yine de saatlerdir bekliyor olduğum hissiyle sıkılıyorum. Binsem ya hadi trene... Gitsem ya buralardan bir an evvel...

İyi de nereye gidiyorsun ki delikanlı?

Kim bekliyor seni?

Nerede ne yapacaksın ki?

Yolun sonunu düşündün mü hiç?

Ya dönüşü yoksa!

Kendimi sözlüye çok iyi çalışmış ama tahtaya kalkmadan önceki strese girmiş öğrenci gibi hissettim. Aklımın içi olasılıklar deryası. Her şey olabilir bu yolculukta ya da hiçbir şey olmaz. Her şey belirsiz... Yine de buradaki çaresizliğimden iyiydi uzakların belirsizliği.

"Tuhaf..." diyorum içimden. "Hayat çok tuhaf."

Sıradan bir genç, ne diye durup dururken beklenmedik şekilde, bir dolu riskleri de göze alarak yolculuk kararı verirdi ki?

Dışarıdan bakınca saçmalıyor gibi görünebilirim.

"Anlat" deseler anlayacakları bir sebebim de yok üstelik.

Sevdiğimi bulmaktan ziyade, onu arıyor olmanın heyecanıyla hayata tutunduğumu kime nasıl anlatayım ben?

Beklediğimiz tren Yunanistan sınırından geçeceği için tahmin edebiliyordum trene doluşacak yolcuların renkliliğini ve hareketliliğini... Öncesinde Yunanistan'a gitmiş olanlarda hep bir sakinlik, ama ilk kez gidecek olanlarda ise heyecanlı ve meraklı bir hareketlilik olur çünkü...

Bir iki yolcuya "Evet buradan kalkacak" diye karşılık vermek bile iyiden iyiye bu maceraya ısıtıyordu içimi. Tek başına yapılan yolculuklarda küçük bir selamlaşma, önemsiz bir diyalog bile kocaman bir coşku ve motivasyon kaynağı olabiliyor insana. Her ne kadar yalnızlığına âşık, kendi fanusunda içine kapanık yaşamayı seven biri olsam da etrafımda biriken insanlarla zaman zaman yaşadığım bu selamlaşmalar iyi ve güçlü hissettiriyordu.

Samimi olmam gerekirse içimdeki korkuyu da itiraf etmem icap eder o zaman. Korkmadığımı söyleyemem... Tabii ki cesaretten bahsettim az önce ama cesur olmak, korkusuz olmak demek değil ki, korkularına rağmen yolu yürümekte kararlı olmaktır.

Yine de korkuyla baş etmenin bir yolunu buldum... İçinizde yükselen bir duyguyu başka bir duyguyu yükselterek yenebilirsiniz. Bende çok işe yarıyor.

Korkumu, bilinmezliğin heyecanıyla yeniyorum mesela şu an. Biraz sonra buralardan gitmenin ve yolda ilerliyor olmanın keyfini çıkaracağımı düşünmek, dindiriyor korkumu...

Bir işi yapmaya üşeniyorsanız, o işin sonunda sahip olacağınız şeye duyduğunuz arzuya odaklanırsanız, arzunuz üşengeçliğinizin üstesinden gelecektir. Artık o işi ertelemek istemeyeceksinizdir.

Bilmediğim ülkelere beş parasız gitmekten korkmadım mı? Tabii ki korktum ama arzum galip geldi... Belki de gitmeye duyduğum ihtiyaç daha güçlüydü. Ah!

Trenin ışıkları yandı, kapılar açıldı, demir sesleri yükselmeye başladı sonra. Banklarda bekleyen yolcular sakin davranmaya çalıştıkları halde heyecanlarını gizlemeyi hiç başaramayarak vagonlara yerleşmeye başladılar.

Bu koca kara delik, hepsini başka duraklara ışınlayacaktı.

Çantamı almak üzere eğildiğim sırada pantolonumun diz cebine yerleştirdiğim kitabı fark ettim bir an.

Çantama koyacakken vazgeçtim, sayfalarını karıştırmaya başladım merakla.

Her sayfanın tam ortasına bazen iki kelime bazen çeyrek sayfa metinler yazılmıştı. Yazılanları okumadan her kitapta yaptığım gibi hızlı bir taramadan sonra ilk sayfasını açtım, kitap künyesi, yazar, yayınevi ismi hiçbir şey yoktu. Kitabın ilk sayfasında sadece bir yazı vardı.

Okumaya başladığımda "Bunları bir yerden biliyorum" düşüncesi kuvvetle hâkim oldu beynime.

Düşündüm, düşündüm ve metni birkaç kez daha okudum, zihnimde bir ışık yanmış pervane kelebekleri dönmeye başlamıştı. İçlerinden biri kulağıma gerçeği fısıldadı. İnanılır gibi değil... Onunla son görüşmelerimizde bana verdiği kâğıtta yazıyordu bu satırlar...

"Görülemez, duyulamaz, dokunulamaz bir bilinmezdedi bu çember. Kaç yıl süreceği hesaplanamaz, çevresi ölçülemez. Ne beden dayanabilir bu yolu ne de bir ruh. İnsanın ömür dediği şey çemberi kat edebilme sanatıdır. Ömür sanatını güzelleştirecek en büyük güç ise çemberin özü, sebebi olan aşktır. Bu sebeple insanın ömür döngüsüne 'aşk çemberi' denir. Her insanın doğduğu ve öldüğü nokta birdir. İnsanın yolculuğu başladığında başka yere değil sadece doğduğu yere varabilir. Uyanamadan çemberi tamamlayanlar elem bir neticeye, sırrı keşfedip uyanarak tamamlayanlar ise hakikate varırlar..."

Bir Çemberdir Aşk, 1. Sır

İçim ürperdi heyecanla. Sanki gitmemişti. Buralarda etrafımda dolanıyor ama kendini göstermiyordu bana. Etrafıma bakındım gayriihtiyari. "Neredeysen çık ortaya!" diye bağırmak geliyordu içimden. İzleniyor olduğum hissine kapıldım durup dururken. Ben onun peşinde koşarken, o da arkamdan izimi sürüyordu sanki. Dokunsalar ağlayacak gibiydim o an. Ellerim titriyordu. Dizlerim çözüldü çözülecek.

Kitabın eski pürüzlü sayfalarını dikkatlice çevirmeye başladım. Her sayfada aşk çemberinden bir sır yazılıydı.

Belki de bu kitabı o da okumuştu ve sevdiği bir pasajı bana hediye etmişti. Nasıl güzel tesadüf ki İstanbul'daki son günümde aynı kitap bana hediye edilmişti hem de hiç tanımadığım biri tarafından.

"Olamaz!" diye düşündüm.

Sahafın fiyat bile biçmediği bu kitabın hediye olarak bana verilmesi açıklayamadığım bir tesadüf...

Künyesi, hiçbir bilgisi olmayan bir kitabı o nerden bulmuştu peki? Kampüste kütüphanede mi bulmuştu? Belki. O da bu sahafa gelip bu satırları okumuş ama kitabı alamadığı için ilk sayfasındaki pasajı bana hediye mi etmişti? Ya da tüm bunları ben kuruyordum, bu pasaj birçok yerde de geçmiş olabilirdi. Ve bu kitapta aynı satırları okumam sadece küçük bir tesadüftü. Cümlelerim, hecelerim olan kadın şimdi bilmecem olmuştu...

Bunun bir ihtimal olabileceğini düşünüyor olmam bile kalbimin duracak kadar hızlı çarpmasına neden olmuştu.

Saate baktım hemen. Trenin kalkmasına birkaç dakika kalmış... Bir koşu sahafa gidip bu kitabı nereden bulduğunu sormak istiyordum ama yerimden kımıldadığım an treni kaçırırdım. Ya yola çıkmayacaktım ya bu kitabın beni nasıl bulduğunu soracaktım.

Sahafa gitmeye karar vermiştim ki "Ama o gitti!" dedi içimden bir ses. "Buralarda değil ki... Öyle olsa senin yanında olurdu zaten. O buralarda değil..."

Zihnimde binlerce kez sahafa gidip geldim o an. Ama ayağa kalkıp da tek bir kez gitmedim. Elimdeki kitabın hikâyesini öğrenmekle treni kaçırma ihtimalini göze almak ikilemi arasında vagona ilk adımı attım. 30 gün boyunca elimdeki kitabın hikâyesini düşünüp duracaktım ama bir yıl sonra kendime "İyi ki o treni kaçırmamışım" diyecektim.

"Anlamadığımız odalardan, hiç bilmediğimiz odalara geçeriz atan her yaşımızda" demişti bana. "Ümit hep var" en büyük mottomuzdu. Önümde uzun bir tren yolculuğu var, eğer şansım yaver gider de kompartımana başka kimse gelmezse, olabildiğince çok anlatmaya çalışacağım onu size.

"Ümitsizlik inançsızlıktır."
Bir Çemberdir Aşk, 61. Sır

8. Kompartıman

Yalnız çıktığınız yolculuklar zordur. Ama yalnızlığınıza eşlik edecek insan bulmak daha da zordur. Çok az kişiyle hem birlikte hem yalnız kalabilir insan... Yanımdaki kitap bana hem yalnız olduğumu hem de yalnız kalmayacağımı hissettiriyordu aynı anda.

Garip...

Tarif etmesi güç bir hüznü vardır yolculukların... Ne kadar kalabalık olursanız olun ne kadar eğlenceli ve coşkulu geçerse geçsin, perdenin arkasında incecik bir hüzün dumanı yükselir her zaman.

Ne olursa olsun, her gitmenin içinde bir şeyleri ya da birilerini terk etmek vardır. Üstelik çoğu zaman bırakmak istemediklerin de kalır geride... Bırakmak istemediklerin, bazen gidiş sebebin olurlar, bazense dönüş biletin...

Peronda oturduğum banktan trene geçerken cereyanda kaldığım için uçuştu saçlarım. Elimdeki kitabın sayfaları dalgalandı. İçim ürperdi yine. Sert ve sarsıcı bir esintiyle kımıldadım yerimden. Kitabın bana nasıl geldiğiyle değil, benim sevdiğimi nasıl bulacağımla daha doğrusu onu nasıl aramam gerektiğiyle ilgilenecektim. Evet, bu da bir seçimdi. Bedeline razı olduğum bir seçim. İki yana açılmış kırmızı kapıya doğru yürürken, garlardaki o en hüzünlü anların yaşandığını fark ettim o sırada.

Gidenlerle kalanların vedalaşması...

Yolculuğun bu ilk ve en duygulu sahnelerini anlatmaya sözlerim kâfi gelir mi bilmiyorum. Birinin diğerini çok özleyecek olması, yokluğuyla baş etmekte zorlanacağının bir ifadesi olarak tren gözden kayboluncaya dek peronda beklemeye devam edecek olması, yolculuğun iki taraf için de başlaması demektir aslında... Kalanın da başka bir yolculukta kendi serüvenine sürüklendiğini kabul etmek lazım...

Vedalaşanların birbirlerine sarılırken sanki birbirlerini durdurmaya da çalıştıklarını hissediyorum. "Güle güle git" derken bile "Keşke kalsan" diye yalvaran sessiz çığlıkları işitiyorum. Titreyen dudaklardaki endişeyi okuyorum. "Ya dönmezsen?" değil de "Ya unutursan beni?" korkusu...

"İnsan bu dünyaya gelme amacını davranışlarına, hislerine kadar yaşayabilirse, gelip geçici dünya gündemine ayak uyduramamaya başlar. Bu bir balığın suyun olmadığı yerde bir âşığın da sevdiğinin olmadığı yerde yaşayamamasına benzer."

Bir Çemberdir Aşk, 85. Sır

Kimileri gülüyor, kimileri gözyaşı döküyor, kimileri heyecanlı gibi, kimileri tedirgin... Kimileri çok konuşuyor, kimileri suskun, kimileri valizler dolusu, kimileri tek çanta...

Herkesin payına bir kader düşmüş işte... Ben de payıma düşene razıydım sonuçta... "Kısmetimizde ne varsa onu yaşarız..." dedim. "Şimdiye kadar nasıl yaşadıysak bunu da öyle yaşarız."

Sağ ayağımla yavaşça ilk adımımı içeri atmıştım ki sol ayağım, belki o çıkar gelir de omzumdan tutup bana "Gitme!" der diye tereddüt edip dışarıda kaldı. Sunay Akın'ın şiirinden bir sahneyi yaşıyor gibiydim:

"Son karesi gibi Red Kit'in
batan güneşe doğru sürerken atımı
gitme kal demeni bekliyorum
ama yalnızca rüzgâr çekiştiriyor atkımı."

***

Şimdilik yalnız göründüğüm bir kompartımandayım... Daha önce hiç tatmadığım hislerle, özleyeceklerimle ve iyi ki uzaklaşmışım dediğim yerlerle doluyum. Gidiyorum adresini bilmediğim bir hayale...

Geride bırakmıştım sahip olduğumu düşündüğüm pek çok şeyi. Azdaki çoğu, varlıktaki hiçliği, kötüdeki iyiyi, iyideki zulmü keşfetmek için çıkmıştım bu yola.

Aklımda yine çok eski bir soru... Yüzlerce yıldır her şairin cevabını kovaladığı o soru...

Gitmek mi zor, kalmak mı?

Eğer bulunduğunuz yerde hayallerinizden uzakta yaşamaya mecbur kalacaksanız, elbette kalmak çok daha korkunç bir hapislik bana göre...

İçimde dönüp duran duygular, çantamdakilerden hem daha fazla hem daha karışık...

"Severken gitmek çok acı" derler ve ben tahmin bile edememiştim onun neden benden gittiğini. Şimdi ben de gidiyordum işte... "İkimiz" diye bir şey varken her şey çok güzeldir, ancak biri gittiğinde ayrılık ve acı başlar.

Peki diğeri de gidince geriye ne kalır?

Kitapta yazdığı gibi belki ayrılık lazımdır doğru yerde buluşmak için... Belki insaflı bir yazara denk geliriz de bir şarkıda ya da bir kitapta buluşturur yine bizi.

Suçladıklarım, özleyeceklerim, belki de artık hiç görmek istemeyeceklerim içimin kör kuyularına düşmüş gibiydi. Gözlerimin dolması korkutmuyor beni... Uzaklaştıkça geri dönme arzusu yaşarmış insan bir süre... Ama yol uzadıkça geri dönme arzusu da peronda bekleyen yolcular gibi önce küçülüp sonra siliniverirmiş gözden...

O da böyle mi hissetmişti acaba giderken? Önce geri dönme arzusu mu duymuştu yani, sonra mı fark etmişti geri dönemeyeceğini? Dönüşsüz bir yolculuğa çıktığının farkına çok sonra mı varmıştı bilemiyorum... Ama anlamak için çok çabalıyorum...

Korkularım bozmadı yine de beni. Bilerek isteyerek bir karar vermiştim. Biraz boyumu aşıyor gibi görünüyordu bu yolculuk belki ama ben boyumun henüz ölçülebildiğini bile düşünmüyordum. Kaybedeceğin bir şey kalmadığında yalnızlıkla daha iyi baş ediyor insan. Kulağını umursamazca tıkayabiliyorsun söylenenlere.

Farkında mısınız hayatta herkes bize bir şeyler olmamızı söylüyor. Herkeste herkese bir akıl verme telaşıdır gidiyor. Tüm bu olan biteni, hiçbir gözün göremeyeceği bir kuarktan[1] hiçbir canlının gidemeyeceği dev kara deliklere kadar her şeyi var eden varken, ne olmamız gerektiğini söyleyen insanlar... Neden insan insanı sığlaştırır? Neden hayallerine hayal katmaz da kesik atar?

Sanırım onların hayal edip yapamadığı şeyleri yaparız, yaşamadığı şeyleri yaşarız ve uçamadıkları gökyüzüne uçarız da özgür oluruz diye korkuyorlar. Belki de yalnız kalmamızdan korkuyorlardır. Çünkü bir insan ne zaman yalnız kalır da düşünmeye başlarsa, yaşam dediğimiz şeyin tam olarak keyfine varmaya başlar. Ve bence ancak yalnız kalmaya cüret edip düşünmeyi seçen insan, gerçek bir insan olmayı hak ediyor...

***

Şimdilik kimse gelmediği için çantamı yan koltuğa yerleştirmiştim. İkimizin de içi tıka basa dolu... Yan yana koltuklarda oturduk, nefes alamayacak kadar şişmiş ciğerlerimizle...

---

1 Kuark, fizikteki temel parçacıklardan biridir. Proton ve nötronlar gibi hadronları oluştururlar.

Demirden keskin bir düdük sesi yükseldi o sırada... Ayrılığın ciddiyeti buz gibi sardı bedenimi. Kapılar kapandı, çantam sağımda, yalnızlık karşımda...

"Konuştukça susmayı unutursun.
Susmayanın zihni gürültülüdür ve gürültülü bir zihnin
aşk hakikatini kavrayabilmesi mümkün değildir."
Bir Çemberdir Aşk, 102. Sır

Gidiyorum!

Ama hayır bir saniye! Filmlerde böyle olmuyordu ki. Esas adam tam gidecekken senarist bir kalma sebebi yazardı hep son sahnelerde... Hareket etmek üzere olan trenden atlayıverirdi esas adam. Şarkılarda bile iki defa üst üste git dedikten sonra yürek elvermemiş üçüncüsünde "Gitme!" dememiş miydi?

Sezen Aksu'nun şarkısı gelip geçti o an içimden.

"Git, git, gitme... Gitme dur ne olursun. Gitme kal yalan söyledim. Doğru değil ayrılığa daha hiç hazır değilim."

Böylesi daha güzel değil miydi?

Kaderimin senaryosunu yazan beni es mi geçmişti? Bir yazım hatasına mı kurban gidiyorum yani şimdi? Yoksa çok daha büyük bir hikâye için mi kahramanın trenden atlamasına gerek yoktu? Birkaç gün sonra bütün bu soruların yanıtları yavaş yavaş gelmeye başlayacaktı.

Tren demir rayların üzerinde kaymaya başlamıştı bile... Ayrılık hissinin ağırlığıyla camdan dışarıya bakıp, el sallayan insanlarla dolu peronu izledim. Beni uğurlamaya gelmeyen herkese teşekkür eder gibi bir damla gözyaşı bıraktım oraya.

9. Mavi

Her defasında aynı duraklara ama hep farklı hikâyelere uğrar bir tren... Belki de tek amacı sade bir yolculuktu trenin. Hüznü trenlerin vazgeçilmezi yapan ise her istasyonda bir parçasını geride bırakıp binen insanlardı.

Durakları geçtikçe kompartımandaki insan yoğunluğu da artıyordu tabii. Yanıma yaşlıca bir adam gelince çantamı alıp bacaklarımın arasına indirmek zorunda kaldım. Yer vererek gösterdiğim nezakete karşılık sanki bana borcunu ödemek ister gibi bir duyguyla tatlı bir sohbet başlattı yaşlı amca...

Kimdim, ne iş yapıyordum, nereden gelip nereye gidiyordum, neden buralardaydım iyice sorup anladı.

Uzun boylu, yapılı görünmesine rağmen oturdukça içine katlanan, çocuk kadar küçülebilen tuhaf bir yapısı vardı. Kanlı gözleri masmavi... Kanayan bir deniz sanki... Kaşları seyrek, kirpikleri uzun ve sayılı... Yüzünün her çizgisi oyularak açılmışçasına derin. Şefkatten ziyade saygı uyandırıyor insanda. Belli ki görmüş geçirmiş... Belli ki bir adımı dahi boşa yürümemiş yeryüzünde... Hoşlanıyorum amcayla birlikte seyahat etmekten...

"Ben de senin yaşlarındayken böyle hesapsız kitapsız yolculuklara çıkardım" dedi, gözleri uzaklara dalmış, ağzının kenarında yükü ağır bir gülümsemeyle... "Aradığımı mı buldum, bulacağımı mı arattırıyorlardı bana bilmem. İlk yolculuğum iyi geçince devam ettim ben de. Biliyor musun, hanımla da trende tanıştık. Evlenme teklifimi de onu ilk gördüğüm trende, aynı kompartımanda ettim."

"Ne güzel bir hikâye..."

Dilimin ucuna kadar geldi ama eşini soramadım nedense... Öyle hüzünlü ve buğuluydu ki bakışları ardında sakladığı acılarından biri eşiyle ilgili olabilir diye düşündüm sanırım. Sesi tarazlı, yorgun ama bilge... Konuşmaktan ziyade, suskunluktan zımparalanmış gibi...

Üniversitede okuduğumu, başka ülkeleri fazlasıyla merak ettiğimi anlattım ama günün sonunda "Ben de tam olarak nereye gittiğimi, neden gittiğimi açıklayamıyorum kendime" dedim. "Sadece uzaklaşmam gerektiğini hissettim..."

"Bütün bunların farkında olman güzel" dedi. Onaylar gibi ağır ağır salladı başını bir süre... Hep düşünceliydi, belki de bu yüzden uzun soluklu sessizliklerin ardından devam ediyordu anlatmaya... Bazen konuşmayı unutmuş olabileceğini bile düşündürüyordu bana. "Akıllı çocuksun, aferin... Herkes bilmez ama önemli olan varacağın yer değildir evladım. Yolculuğu nasıl yaptığındır. Nereye varacağına sen değil, yolculuğu nasıl yaptığın karar verecektir."

İlk söylediği an pek bir şey anlamamıştım açıkçası... Öyle hemen çözemedim ne demek istediğini... Aynı cümleyi amcanın suskunluğu sırasında içimden birkaç kez tekrarladığımı hatırlıyorum: "Varacağın yere değil, yolculuğunu nasıl yaptığına bak, çünkü varacağın yere sen değil, yolculuğu nasıl yaptığın karar verecek..."

Nereye gideceğimi düşünmek yüzünden yaşadığım kaygıların buhar olup uçtuğunu hissettim çok geçmeden. Önemli değildi nereye gideceğim, nereye varacağım ya da ne olacağı... Mühim olan yolun kendisi... İki durak arasındaki o süreç...

Unutmak istemiyordum bu sözü... Aklıma kazıyacaktım bir şekilde.

"Ayıp olmazsa bu söylediklerinizi not alabilir miyim?" dedim. "Tek bir cümlesini bile kaçırmak istemiyorum. Yolum uzun... Ara sıra üzerinde durup düşünürüm."

Hem sevinmiş gibi hem de gizliden bir onurlandırma selamı vermek istermiş gibi eğdi başını. "Yaz tabii..." dedi. "Sadece öğrenmek için değil, unutmamak için de iyi gelir yazmak... Hangi trene binersen bin o tren güzel bir yere gider evladım. İnsanın aradığı gittiği yerde değildir çünkü. İnsan kendi içindekini götürür zaten gittiği yere..."

Kesik ama derinlerde gümbürdeyen insanı tedirgin eden bir öksürüğü vardı. Zaman zaman öksürüğü yüzünden durup dinleniyordu, kesiliyordu sohbetimiz. Dinlenmek iyi geliyordu ama sohbet sırasında. Çayın demini alması gibi, biz de durup demlendikçe, içime çöküyor, tatlanıyor, kuvvetleniyordu konuştuklarımız...

Bir ara cebinden ilaçlarını çıkardı. Belli ki epeydir acısını çektiği sorunları vardı. Çantamdaki açılmamış küçük su şişelerinden birini çıkarıp uzattım hemen. İlaçlarını içtikten sonra biraz daha rahatlamıştı sanki... İşaretparmağıyla hafifçe dokunarak gözlüğünü düzeltti sonra. Derin bir nefes aldı. Bakışları kucağımdaki defterde...

"Ne mektuplar yazdım bu trende..." dedi. "Kaç valiz kaybettim."

Gözleri neden kızardı anlamadım. Ağlayacaktı da gözpınarları kuruduğu için mi yanmaya başlamıştı, öksürükten kalan bir sıkıntı mıydı çözemedim.

"İnsan kendi hikâyesini yazabilmeli evladım..." dedi. "Bedeli ne olursa olsun, herkes kendi hikâyesinin kahramanı olmaya cesaret edebilmeli. Cebinde çok parası olan değil, güzel hikâyeler biriktirmiş insanlar zengindir. Kanadı yanacak bile olsa, güneşin ateşine vurgun olduğu için kendini yakan kelebekler değil, kabuğunu kırmaya cesaret edemeyenlerdir deli."

Nasıl da güzel konuşuyordu amca...

Yaprakların ağaçları terk etmeye başladığı o solgun eylülden beri yüzünü görmediğim, "sevdiğim" diyecekken şimdi ancak "özlediğim" diyebildiğim bir tek o vardı hayatımda sohbetine hayran olduğum. Ve aylar sonra hem de bir yolculuk macerasının ilk gününde sahaf ve mavi gözlü amca aynı lezzeti alarak konuşabildiğim kişiler olmuşlardı.

Ailemle bile yapamadığım bu sohbet, her ne kadar şiir kadar kısa gelmiş olsa da bana, etkisi ve öğrettikleri uzun yıllar bende yaşamaya devam edecekti.

Her insanda, okumayı bilenin önüne kolayca açılabilecek bir hikâye vardı muhakkak.

Ayrıca her insanın okuduğundan anlaması gereken çok şey vardı.

Dünya, yolculuğumun ilk saatlerinde beni rahatlatmak için göndermişti belki de bu amcayı yanıma.

Amcanın not ettiğim sözleri sayesinde, yolculuğumun kaderini yeniden yazmaya başladığımın farkında bile değildim o sıralar.

Verdiğim sudan bir yudum daha içerek, elini dizime koydu ve güç alarak yavaşça kalktı yerinden.

"Allah'a emanet ol evladım" deyip bir sonraki istasyonda indi.

"Balık denize âşıktır ama, deniz nerededir bilmez.
İnsan da tıpkı balık gibidir, Ona âşıktır ama nerededir bilmez."
Bir Çemberdir Aşk, 81. Sır

10. Kostas

Sınırdaki aktarmadan sonra önümdeki durak Yunanistan, Selanik... Ardından sırasıyla Atina, Patras... Buradan feribota binip Yunanistan'dan çıkıp İtalya'ya, Bari'ye geçmeyi planlıyorum.

İtalya'ya geçmek için bir gün sürecek uzunca bir feribot yolculuğunu tercih etmemin bir sebebi var elbette... Yunanistan'da geçireceğim üç dört günün yorgunluğunu, feribotta uzun uzadıya dinlenerek atlatacağım. Böylece İtalya'ya indiğimde beş günlük bir tarih keşfine çıkabilmek için yeterince enerjim olacak.

Paramı idareli kullanmak zorunda olduğum için, her şeyi planlamam gerekiyor. En uygun seçenekleri araştırarak belirlemiştim rotamı. Bir sefere mahsus feribot kullanabilecektim. Bunun dışında bütün yolculuklarımı trenle yapacaktım. "Bir ay sınırsız geçiş" imkânı sağlayan biletim vardı cebimde. Bu sayede bir ay boyunca bütün Avrupa Birliği ülkelerindeki tren firmalarını, gün ve saat sınırı olmaksızın sınırsızca kullanabilecektim. Biletimin tek dezavantajı hızlı trenleri ve özel trenleri kullanmak için ekstra ödeme yapmam gerekiyor.

Konaklama meselesini de düşündüm tabii... Her gittiğim şehirde gezgin kalabalıkların topluca konakladığı yerlerde, tren istasyonlarının korunaklı köşelerinde ya da tavsiye üzerine geceyi geçirebileceğim uygun konaklama alanlarını bulmaya çalışarak devam edecektim macerama. Bir ay boyunca bunu ne kadar devam ettirebileceğimi bilmiyordum.

Bu benim için bir seçenek değildi açıkçası, Avrupa yolculuğunu yapabilmem için göze almak zorunda olduğum tek yöntem. Otuz gün boyunca konaklamaya ayıracak kadar param yok sonuçta. Biliyorum, zor bir karar. Nihayetinde konaklamak demek uyku, temizlik, banyo, giyim kuşam demek. İyi kötü bir konfor alanı demek... Ama ben de zaten konfor alanımın dışına çıkmak istememiş miydim?

Muhtemelen 29 yaşına geldiğimde buna nasıl cesaret ettiğimi anlayamadığım bir karar aldığımın farkına varacaktım ama insan 21 yaşındayken cesaret gösteremezse, 29 yaşındayken sanırım pek de onur duymazdı kendiyle.

Temizlik ihtiyacımı tren istasyonlarındaki umumi tuvaletlerde giderecektim. Yiyecek sorununu da Yunanistan'da uğradığım ilk markette çözmüştüm. Fiyat ve performans açısından üç yiyecek öne çıkmıştı benim için. Muz, tonbalıklı sandviç ve elma... Avrupa'da insanın temel beslenme ihtiyacını karşılayan, en ucuz ve en kolay ulaşılabileceğiniz üçlüdür bunlar.

Selanik'e giden trende benim yaşlarımda bir gençle tanıştım. İsmi Kostas... Evet, bir Yunan ve Türkleri çok seviyor. Selanik'te aşçılık okuyormuş.

Ülkeler arasındaki politik meselelerin insan ilişkilerine yansımadığını gördüğümde sevginin ve saygının sahiden kutsal bir güç olduğuna inandım bir kez daha...

Kostas, kimliklerin, dillerin, dinlerin ve uyrukların ötesinde bir yakınlıkla ve dostça yaklaşmıştı bana. Orta boylu, geniş omuzlu, açık kumral, hareketli bir gençti.

Türkler ve Yunanlar sanki sürekli münakaşa halinde birbirini sevmeyen ama bir ömür aynı sırada yan yana oturmak zorunda olan iki arkadaş gibi anlatılmıştı bize. Onlara göre biz, bize göre onlar kötüydü. Ancak tanıştığım ilk Yunan'la yaptığım sohbet, bütün önyargılarımı yıkmıştı.

Antik Yunan döneminde sanata büyük değer verilirmiş, Kostas anlattı. Çünkü insana dair en güçlü değer sanatmış o zamanlar...

Günümüzde insana dair değerlerin sıralaması farklı tabii artık... Teknoloji var, dijitalleşme var, büyüme, para ve başarı hedefleri var herkesin önceliğinde. Dolayısıyla sanat, bir değer olarak ihtiyaç sıralamasında epey gerilere düşüyor.

Antik Yunan'da tiyatrolarda oyuncuların yüzlerine taktıkları maskelere "persona" denirmiş. İngilizcede "kişi" anlamına gelen "person" da aynı kelimeden evrilmiş...

Kişiyi belirtmek için "maske" anlamına gelen sözcüğün tercih edilmiş olması hayli düşündürücü aslında. İnsan aslında başka bir şey, büründüğümüz kişilikler de maskedir demek gibi bir şey bu sanki.

"Yunanistan'da herkes senin gibi sever mi Türkleri?" diye sordum.

"Bilirsin işte..." dedi başını sağa sola çaresizce sallayarak... Ne desin? "Her yerin delisi vardır ama Türkler ile Yunanlar çok benzerler birbirlerine. Enerjileri, heyecanları, kafa yapıları aynıdır."

Birkaç yıl önce değişim programıyla Türkiye'den gelen bir kızla tanışmış, sonra kendi de bir kez İstanbul'a kızı görmeye gitmiş. Yabancı damatlık sayesinde az da olsa biliyor, tanıyormuş Türk kültürünü.

Kostas'tan duydum ilk kez Yunanistan'ın PAOK isimli bir futbol takımı varmış... Renkleri siyah beyaz... Bilinen en temel özellikleri her şeye muhalif olmaları ve bir konuda kolayca hemen sivrilebilmeleri...

Ve gelin görün ki Kostas, tam bir PAOK taraftarı... İçgüdüsel olarak bütün ezilen halklara karşı özel bir sempatileri var bu taraftarların...

Hemen her maçtan sonra, galibiyet de olsa mağlubiyet de olsa hükümete karşı sokaklarda bir hareketlilik başlarmış. Gündemlerinde dünyada hangi ezilen halkın sesi olmak varsa, o ülkenin bayraklarını taşırlarmış ellerinde.

"Evimde bir sürü bayrak var, Bosna, Filistin, Afrika ülkeleri" dedi Kostas. Ağzımdaki suyu yüzüne püskürtecektim az kalsın. Öksürmekten kıpkırmızı oldum, yutamadım yudumumu... Nasıl yani?

"Şaka yapıyorsun?" dedim, soluğumu düzenlemeye çalışarak.

Kendi de gülmeye başlamıştı.

Konuyu değiştirip "Boş ver şimdi..." dedi. "Sen Selanik'te nerede kalacaksın onu söyle?"

Yolculuğumun bir ay süreceğini, ancak konaklama meselesini çok da konforlu olmayan koşullarla sağlamaya çalıştığımı anlattım kısaca.

"O zaman bu gece bende kal..." dedi hiç düşünmeden. "Hatta Atatürk'ün evine de götürebilirim seni yarın sabah..."

Yok artık!

Bir Yunan'ın tanımadığı bir Türk'le hızlıca kurduğu sıcak yakınlığın sarhoşluğunu yaşamaya devam eden ben, üstüne bir de evine davet edilince daha da şaşırdım.

Zamanla çok daha iyi öğrenecektim ki yolun belirsizliği aslında yolun bütün güzelliği... Yol belirsiz olduğu için mucizelere açık, karşılaşmalara açık. Tıpkı hayat gibi... Garanticiliğin, hayatı nasıl da sıkıp boğduğunu, mucizelerin önünü kestiğini ve mutsuz ettiğini anlayacaktım.

Beş saattir muhabbet ettiğim yurtdışındaki ilk arkadaşıma, pek de düşünmeden "Tamam..." dedim. "Sende kalıyorum, kabul..."

Birlikte trenden indikten sonra metroyla üniversitenin karşısındaki evine gittik.

Bir oda bir salon olmasına rağmen gayet ferah, aydınlık, geniş bir evdi... Amerikan mutfak şahane... Böylece yemek sırasında salon duvarına projektörden yansıttığı filmi izlemek de mümkün oluyor. Müthiş keyifli... Tertemiz...

Sözünü ettiği ülkelerin bayraklarını, arbede sırasında polisin yırttığı birkaç PAOK formasını gösterdi. Bayağı bizden bir çocuktu Kostas, konuştuğu dilin alfabesi hakkında hiçbir fikrim olmasa da ortak dil İngilizceyle çok rahat iletişim kurabiliyorduk. Kalan her şey aynıydı.

Eşyalarımızı özensizce bırakmıştık hole. İkimizin de niyeti yoktu eşyalarla uğraşmaya... Kostas'ın hazırladığı zeytin ezmeli soğuk sandviçten sonra çok daha iyi hissediyordum kendimi.

Sahiden de çok şanslıydım. Umumi bir tuvalette üzerimi değişmeyi düşünürken çok kaliteli bir Yunan öğrencinin ev konforunda kalacaktım.

Hava kararmış olmasına rağmen sahilin eve yakın olduğunu söyledi Kostas, termosa kahve doldurup deniz kenarına inelim dedik. Harika bir filtre kahve hazırlayıp çıktık hemen.

Ne yol yorgunluğu ne uykusuzluk... Tarifsiz bir keşfetme iştahı vardı üzerimde, gezmeye ve keşfetmeye erinmek yapacağım en son şeydi. Hayatımda ilk kez Türkiye dışındaki bir şehirde yürüyecektim.

***

"Bu kadar da olamaz" dedim. Lisedeyken okulumu temsilen bir satranç turnuvası için İzmir'e gitmiştim, az çok hatırlıyorum. Burası Kordon'a o kadar benziyordu ki. İnsan doğduğu yerden uzaklarda oldu mu tanıdık kaldırımları bile sevesi geliyor.

Hani serum almaya başladığınızda ilk birkaç dakika başınız döner ama sonrasında bütün serumu sorunsuzca alırsınız ya, benim de başımın dönüğü o ilk sarhoşluk zamanım, Avrupa'daki bu ilk akşamımdır.

Yunanistan, köklü bir tarihe sahip olsa da Avrupa'nın ileri ülkelerinden biri değil... Ama insanın insana olan saygısı burada bile kendini belli ediyor. Epey muhabbet ettik sahilde ve gece saat üç gibi uykuyu umursamadan kahvelerimizi içerken insan hareketliliği henüz azalmamıştı.

Genç kızlar rahatsız edilmeden gece boyunca geziyor, bir yudum şişesinden bir yudum da gitarından alan müzisyenler çalmaya devam ediyordu. Kimi gençler çimenlerde uyuyakalmışlardı ama kimse kimseye rahatsız edici şekilde bakmıyordu bile... Kendinizi güvende hissedebileceğiniz bir atmosferi vardı buranın. Herkes rahattı, her şey kendiliğinden oluyordu.

Yaklaşık 60 metre ilerideki binanın çatısındaki işlemelerden havalanan güvercini fark edecek kadar ince bir işçilikle keşfediyordum gördüğüm her şeyi. Ara ara nağmeler yükseliyordu sokak sanatçılarının olduğu yerlerden.

Küçük sırt çantamdan sırlı kitabı çıkardım, "Geceye bir söz bırakalım" dedim Kostas'a. "Bırakalım" dedi.

"İnsan nefret ve kini diğerlerinden öğrenmiştir. Diğerleri de daha öncekilerden... Oysaki var olan tek şey aşktır. Doğup öldüğün bu yaşam yolculuğunun tamamı aşktan üretilmiştir. Ancak bunu keşfedenler tüm kötülüklerden arınabilir."

Bir Çemberdir Aşk, 36. Sır

Okuduklarımı olabildiğince İngilizceye çevirerek aktardım ona. Durdu, düşündü Kostas benimle. "Ne kadar güzel cümleler..." dedi ve devam etti. "Zaten kötülük neden var hiç anlamam, baksana herkesin keyfi yerinde. Ama dünya işte delisi eksik olmuyor. Her şey yolundayken çıkıp karıştırıyor. Onlarca yıl geçiyor ve kavga eden insanlar neden kavga ettiklerini bile unutmuş oluyor. Tam bir saçmalık."

Ülkemin dışındaki ilk gecem ancak bu kadar güzel geçebilirdi. Gördüğüm birçok şey benim için yeniydi ve bir sünger gibi her şeyi emerek öğrenmek anlamak istiyordum. Kostas'la tanışmam benim için tam bir oryantasyon olmuştu.

Hayatımda yaşadığım en uzun soluklu yolculuğa çıktığımın farkındaydım ama vizyonumu, algımı, kültürümü hayli geliştirecek bir serüvenin içinde olduğumun farkında değildim henüz. Çünkü insan bildiği kadar bilebilirdi. O an bilmediğim şey ise bu kitabı yazmama neden olan kişiyle tanışmama henüz bir hafta kalmış olmasıydı...

"Denizi bilmek istiyorsan, en çok suyu sev..."
Bir Çemberdir Aşk, 46. Sır

11. Soğuk Demirler

Ertesi sabah planladığımız gibi Atatürk'ün doğduğu ve çocukluğunun geçtiği evi ziyarete gittik. Günün sonunda beni Atina trenine bindirip yolcu etti Kostas. Geceyi tren yolculuğum boyunca uyuyarak geçirmeyi düşünüyordum. 24 saat geçirdiğim Selanik'te bir dost edinmiştim.

İlk kez farklı bir kültürün içinde vakit geçirdiğim için sorguladığım şeyler de artmıştı. Öylesine kemikleşmiş yanlış düşüncelere sahibiz ki aslında. İşin acıklı tarafı düşüncelerimiz artık kemikleştiği için yanlış olduğunun bile farkında değiliz. Tıpkı kamburunun çıkması gibi, kırılan kemiğin yanlış kaynaması gibi...

Sahip olduğumuz hatalı bilinç ya da yanlış bilgiler ve önyargılarımız bize acı vermediği için hiçbirini değiştirme ya da sorgulama ihtiyacı duymadan yaşayıp gidiyoruz. Einstein'ın dediği gibi en önemli şey asla soru sormayı bırakmamaktır. Ancak sorular ve yeni cevaplarla yaşadığımız karanlıktan çıkabiliriz.

Farklı kültürlerde yetişen insanlarla temas etmek, alışveriş kurmak o kadar değerliymiş ki. Hem de bunu henüz deneyimlemiş olmama rağmen. Yıllar boyunca okulda öğrendiklerini hayatının bir parçası yapamazken, sadece bir tanışmayla, bir deneyimle bile vizyonunda küçük de olsa yeni bir pencere açman mümkün.

Atina'ya giderken sekiz saat süren yolculuğumu bir anne ve inanılmaz tatlı 10 yaşında kızı renklendirmişti.

Turistlerin işi gezerken yapacak bir şeyler bulmaktır ve iki saat boyunca kıza İngilizce öğretmeye çalışmamın altındaki motivasyon buydu.

Her coğrafyanın insanı da muhtemelen başkadır... Yaşamı, tarihi, alışkanlıkları, dili, hikâyesi başkadır...

Ne zaman bir konuyu ya da meseleyi anlamakta zorlansam "Araştırmalıyım ve öğrenmeliyim" düşüncesi ağır basar bende. Ne zaman geri gitse ayaklarım, merak hissi ileri itiyor beni sırtımdan. Hep daha fazla yolculuklar çeker içim. Öğrendiğim her yeni bilgi, biyolojik olarak açıklayamasam da beni rahatlatan güçlü bir tesir bırakır beynimde.

"Aşk en çok yolculukları sever. Çünkü aşk kendini bırakıp tek olana kavuşmaya talip olmayı gerektirir. Yaratan insanı aşkla yaratmıştır ancak insan dünyada kendisiyle aşkın arasına perde çekmiş mesafe koymuştur. Yolculuk bu suni ayrımı ortadan kaldırmak için gereklidir. Aşk için çıkılan her yolculuk aslında insanın başladığı yere geri dönmesi içindir."

Bir Çemberdir Aşk, 19. Sır

Toprak bile birlikte yaşadığı insanın kokusuna, tadına ve huyuna bürünüyor sanki. Buraların doğası ne kadar tanıdık görünse de, kokusu başka, rengi başka, hissi başka... Tarif edemediğim bir gurbet hissi çoğalıyor içimde.

Yine de sevdim ama yolda olmayı. Yabancılaşmayı da sevdim hatta... Üstelik alışıyor bile olabilirim. Ama sensizliğe alışmam hâlâ mümkün değil gibi görünüyor. Bunun için daha ne kadar uzaklaşmam lazım bilmiyorum. Yeterince uzağa gidersem yokluğuna alışabilir miyim? Seni özleyip durmaktan kurtulabilir miyim acaba?

Hâlâ karşımdaki boş koltuktasın, penceremin önünde trenle yarışan göçmen kuşsun, uğradığımız bütün duraklarsın, bilmediğim bütün dillersin, gördüğüm bütün yabancı yüzlersin, şu karşımdaki tarlada yüzünü güneşe dönmüş ayçiçeklerisin. Gözümün gördüğü, kulağımın işittiği, dilimin tattığı her şeysin. Sen nasıl becerdin bilemiyorum ama ben senden hiç gidemiyorum. Sensiz kalan her şeyi terk edip gidebiliyorum sadece...

Gözlerimdeki yaş, kalbime değmezse, ruhumdaki firar, yollara dökülmezse, içimdeki telaş, bana yeni şeyler söyletmezse ben olabilir miydim? Seni sevebilir miydim? Merak etme seni düşünmek beni aydınlatıyor ama parıltın da hiç eksilmiyor...

Mamafih uzaklardayım işte. İnsan, kendiyle meşgulken tam olarak yalnız kalmış sayılmıyor. Kendini bile düşünemeyecek haldeyse belki gerçek bir yalnızlıktan söz edilebilir o zaman.

Cesur muyum ben?

Gerçekten kendim olmayı seçtiğim için...

Bu yolculuk beni derinden beslemeye başladığında, ruhum dönüştüğünde zengin mi sayılacağım? Cebimde doğru dürüst para olmadığı halde yola çıktığım için deli miyim? Yoksa yaşlı amcanın anlattığı gibi, kanatlarının yanacağını bildiği halde güneşe uçan kelebek miyim?

Bilmiyorum...

Lakin şimdilik bildiğim bir şey var ki ne kadar uzaklaşsam da sen eksilmiyorsun içimden...

Adımlarım devam edecek, yol nereye gidecek bilmiyorum ama ben güzel yürümeye devam edeceğim.

Dünler bugünleri bekliyordu, bugünlerse yarınları kovalıyor. Ve ben bu macerada her duyduğu, her gördüğü şeyi anlayıp öğrenmeye çalışan küçük bir çocuk gibi şaşkınlıkla ve merak duygusu içinde ilerlemeye devam ediyorum.

Atina'ya giderken sekiz saat süren yolculuğumu bir anne ve inanılmaz tatlı 10 yaşında kızı renklendirmişti.

Turistlerin işi gezerken yapacak bir şeyler bulmaktır ve iki saat boyunca kıza İngilizce öğretmeye çalışmamın altındaki motivasyon buydu. Ara sıra dalıp gidiyordum yorgunluktan. Ama tren her sallandığında açılıyordu gözüm. Raydan çıkacakmışız gibi...

12. Ateş ve Türkü

İlk üç günüm Yunanistan'da geçmişti. Eski evlerin yüksek tavanları, az eşyalı mütevazı odaları, evin havasını tazeleyen geniş pencereleri beni her zaman çok etkilemiştir. Belki de herkes sever enerjisi temiz, geniş evleri...

Ne yazık ki şehir hayatının içinde metropolde yarış atından farksız bir koşturmanın içinde yaşamaya alışmış günümüz insanı, küçük bir odanın bölünmesiyle elde edilen kibrit kutusu kadar evlerde, başı buluta yakın katların arasında yaşamayı artık benimsediği için tarif ettiğim gibi bir evin ona ne hissettirebileceğini tahayyül bile edemiyor.

Burada yollar bizim sokaklara benziyor, biraz karışık. Mekânlar daha sakin ve orta halli insanlarla dolu... Gösterişten uzak bir hayat hâkim... Atina'nın merkezi hariç güzel temiz bir Anadolu şehrine benziyor Yunanistan'ın her yeri. İstanbul'u gören biri Yunanistan şehirlerini gezerken yoksul bir ülkede olduğunu düşünebilir.

İlk gecemi beni Tanrı misafiri kabul eden Kostas'ın evinde, ikinci gecemi Selanik-Atina treninde, üçüncü gecemi ise Atina'da bir deniz kenarında geçirdim.

Şimdiyse Yunanistan Patras'tan İtalya Bari'ye geçme vakti. Hayatımın en uzun gemi yolculuğu yaklaşık 15 saat sürecek. Bir aylık sınırsız tren biletim bana yüzde elli indirim kazandırdı ve her öğrenci gibi bu benim için harika bir haberdi.

Atina'da geçirdiğim geceyi anlatmak istiyorum size.

Hava kararmış ve geceyi şehirde geçirmem gerektiği için trende uyuma seçeneğimi de kaybetmişken uyumak için güvenli bir yer arıyordum. Elimdeki haritaya göre şehirdeki birkaç park alanını gezerken tam şehir merkezinde büyük bir otelin önünde tanıdık bir yüz gördüm. Kendisinden izin almadığım için ismini vermemin doğru olmayacağını düşünüyorum ama sesli kitap dinlerken sesini en çok sevdiğim sanatçılardan biri olduğunu söyleyebilirim. Kendisinden epeyce uzun bir kadınla bana doğru yürüyordu.

İstanbul'dan çok uzaklarda tanıdık bir yüz görünce sanki ağabeyimi görmüş gibi hissettim ve kontrolsüz şekilde "Ağabey ne haber?" dedim. Açıkçası bunu söylerken de içimden "Neden böyle bir şey dedim ki?" geçiriyordum.

Hiç tahmin etmediğim bir diyalog yaşandı.

Sanki beni tanıyormuşçasına "Vay yakışıklı ne haber?" dedi gülümseyerek. Şaşkınlığımı atmaya çalışarak "İyi ağabey, öğrenciyim, Avrupa turuna çıktım geziyorum" dedim. Gerçekten hiç beklemediğim bir sıcaklıkta karşılamıştı beni. Kendisinin de birkaç üniversite geçmişi olduğu için İTÜ'de okuduğumu söyleyince "Bir ihtiyacın var mı?" dedi.

Bunu söylerken de samimiyetini görünce "Aslında geceyi geçirecek bir park ya da sahil arıyorum ama haritada zor oldu" dedim. Yanındaki kadını bırakarak hemen önünde olduğumuz Atina'nın merkezindeki en büyük otele girip birine seslendi. Otelin valelerinden biriyle dışarı geldi, bana haritada gezginlerin güvenle geceyi geçirebilecekleri bir sahili gösterdi ve ardından taksi çağırdılar.

"Seni sevdim delikanlı, yolun açık olsun, taksi parasını da ayaküstü kısa sohbetle çoktan ödedin" dedi. Hiç unutmayacağım bir jestti.

Taksi beni göz kararı 30-40 gezgin sayabildiğim bir deniz kenarı kamp alanına ulaştırdı. Yol süresince de taksisinin önünde aracını yeteri kadar hızlı kullanmayan birkaç şoföre "Haydeee!" diye bağırdığında şaşkınlığımı gizleyemeyip gülmüş ve komşumuzla ne kadar ortak noktaya sahip olduğumuza tanıklık etmiştim. Rüzgârı az alan uygun bir alan bulunca uyku tulumumu giyip çantamı da başımın altına koyup yıldızları izlemeye başladım. Öğlen üzerine basamayacağınız kadar sıcak kumlar hızlıca soğuyan havaya karşı sırtımı güzel güzel ısıtıyordu.

Yıldız takımlarını bir şeylere benzetiyor, acaba ihtiyacım olan şey için bana yol mu göstermeye çalışıyorlar diye düşünüyordum...

Bilirsiniz âşık olunca radyoda çalan her parça sanki sizin için seçilmiş gibidir ya... İşte o gece de sahilde tulumumun içinde uykuya dalmak üzereyken belli belirsiz tanıdık melodiler duymaya başladım. Uyanıklıkla uyuma arasında gidip gelirken bunun gerçek mi hayal mi olduğunu anlamaya çalıştım ve bu bir süremi aldı.

Doğruldum, etrafa baktım. Dalgaların yumuşacık periyodik seslerinin arasından bir müzik sesi duyuluyordu. Ve bu ses bana çok tanıdık geliyordu. Tulumu sarıp çantanın altına bağladım ve sese doğru yürümekten kendimi alamadım.

Dilini bilmesem de sanki biraz bana anlatmaya çalışır gibi tanıdık şarkıların elinden tutmuştu Yunanca kelimeler.

Tanımadığım sesler zamanla tanıdık bir melodiye dönüştü içimde. Duyduğum sesleri neye benzettiğimi söyleyince "Vatan hasreti başlamış sende" diyeceksiniz biliyorum ama sahiden de yurdumun melodisine benziyordu dinlediğim sesler.

Çantamdan gözlüklerimi çıkarıp tişörtümle camlarını sildikten sonra rüzgârın etkisiyle havaya küçük kıvılcımlar fırlatan ateşe doğru yöneldim.

Deniz simsiyah, şehrin ışıkları yok denecek kadar az ve gökyüzünde asılı duran inciler dışındaki tek ışık kaynağı o kamp ateşiydi.

Bir grup insan ateşin etrafında toplanmış, türkü söylüyorlardı. Hem de bizim oralarınkine çok benzeyen türküler... Türkçe değildi ama ezgiler öylesine tanıdık ki içimden eşlik edebiliyordum her duygusuna...

Kimseyi rahatsız etmemeye dikkat ederek biraz daha yaklaştım yanlarına... Sonra gruptan yirmi metre kadar uzakta yavaşça çöküp oturdum kumların üzerine. Biraz sonra içlerinden biri beni fark edip, çembere dahil olabileceğimi işaret edip, kenara çekildi. Kalkıp bana açılan yere çöktüm bu kez. Başımı eğip elimi göğsüme koyarak teşekkür ettim. Gülümsedi. O da eli göğsünde karşılık verdi.

On on iki kişilik kızlı erkekli bir grup, üç kadın bağlama ve ut çalıyor, iki erkek bendire benzer bir çalgıyla ritme katılıyordu. Gezgin bir halleri yoktu, etrafta çadır ya da büyük çantalar göremedim, belli ki buralılardı.

Bana yer açan yanımdaki genç ekmeğinin temiz tarafından bölüp ikram etti sonra. Küçüklüğünden beri "Yabancılardan sakın bir şey alma!" nasihatleriyle büyüyen bir neslin insanı olarak hiç tereddüt etmedim desem yalan olur. Aldım ekmeği. Gayet sıcak ve davetkârdı ortamları.

Bu kez İngilizce teşekkür ettim. O da bana İngilizce karşılık verdi.

"Nerelisiniz?" diye sordum, dizginleyemediğim bir merak duygusuyla. Bütün bu ezgileri nereden biliyorlardı?

Atina'da yaşadıklarını ve onlarca yıl önce dedeleri Türkiye'den, İç Anadolu'dan buraya göç eden Kürtler olduklarını söylediler. Çok şaşırdım... Yunanistan'da Kürtlerin yaşadığını bilmiyordum.

Açıkçası şaşırdığım şey kimlerden oldukları değil yeni bir şey öğrenmekti. Çünkü ilgilendiğim şey kimlerden oldukları değil onlardan neler öğrenebileceğimdi. Isırdığı ekmeğin temiz köşesini karnımı doyurayım diye bana veren bu adamın kimlerden olduğunun ne önemi vardı ki?

Bana bakmadığı sırada ekmeği açıp içinde ne olduğuna bakmaya kalktığımda "Helal helal..." dedi gülerek. Ben de güldüm...

Bilmediğim yerlerde bilmediğim kültürlerin içinde olduğum halde güvende hissediyordum kendimi. Mutluydum. İnsan bazen kendi evinde bile bu kadar güvende hissedemeyebilir...

Melodisine benim de katılabileceğim türküler, ezgiler söylediler. Kendimi bir masal kahramanı gibi hissettim. Hiç bilmediğim bir yerde varlığından haberdar olmadığım insanlarla birlikteydim ve aynı ekmeği yiyip aynı şarkıları söylüyorduk. Hem özgürlük vardı hem güven.

Hayat çok tuhaf... Yolculuklar belki de bu yüzden çok eğitici... Bildiğin her şeyi yerle bir edebiliyor.

Sanırım sorun bendeydi ya da yaşadığım coğrafyada... Ailem beni sürekli bir yarışın içinde olduğum bilinciyle adeta bir yarış atı gibi yetiştirdi. Hep birtakım mücadelelere ya da engellere karşı hazırlıklı olmak üzere programlandım. Bu salt benim kişisel sorunum değil bunun bir gençliği ilgilendiren sorun olduğunun da farkındayım.

Her birimizin önüne konan hayat planı 25 yaşına kadar okullara gidip eğitilmek. Sonuç ne peki? Ülkesi dışında hiçbir ülkeye gidememiş, anadili dışında hiçbir dil konuşamayan biri olmak. Bunlar bir yana yıllarca süren eğitimlerden sonra işe girememek. Peki tüm bunlar ne için? Dünyada doğup dünyayla iletişime geçemeden, gidip konuşamadan, gezip göremeden kendi sokağımızda doğup büyüyüp ölmek için mi?

Ülkemde her yıl 3 milyon öğrenci üniversite sınavına girer ve sadece birkaç bini başarılı olur. Ben de onlardan biriydim ve üniversite sınavına hazırlanırken son 24 ayımın yüzde doksanını günde 14 saat test çözerek geçirmiştim. Akrabalarım içinde gözlük takan tek gencin ben olmasının tek açıklaması buydu.

İnsan kendini ait hissetmediği bir hayatı yaşamaya devam ettikçe nasıl tamamlanabilir ki? Peki bir insan kendini tamamlayamazsa nasıl eksik yaşar ki? Çok acı ama sanıyorum ki hepimizin yaptığı da tam olarak bu, eksik yaşıyoruz. Hepimizin hayatlarında bir şeyler eksik ve yaşamaya çalışıyoruz.

Az önce karanlıkta kimseler yokken yanımda, radyoda çalan her şarkı benimdi. Şimdi de burada Türkçesini içimden mırıldandığım her şarkı benimdi, benim içindi.

Ateşin tepesinde oynaşarak bana kendilerini fark ettirmeye çalışan kırmızılı, sarılı kıvılcımlar da, kimsesizliğimi izleyen yalnız yıldızlar da benimdi bu gece. Sirkeci'deki sahaftan aldığım kitabı açıp okumaya başladım.

"Her insanın içinde yanmaya hazır bir yer vardır. Hayatta karşısına çıkacak ateşler o yangın için tehlike değil fırsattır. Ve yıllar geçtikçe insanın dönüşeceği şeye o ateş karar verir."

Bir Çemberdir Aşk, 44. Sır

13. Siesta

Sabahın ilk trenini yakalayıp başımı cama yaslayarak uykuma devam ettim. Ömrünü doldurmak üzere olan bir insanın yaşadım mı yaşamadım mı ikilemi gibi uyuyor muydum uyanık mı hatırlamıyorum.

Tünellerin içinden geçerken karanlığı arkasına alan cam bana kendimi gösteriyordu. Cama bakan mı bendim yoksa camdaki mi? Belki de cevaptan çok ne olmak istediğimdi önemli olan. Yansımalar ve buğulanmış gerçekler dokunabildiğim, sevip sıkılabildiğim gerçeklerden daha çok çeker beni. Ne de olsa babamın en büyük alışkanlığı olan yarım bulmacaları doldururken öğrenmiştim okumayı.

Keşke buğuları okumakla, yarım olanları hayal etmekle yetinseydim. İnsanların öğrettiği kelime bir hayal kurma kadar içeride bir yerlerime dokunmadı. Herkesin bir hayali var, hepimiz gözlerimizi kapattığımızda hayal ettiğimiz o kişi olmak istiyoruz ama kimse camdaki yansımasının ötesine geçemiyor.

Ülkemin dışında adım attığım ilk ülke olan Yunanistan'da birçok anı biriktirmiştim. belki de planlasaydım bu kadar heye canlı geçmezdi günlerim. Sabah erken kalkıp Patras'a, oradan da İtalya'ya yolculuğum başladı.

Gemide turistler için hazırlanmış harika bir İtalya haritası aldım ve gezmek istediğim şehirleri işaretledim. Her şehir geçişini geceye ve 5-6 saate denk getirip uyuma sorununu çözecektim. Plan ilk gece Bari'den Roma'ya 6 saat, sonraki gece Roma'dan Venedik'e 6 saat, sonra Venedik'ten Roma aktarmalı

Floransa'ya 8 saat ve sonraki gece de Floransa'dan birkaç yere uğrayarak bir iki gün içinde Barselona'ya varmaktı.

Altı saatten uzun sürecek tren yolculuklarımı geceye denk getirmek her seferinde işe yaradı, gündüzleri geziyordum, geceleri de tren rüyalarımı beşik gibi sallıyordu.

Roma Garı'na vardığımda kendimi yanlışlıkla uyuyakalmış ve bir şekilde havaalanına varmış gibi hissettim. Bir tren garı ne kadar büyük olabilirse o kadar büyüktü, büyük bir turist kafilesi kafamı karıştırana kadar yan yana otuz kadar terminal saydım.

Tren Garı'nın dev kapısından dışarıya adım attığımda hissettiğim şey şuydu: "Evet Avrupa'daki ilk büyükşehir gezim sanırım burada olacak." Her yeni şehirde tren garından çıktığımda ilk yaptığım şey acil olarak ücretsiz bir şehir haritası ve bir market bulmaktı. Bu sefer şehrin büyüklüğü karşısında başım döndü ve olduğum yere çömelerek oturdum. Çantamdan suyu ve kitabımı çıkardım. Her zamanki gibi yine sanki beni izleyen bir kılavuz gibiydi...

"Her yöne ve her yerde attığın her adım seni aynı noktaya götürür. Gideceğin yolu sen seçersin ama varacağın yer aynıdır. İnsan varacağı yeri değil varacağı hali değiştirebilir. Öyleyse yolunu seç, ham olarak mı, hal olarak mı?

Bir Çemberdir Aşk, 16. Sır

Sırtımda diğer gezginler gibi büyük bir çanta, gözlerim de herkes gibi gördüğü yeniliklere karşı heyecanlı yürüyordum ama diğerlerinden farklı bir şeyler arıyordum. Belki ham olmaktan hal olmaya kestirme bir yol, belki o yolu hak edecek bir rastlantı, belki de şu an yüzümü güldürebilecek tek şeyi, onu.

Kilometrelerce yürüdüm, yürüdüm ve tuhaf bir şey vardı, nerdeyse hiç yaşam alanlarına denk gelemedim. Başımı çevirdiğim her yer, ayak bastığım her yer tarihi eser. Dev Collesium, antik tapınak ve tiyatrolar, Panteon, forumlar, binlerce yıllık meydanlar,

Vatikan, meşhur Aşk Çeşmesi, şapeller, İspanyol Merdivenleri, San Pietro Bazilikası ve sayarak bitirilemeyecek tarihi eserler. Ve tüm bunlar birkaç kilometre yürüme mesafesinde. Sanki dünya bir şehri kırsallaştırıp tarihi ve önemli tüm eserlerini oraya koyarak şehri bir açık hava müzesine dönüştürmüş gibiydi. Tıka basa turistle dolu, çok az İtalyan'a denk geldiğim bir İtalya şehriydi Roma.

***

Planladığım gibi geceyi trende geçirip ertesi sabah fotoğraflardan çok daha şaşırtıcı olan kanallar şehrine vardım. 118 adadan oluşan, labirent gibi sokaklarında defalarca kaybolduğum, otomobilin alınmadığı, su kanallarının kıvrılarak her yere uzandığı unutulmaz bir yer Venedik. Dünyanın kaybolması en güzel şehri sanırım burasıdır. Bu yaşıma kadar ortasından kocaman bir kanalla ikiye ayrılan bir şehirde yaşamış olsam da burası benim için bir ilkti. 13. yüzyılda Avrupa'nın en meşhur ve en zengin kentiymiş. Ta ki 15. yüzyılda Selanik'i Osmanlı'ya karşı savundukları için Fatih Sultan Mehmet'in Venedik'e savaş ilan etmesine kadar. Ardından hızlı bir çöküş dönemi.

Ünlü Rialto Köprüsü'nde tanıştığım bir Fransız çiftle konuşurken Venedik'in aynı zamanda Avrupa'nın en romantik şehirlerinden olduğunu öğrendim. Küçük renkli evleri, kanallardaki estetik gezi tekneleri ve bir bilgisayar oyunu için tasarlanmış gibi gözüken eğimli şirin köprüleri çiftlerin fotoğraf çektirmek için tercih ettikleri duraklardanmış. Konuşmanın sonlarına doğru erkeğin Fransız kızınsa Alman olduğunu öğrendim. Her geçen gün Avrupa kültürüne dair yeni bir şey öğreniyorum. Şu an için ülkelerin ortadan kalktığı, bölgesel farklılıklarla herkesin birbirini kabul edip saygı duyduğu bir topluluk gibi gözüküyor. Birbirlerini ne kadar sevdiklerini şu an için bilmiyorum ama saygı duyduklarını görebiliyorum. Zaten sevgi yasalarla sağlanabilecek bir şey değil ama saygı tüm sorunları ortadan kaldırabilir.

Karşılaştığım insanların çoğu turist... Sanırım yerliler, turistlere terk etmişler bu şehri... Caddelerde toz bile yok, kaldırımlar medeniyetler kadar eski ama örselenmemiş...

Bana çok ilginç gelen bir kültürle tanıştım burada ve birkaç gündür "Bu ülke nasıl geçiniyor?" diye düşünüyorum kendi kendime. Sabah her yer kapalı, öğlen her yer kapalı, akşam yediden sonra her yer kapalı... Siesta... Sahiden de bu ülkede kimler, nereden alışveriş yapıyordu acaba?

Öğlen saatlerinde işe ara verip bir müddet şekerleme keyfi yapıyorlar. Ve bu keyifli gelenek bütün memleketin ruhuna sirayet etmiş. Müthiş bir konfor... Bence çok değerli bir yatırım ara sıra durmak, dinlenmek, yavaşlamak ve sonra kaldığın yerden hayata devam etmek. Kesintisiz hız, aralıksız çalışma, mücadele ve hırs bana göre üretimle ilgili değil sanki daha çok yıkımla ve uzun vadeli kayıplarla ilgili. Kendine değerli bir mola verip bu molayı içsel bir dinlenme ve motivasyon avantajı olarak kullanmak, kesintisiz bir hızla çalışmaktan çok daha verimli gibi geliyor bana.

Şarap üretmek için her yerde görebileceğiniz üzüm bağları, otomobil ve moda markaları ülkenin en güçlü ekonomik geliri... Ayrıca hayranlıkla gezdiğim bu tarihi sokaklar sadece beni etkilemiyor olacak ki dünyanın en çok turist çeken dördüncü ülkesi İtalya...

Burada bulunduğum süre içinde en çok sokak sanatçılarıyla konuştum. Performans sonunda yanlarına gidip tebrik ediyor, onları tanımak için sorular sorup sohbet ediyordum İngilizce...

Her insanın sanatla ilgilenmesi gerektiği üzerine düşünmeye başlamıştım sokak sanatçılarını yakından tanıdıkça. Sanat bir meslek, bir görev, profesyonel bir uğraş olmak zorunda değil herkes için ama yemek, içmek, uyumak gibi yaşamsal bir ihtiyaç arz ederek yaşamın bir parçası olmalı... Doktorsun diye resim yapmayı yasaklamamalısın mesela kendine, mühendissin diye yazım tutkunu öldürmemelisin, iş insanısın diye gitarını terk etmemelisin...

"Dünya mükemmel olmadığı için sanat vardır" der ya Andrey Tarkovski, insanın hız çağında muhtaç olduğu anlam ve yüksek değer kavramları, bence sanatın içinde herkese açık, bonkörce duruyor. Hayat mükemmel olmadığı için sanat yüksek bir anlam olarak varlık buluyor insan hayatının içinde.

Yanımda Ernst Fischer'ın *Sanatın Gerekliliği* kitabı olsaydı bir pasaj yazmak isterdim buraya. Sanat okullarının hepsinde öncelikle okutulan kıymetli kitaplardandır. Ben de felsefeye duyduğum ilgi sayesinde tanışmıştım bu kitapla... "Sanat, insan için insanla gelişmeye devam edecektir ve her çağda devam etmelidir" der Fischer.

Avrupa'nın en eski üniversitesinin İtalya'da olduğunu yere tebeşirle resimler çizen bir sokak sanatçısından öğrendim. Bir sünger gibi gördüğüm, duyduğum her şeyi öğrenmeye ve anlamaya çalışarak emiyordum adeta.

Keşfettiklerimden dolayı keyfim yerinde sayılırdı. Ama neticede yolculuk, sırtımda kocaman bir çantayla yaşamak ve özellikle geceleri dışarıda geçirmek beni zorluyordu.

Bazen yorulmuyor değil insan ya da pes edesi gelmiyor değil. Ama bu hisse alışkınım ve şimdiye kadar da hiç pes etmedim. Ne zaman ters gitse hayatında bir şeyler, içinde anlatamadıkların birikir, yanında anlayamayan insanlar birikir, sonra da gözlerinde yaşlar birikir. Ve her şeye ve tüm olanlara rağmen devam edesin gelir.

***

Floransa'da belki sıradan bir gündü ama benim için çok ama çok özeldi. Sanki bir şehri değil de dünyanın en pahalı film setini geziyormuş gibiydim. Kusursuz bir şehir burası. Hatasız bir şehir. Hiç mi yanlışlık yapılmaz, mesela bir belediye başkanının yeğenine tarihi binaların arasında çok katlı bir imar izni verilmez? Verilmemiş...

Selanik ve Atina, gözlerimin çok aşina olduğu şehirlerdi ama Bari'ye ayak bastığımdan beridir ısrarla tarihine el sürülmemiş sokaklarında yürümekten alamıyorum kendimi. Floransa, hayranlığımın zirveye ulaştığı nokta oldu.

Kuzey İtalya'daki Toscana bölgesinin başkenti Floransa... Kısa bir dönem, İtalya Krallığı'na da başkentlik yapmış. İçinden nehir geçen inanılmaz bir sanat şehri. İtalyan Rönesans'ı burada doğmuş. Leonardo da Vinci de bu şehirde yetişmiş. Michelangelo da öyle...

Hükümdarlar halkın arasına karışmadan iki büyük saray arasında ulaşım sağlayabilsinler diye yapılmış Vasari Koridoru...

Gözünüzün gördüğü her yerde tarihi binalar yükseliyor, etraf sayısız heykelle ve anıtla kaplı. Köprüler şehri olarak da bilinen Floransa'da II. Dünya Savaşı sırasında bütün köprüler Almanlar tarafından bombalanmış. Ancak bir köprü zarar görmemiş. O da Ponte Vecchio... Yani Eski Köprü... Köprünün üzerinde çok sayıda kuyumcu dükkânı bulunuyor. Suyun üzerinde yan yana dizilmiş ufak binaların eski ama karakterli görüntüsünü izlemeye doyamadım.

Ara sokakta keman çalan bir çocuk dikkatimi çekti. "Ara sokak" sözünün altını çiziyorum çünkü alışıldık bir şey değildir sanatçıların ara sokaklarda çalması değil mi? Sokak sanatçıları kalabalıkların gelip geçtiği meydanlarda çalmayı tercih ederler çoğunlukla. Ancak burası bir kez daha ezberleri bozuyor bende. Pek çok sokak sanatçısı ıssız ara sokaklarda sanatlarını icra ederlerken çıktılar karşıma. Sanki herkesi değil, gerçekten bir şey arayanı bekler gibiydiler.

Turistler çoğunlukla fotoğraf çekmeye konsantre oldukları için ne yazık ki çok şey kaçırıyorlardı bu şehirde. Floransa'nın bir ruhu vardı. Bilgeliği vardı ve bunu hiçbir fotoğraf makinesiyle görüntülemek mümkün değildi. Bu yüzden fotoğraflayarak hatırlamaya çalışmak yerine, hissederek anlamayı tercih etmek daha doğru geliyor bana. Yanımda bir fotoğraf makinem olmadığı için hayıflanmıyorum yani...

Buralarda gözüme fazlasıyla çarpan bir diğer şey de bisikletlerin yoğunluğu... Kilometrelerce uzanan bisiklet yolları var her yerde. Bisikletliler için trafik ışıkları da var ayrıca. Bisiklet sürücüleri, sağa veya sola dönerken kol hareketiyle göstermek zorundalar.

Bence tam bize göre aslında bisiklet işi... Üstelik motorlu taşıtlardan daha romantik... On kilometrelik mesafeyi bisikletle ortalama 15 dakikada gidebilirsiniz mesela. İstanbul'da araçla on kilometrelik yol ne kadar sürer sizce?

İşte bunun cevabını kimse tam olarak veremez. İki dakika da olabilir, otuz iki dakika da... Ayrıca üzerine fahiş otopark ücretleri de ödersiniz.

Gerçekten de hayatımız, bizim içine kattığımız anlam, değer ve güzellikler kadar dolu. İçini ne kadar boşaltıyorsak o kadar anlamsız ve değersiz her şey...

Yeni şeyler keşfetmenin verdiği eşsiz haz beni daha güçlü ve daha özgür hissettiriyordu.

İlk kez ayak bastığım ve belki bir daha gelme fırsatı bulamayacağım bu sokaklarda hem kendimi hem de bu yabancı sokak sanatçılarını dinliyordum can kulağıyla. İnsan doğduğu yerin sesine ve havasına mahkûm kalarak ölmek zorunda değil... Uzakların da bize öğretebileceği şeyler var.

Kediler su içtiğinin farkındadır ancak bu farkındalığın farkında değillerdir ya. Benim de istediğim şey tam olarak buydu işte... Yaşam farkındalığımın farkında olmak... Yaşadıklarımın akıp gitmesini istemiyordum. Buna sevmek de dahil...

"Sevdiğine dokunmalısın" yaptırımından kurtulup dokunmadan da sevmenin mümkün olabildiğine inanıyordum.

Neden olmasın?

Yunus Emre oğlu ve sevdiği Sitare'nin hasretinden dolayı Yunus Emre olmamış mıydı?

Yüzyıllardır konuşulan Mevlana ile Şems dostluğu aslında birkaç aylık iletişimin sonucu değil mi? Mevlana'nın sustuğu her sözü anlayan tek insan Şems değil miydi? Şems tarafından terk edilince Mevlana, tüm dünyanın gönlünü fetheden insan olmadı mı?

Siz de düşünüyor musunuz acının, ayrılıkların ve ıstırabın içindeki yaratıcı gücü... Bütün bu ıstıraplar çekilmemiş olsaydı felsefe, sanat, düşünce, fikir ve ilham doğar mıydı hiç? Kavuşmak ve hep mutlu olmak insanoğlunun bencilliği değildir de nedir? Sevdiği her şeye sahip olmak, onu elinde ve yanında tutmak hırsı, sizce ne kadar ilhamla ve yaratıcılıkla doldurabilir ki insanı? Tarih sahnesinde de görüyoruz ki aslında acılardan hep felsefe doğmuş, sanat doğmuş, aydınlanma doğmuş, maneviyat doğmuş. Yani insan acıyla yükselmiş.

Velhasıl, sanatla, heykellerle dolu açık hava müzesini andıran İtalya şehirlerinin ardından yarın yine başka bir şehre yolcuyum.

Yarın İtalya'daki son günüm. İspanya Barselona'ya doğru yola çıkıyorum yarın gece. Bir şehir daha bitiyor bende yine. Buradaki üç dört günde hiç unutamayacağım kadar çok hatıra biriktirdim. Her birinden uzun uzun bahsetmek isterdim ama Barselona'da hayatımı değiştiren rastlantıları anlatmak için sabırsızlanıyorum.

Parkta bir ışığın altına oturup çantamdan kitabı çıkarttım ve rasgele bir sayfasını açtım.

"Var olduğun yere döneceğin bu yaşam çemberinin sırrı birine âşık olunca değil 'aşk olunca' sana açılır. Yaratımın amacı âşık olmak değil aşk olmaktır."

Bir Çemberdir Aşk, 18. Sır

III. KISIM

"İnsan zamanını durdurmak istediği yere aittir."

14. Valiz

2005 Haziran, Barselona

Merhaba, benim adım Jaume...

Biliyorum anlaması da söylemesi de zor bir isim... Bu bir Katalan ismi ama tanıştığım herkese James olarak tanıtıyorum kendimi. Böylesi daha kolay oluyor. En azından ismimle ilgili uzayıp giden "Nerde yaşıyorsunuz? Bu isim nereden geliyor?" sohbetine her defasında maruz kalmamış oluyorum.

Hayatım, yanlış bindiğim bir trenle yaptığım upuzun bir yolculuktur benim için... Her durakta kendime birtakım doğrular bulmaya çalışıp durmuşumdur. Çünkü yolculuğum baştan sonra yanlıştı zaten... Kırk üç yıl boyunca beklenti ve arayıştan ibaret bir ömür sürdüm. Ta ki geçen yıl o genç adamla tanışana kadar...

Etrafınızda benden onlarcası vardır eminim. Göze batmayan o sıkıcı adamlardan biriyim işte. Sosyal hayatı sakin, iş hayatı yoğun... Hepsi bu...

Ailem yok... Annemle babam ben üç yaşındayken trafik kazasında ölmüşler... Onlarla ilgili tek bir anı bile yok zihnimde... Bazen sahte anılar uydurmaya çalışıyorum avunayım diye... Büyükannemle büyükbabam, ailem oldular benim.

Büyükbabam özel bir adamdı... Kendini bildi bileli saat tamir etmiş... Saat tamiri dışında duvara çivi çakmışlığı yoktur. Parmaklarıyla, gözleriyle, bedeniyle, zihniyle, her şeyiyle yaptığı işin şeklini almıştı adeta. Kulağının dibinde "Büyükbaba!" diye bağırsam işitmezdi bazen ama yan odadaki saatin tik tak sesindeki teklemeyi hemen sezer, saati derhal yatırırdı tamir masasına...

"Zaman diye bir şey yok..." derdi. "Ama saatler yine de lazım. Çünkü insan ölçemezse boşlukta kaybolur, yaşamayı bile hatırlamaz."

Çok iyi bir hikâye anlatıcısıydı aynı zamanda. Öyle kütüphaneler dolusu kitapları yoktu ama bu kasabada gelip geçmiş binlerce hikâye birikmişti beyninde. Olayları satır satır bilir bir kitaptan okurcasına dinleyene anlatırdı. Beni çok severdi ben de onu dinlemeyi. Zihnimin hiç tanımadığım insanların hikâyeleriyle dolu olması onun sayesindedir.

Öyle saçımı okşamaz, beni dizine oturtmaz, sırtımı sıvazlamazdı belki ama sevgisinden emindim. Hastayken bile üşenmez, geceleri uyumadan önce bana ezberlediği yaşanmış masalları anlatırdı.

Hayatı boyunca hep öksürdü. Soluk alır gibi öksürürdü büyükbabam... Geceleri bazen sesi çıkmadığında endişelenirdim, neden öksürmüyor diye. Ama sonra ince bir hastalığın çığlığına dönüştü ciğerlerindeki çınlamalar. Bir akşam sabaha kadar öksürükleriyle sarsıldı evimizin duvarları. Konuşamadığı her şeyi kusuyor gibiydi. Bağıra çağıra sustu sonra.

Ciğerlerindeki o hırıltılı gümbürtüler kim bilir neler anlatmak istiyordu ama söylemedi. Başkalarının hikâyelerini anlattı hep hayatı boyunca. Ama kendi hikâyesini ciğerlerine gömdü.

Dünyanın en yaşlı insanı gibi göründüğü halde bir tanecik anısı bile yok gibiydi... Sanki hiç annesi babası olmamış, sanki hiç sevinmemiş, gülmemiş, ağlamamış, âşık olmamış, evden kaçmamış, cam kırmamış, top oynamamış...

Aslına bakarsanız benim de hiç anım yok gibi... Sanki benim de hiç annem babam olmadı. Cam kırmadım. Yaramazlık yapmadım. Çok konuşmadım. Kimse bana "Şu çeneni kapa artık evladım!" demedi. Kelebek kovalamadım. Arkadaşlarımla oyunlar kurmadım.

Beni kime sorsanız hakkımda hep "İyi huylu çocuk..." derler. Oysa karşılığında ödediğim bedel çok ağır, çok yorucu...

"Neden ben?" sorusu oldum olası kara saplı bir bıçak gibi durmuştur kalbimde. Bazen hareket eder, keser dört bir yanımı... "Neden ben?" derim hep. Keşke ailem yaşasaydı... Bambaşka bir hayatım olurdu şimdi.

Eğer bir tanrı varsa benden ne istediğini asla çözemeyecektim sanırım.

***

Annemi çok özlüyorum hâlâ... Hiç hatırlamadığım annemi... İyi huylu bir kadınmış... Belki de ona benzemeye çalışıyorumdur, bilmiyorum.

İnşaat mühendisi olmak istiyordum büyüyünce, yollar yapacaktım. Canla başla çalışıyordum bu uğurda. Çünkü hiçbir çocuğun yağmurlu bir günde tehlike geçidine dönüşen kasaba yollarının neden olduğu bir kazada ailesini kaybetmesini istemiyordum. Annesiz babasız kalan çocuklar büyümezlerdi çünkü biliyorum. Sadece yaşlanırlardı.

Dedemi kaybettiğimde sekiz yaşındaydım. Bileğimde yetmiş yıllık saati kaldı bana miras... Hikâyeler dinleyerek birlikte geçirdiğimiz geceleri ikimizin de hatıra hanesine yazdım. Bir de tamir masası tabii... Dedemin saat tamirhanesine kimsenin dokunmasına izin vermedim. Kullandığı aletlere gözüm gibi baktım. Bir cıvatasını bile kaybetmedim. Gece gündüz o minicik atölyede oyalandım durdum. Saat tamir ettim. Onardıkça anladım ki sahiden de zaman diye bir şey yok ama sonsuz boşluklarda kaybolup gitmeye fazlasıyla meyilli insanlar var.

Saat, denizde kıyı gibi... Dipsiz uçurumlardan aşağı bakarken demirden tırabzanlara tutunmak gibi... İnsan hep sığınacak bir yer, tutunacak bir güç arıyordu. Zamansız bir dünyada yaşamayı göze alamayınca saatleri icat etmek zorunda kalmış.

Kolejin son yılında büyükannemi de kaybedince kimsem kalmamıştı artık hayatta. Devlet desteği almaya başladım bunun üzerine. Peynirci Benjamin'in çok yardımı dokunmuştur bana. Ne kadar minnet duysam az... Hafta sonları dükkânda ona yardım etmeye başlamıştım. Onun sayesinde para saymayı, hesap tutmayı ve ticareti öğrendim.

Büyükannemle, büyükbabamın en sevdiği komşumuzdu Benjamin... Karısı Berta vardı bir de... Az konuşan ama çokça tebessüm eden, tatlı bir kadın... Çocukları olmadığı için hem evlat sayılırdım onlara hem de eski dostlarına bir vefa borcuydum.

Benjamin, II. Dünya Savaşı sırasında İspanya'ya gelmiş bir İngiliz... Büyükbabam, kendinden on yaş genç olan Benjamin'i komşusunun yanına verip sütçülük öğretmiş ona, kasabaya yerleşmesini sağlamış. Aşk da çok geçmeden Benjamin'in kapısını çalınca iyiden iyiye Gironalı bir Katalan olmuş...

Kimsesiz, bir başıma kaldığım o yıl, Benjamin ve Berta'nın desteğiyle tutundum hayata. Kimsesizlik duygusuyla baş edemeyecek kadar küçük ve güçsüzdüm. Onların sevgisiyle yeniden bir umut yeşerdi içimde, hayatın yaşanabilir bir yer olabileceğiyle ilgili... Ders notlarım giderek yükseliyordu. Benjamin'in emeği büyüktür eğitim hayatımda. İş ahlakını da, disiplini de, başarıyı da ondan öğreniyordum. Çalışmak kutsaldı Benjamin için... Kimseye muhtaç olmadan azimle, disiplinle çalışmak, başarmak, kazanmak çok kıymetliydi... Babam gibi olmuştu adeta. Biliyorum, bu üçüncü baba...

İkinci babam gibi gördüğüm büyükbabamdan sonra Benjamin'i de üçüncü babam kabul edip devam ettim hayata. Bir çocuk için hiç de kolay değil bu süreç...

Üniversiteyi kazanmak için var gücümle gece gündüz çalışıyordum. Sonunda Katalonya Teknik Üniversitesi İnşaat Mühendisliği Bölümü'ne girmeyi başardım. Böylece aldığım devlet desteği konaklama masrafımı da karşılamak üzere yükseldi. Ders notlarım da ortalamanın üzerindeydi. Hayat bana başarılı olmaktan başka seçenek bırakmamıştı çünkü... İyi olmak zorundaydım. Başarmaktan başka çarem yoktu.

Oysa yaşıtlarımın tek derdi bisiklet karşılığında sınıf geçmek, ders çalışmak karşılığında tatil yapmak, fazladan bir top dondurma yemek, eve bir saat daha geç dönmek, odalarında yalnız kalabilmekti. Bunların ne olduğunu hiç öğrenmedim, hayat bana bu seçenekleri hiç vermedi.

Halime bakınca dünyanın bütün günahlarının bedelini tek başıma ödüyor gibi görünüyordum. Büyük bir haksızlık gibi geliyordu her zaman çok çalışmak ve başarmak zorunda olmak... Neydi ki suçum? Neden üç yaşından beri annesiz babasızım şu hayatta? Neden anne baba yedeklerimi bile almıştı hayat benden?

Büyükannem, her kederlendiğimde beni hiç ikna edememiş olsa da, sıkıntıların içindeki sürprizleri görebilmekten söz ederdi ve "Tanrı'nın sevdiği insanlar için her zaman güzel planları vardır" derdi. Buna hiçbir zaman inanmamıştım.

***

Üniversitede kimse ailesinden söz etmiyordu. Özgürlüklerin, bağlılıktan daha değerli ve cazip görüldüğü üniversite hayatındaki gençler, ailelerinden çok birey olabilmenin değeriyle ilgilendiği için, benim kimsesizliğim göze batmıyordu hiç. Bana da herkes gibiymişim gibi davranılmasından hoşlanmıştım.

Ders notlarımın yüksek olması sayesinde bölgenin en büyük inşaat şirketinde stajyerliğe kabul edildim. Üniversiteden sonra işim hazır sayılırdı artık.

Kendimi tamamen işime adamıştım bir dönem. Varsa yoksa projeler, çizimler, inşaatlar... 26 yaşında verdiğim ilk molada evlendim zaten. Farklı bir üniversitede Hıristiyan Teolojisi Bölümü'nde okuyan Elna'yla okul çıkışlarında gittiğim Fransızca kursunda tanışmıştık. Üniversite yıllarımda gördüğüm en güzel kızdı. Ona arada takılırdım bana neden baktın diye. "Çok zeki insanların aynı zamanda çok da duygusal olması pek alışıldık değildir. Bu beni etkiledi" derdi. Onu çok ama çok sevdim.

Kederli bir çocukluğun içinde sürüklenerek yetişmiş, bir yanı yararlı, diğer yanı yorgun genç bir adam olarak Elna gibi coşkulu, sevgi dolu, eğlenceli, mutlu bir kadını yakıştıramamıştım kendime. Onu hak edecek ne yapmıştım ki?

Zamanla mutluluğuna ortak olmayı, ona mutluluk vermeyi öğrenmiş, büyükannemin beni ikna etmekte zorlandığı sözlerine hak vermeye başlamıştım.

Tanrı'nın iyi insanlar için sahiden de güzel planları var mıydı?

Belli ki Tanrı benimle ilgili fikirlerini de değiştirmiş, üniversiteden beri önüme sürprizlerle dolu kapılar açılmaya başlamıştı. Artık benim de hayatımla ilgili güzel planlarım vardı. Çabalarım daha da anlamlıydı.

İşten ayrılarak kendi proje çizim şirketimi kurdum. Daha önce çalışanı olduğum firmaya dışarıdan büyük projeler çiziyordum. Elna, gökyüzümüzün yıldızı bebeğimiz Kay ve işimden başka bir şey yoktu hayatımda. Çok çalıştım, artık yaşadığım şehir olan Barselona'nın en büyük inşaat projeleri için aranan markaya dönüşmüştük. Tam 50 çalışanımız vardı. Yıllar süren emekler koca bir dağa dönüşmüştü.

***

Ne var ki bir yerde ailemizin üzerine karabulutlar yerleşti. Derler ya insan plan yaparken, Tanrı da bu planlara bakıp gülermiş... Çok geçmeden iş hayatımla özel hayatım birbirine girdi. İş ve aşk sanırım aynı tutkuyla aynı anda yaşanmıyor. Evdeki dengelerimiz değişmeye başlamıştı. Bu değişimin doğumla ilgili olabileceğini düşündüm önce. Oğlumuz doğduğunda çok gençti Elna... İki acemi ebeveyndik ikimiz de. Bebeği kucaklamayı bile doğru düzgün beceremezdik. Bu kaygı ve beceriksizlik Elna'ya kendini güvensiz hissettiriyor olmalıydı. Anneliğinden memnun değil gibi gelirdi bana.

Elimden geleni yaptım ona destek olmak için. Küçük Kay'ın hiçbir sorunuyla tek başına uğraşmasına izin vermedim. Temizliğinden beslenmesine, uykusundan sağlığına, oyunlarından okul hayatına kadar her konuda seve seve sorumluluk aldım. Hatta Elna daha sonra kendini suçlu hissetmesin diye çoğu zaman ortak kararlarımızın sorumluluğunu bile tek başıma üstlendim. "Benim hatamdı..." dedim. "Sen mükemmel bir annesin. Kay hakkında katiyen yanlış bir karar almazsın."

Ne var ki yıllar süren çabama rağmen, evliliğimizin ilk zamanlarındaki aşk dolu uyumumuzu bir daha yakalamamız mümkün olmadı.

Karım evine daha fazla vakit ayırmak için akademik kariyerini bıraktı. Her kararında arkasında olduğumu söylemiştim. Ancak o karardan sonra çok beklenmedik şeyler oldu. Evimizle, benimle, çocuğumuzla ve hayatla ilgili ilişkisi tamamen değişti. İş ve okulunun dışında kurduğu arkadaşlıklar evimizde zamanla garip alışkanlıkların gelişmesine neden oldu. Öfkeli, kuralcı, karanlık bir kadına dönüştü Elna...

Kariyerini bırakması, çevresiyle ve hatta benimle iletişimini koparması, kuralcı katı birine dönüşmesi tüm bunlar kiliseden bir grup arkadaş edinmesiyle başlamıştı. Önceleri sorun etmedim. Kendini nasıl iyi ve mutlu hissedecekse öyle yapmasını tercih ederdim zaten. Ama evin üzerindeki o karabulutun dağılmaya hiç niyeti yoktu.

Açıkçası tanıştığımızdan beri hiç dinler ve inançlar üzerine konuşmamıştık. İhtiyaç bile duymamıştık buna. Elna tanıdığım en barış ve sevgi dolu kadındı... Planlı ve disiplinli olması da onu kendi bölümünde üniversitesinin en iyilerinden yapıyordu. Zaten bu sebeple bir profesörün ısrarıyla yarım kalacak akademik kariyerine başlamıştı.

Kurduğu arkadaşlıkların onu bu kadar derinden etkileyip değiştirebileceğine ölsem inanmazdım. Birkaç sene içinde karımın hayatı gözümün önünde baştan sona değişti. Bambaşka bir kadına dönüştü.

Kiliseden ve arkadaş grubundan alıp hayatımıza taşıdığı bilgiler ve kurallar, giderek evde aşılmaz, boğucu bir baskıya dönüştü. Küçük Kay da bu baskıdan payına düşeni alıyordu elbette. Henüz on yaşındaydı ve annesiyle birlikte artık o da kiliseden çıkmaz olmuştu. Televizyon izlemesi yasaktı. Kay'a okuduğum hikâye kitapları kaldırılmıştı. 14 yaşındaki oğlumu kendi evimde askeri bir okula vermiş gibiydim.

Kay'a bunu yapmaması konusunda karşı koymaya çalıştım. Oğlumun da kilisenin kölesine dönüşmesine göz yumamazdım. Kay'la ilgili Elna'yla çatışmaya başlamamız ilişkimizin çok daha derinden sarsılmasına neden oluyordu kuşkusuz.

Beni asıl yıpratan Kay'la sevgi dolu ilişkimizin kopma noktasına gelmesi oldu. Annesinin baskısıyla benden giderek uzaklaşıyordu küçük oğlum. O bir çocuktu henüz ve hiçbir şeyi kendince muhakeme edemezdi, vereceğimiz her temel bilgiyi kabul edecek bir zihni vardı.

Bir süre sonra o da annesini onaylamaya başladı. Ben ise eşimin evimize ithal ettiği bu kültürü hiç kabul etmediğimden dolayı ikisinin gözünde bir günahkâra dönüşmüştüm artık. Onların inandığı değerlere, onlar kadar inanmadığım için aforoz edilmiştim ailemden... Bu dayanılmaz bir üzüntü veriyordu bana.

Eninde sonunda dile geleceğini bildiğim, bugün yarın diye beklemeye başladığım o kaçınılmaz konuşma, bir akşam kendiliğinden gerçekleşiverdi. Planlamadan, hazırlanmadan, hesaplamadan oldu her şey.

On beş yıldır yanında kimsesizliğimi unuttuğum kadın benden ayrılmak istediğini söyledi. Kay da onunla kalacaktı. Oğlumu görmemi bile istemiyordu. "Mümkünse bizden uzak dur..." dedi. "Yokmuşuz gibi davran. Çünkü biz öyle yapacağız."

Evet sadece korkunç bir rüya olması gereken bu konuşma tam olarak gerçekleşti. Şu hayatta sevdiğim tek kadın bana "Yokmuşuz gibi davran... Çünkü biz öyle yapacağız..." demişti. Sebebini tam olarak bilmiyordum üstelik. Ona göre bütün sorun benim inançsız biri olmamdı, peki buna kim karar veriyordu?

Daha kötüsü ise oğlum da benimle gelmek istemiyordu. "Korkuyorum senden..." diyordu. "Kilisedeki herkes iyi ama sen iyi biri olmak istemiyorsun. İyi olmayı sevmiyorsun."

"Seni seviyorum Kay..." dedim ona. "Hayatım boyunca kimseye zarar vermedim ben. Kimseyi üzmedim, bir hayvanı bile incitmedim. Belki dünyanın en iyi insanı değilim ama kötü ve günahkâr biri de değilim..."

"Kiliseden kaçan günahkârdır. İyi değildir. Bir insan iyi değilse o zaman kötüdür..." dedi. "Bu yüzden senden korkuyorum baba."

Bir kez daha ailesiz bırakıyordu hayat beni... Bir kez daha kimsesizliğe sürükleniyordum, zalimce... Elna'yla tanıştığımdan beri Tanrı'nın iyi insanlar için güzel planlar yapıyor olduğuna inanmaya başlamıştım ama sanırım kalan son damla inancımın da sonuna gelmiştik. Büyükannem yanılıyordu.

Karımı hâlâ çok seviyordum ama dönüştüğü haliyle artık bir arada olamayacağımızı bildiğim için evden ayrılmayı kabul ettim. Bundan böyle yalnız yaşayacaktım.

Sevdiğim kadın, sessizce bavulumu bıraktı kapıya. Beni hayatından kazıyordu sonunda... Ben de onun için artık bir yabancıydım sonuçta... Ne kadar değişmiştik son birkaç yılda böyle, akıl alır gibi değil... Bir ömür birlikte yaşamayı umarken, birbirimize bir saat fazla katlanamayacak noktaya gelmiştik işte...

Bir zamanlar bu kadına çok âşıktım, bunu iyi biliyorum. Ne olursa olsun kendi bile bendeki sevgisine zarar veremezdi. Onu hâlâ seviyordum, bu değişemezdi. Ailemdi o benim...

"Keşke kiliseye gelseydin, keşke bizim gibi sevseydin" dedi Kay arkamdan son kez bakarken.

"Sevgi böyle bir şey değil oğlum, yanlış biliyorsun..." dedim. "Sevgi acıtmaz, incitmez, cezalandırmaz, tehdit etmez. Sevgi temizdir, güçlüdür, sarmalar, yumuşacıktır. Ben seni çok seviyorum. Hem de her şeyden çok..."

Sevdiğim insanların hayatından çıkıp gitmeye karar vermem kolay olmadı. Onları terk etmemiştim, ikisinden de vazgeçmemiştim ama yanlarında da kalamazdım. Onlarla onların yanında kalarak iletişim kuramazdım artık.

Canı sürekli sıkkın bir iş âşığına dönüştüm. Keyfim yoktu artık. Üzerine çalışacağım çok işim vardı ama karım ve oğlum yoksa geride sevebileceğim ne kalırdı ki? Girona'da yıllardır kapıları kilitli olan büyükbabamın saat tezgâhlarını yeni evimin yakınlarında bir ara sokakta dükkâna taşıdım. İnsan bir şeylerle meşgul olmalı değil mi? İş çıkışlarında sesimin yankılanacağı eve dönmektense hobi dükkânıma gidip çocukluktan kalma bilgilerimle saatleri karıştırmaya başladım. Belki bir mucize olur ve bir gün bir saati mutlu olduğum günlere kadar geri alabilirim diye düşündüm...

Hayatımda iki dev kırılım vardır. O akşam iş dönüşü 15 yıl sevdiğim kadınla yaşadığım evin kapısının önünde valizimi görmem ilkiydi. Diğeri ise bir yıl sonra tuhaf bir rastlantıyla tanışacağım genç profesörle ilgiliydi.

15. Ruhunu Bekleyen Yerli

Yüzlerce kilometre uzaklarda olduğumu bilseydi aramızdaki mesafelerin hatırına, dürüstçe anlatır mıydı acaba neden bırakıp gideceğini söylemediğini?

Bilmiyorum...

Yaşadığıyla başa çıkamıyorsa insan, sahneyi değiştirmek için hayatının en güçlü feryadını koparmalıydı. Benim en güçlü feryadım Sirkeci'den trene atlayıp bilinmeze sürüklenmekti kuşkusuz.

Hayatı boyunca doğduğu şehirden bile dışarı çıkmamış genç bir adam olarak, Yunanistan'ı ve İtalya'yı arkasında bırakmış bir çılgındım işte...

Dün Barselona yolunun üzerinde bir durak olan Fransa'nın Nice şehrinde indim. Trende tanıştığım bir Fransız kız bana Nice'in plajlarından bahsetmişti. Bir haftaya yaklaşan yolculuğumda denize girmenin, bol D vitamini almanın ve sahilde uzanarak günü geçirmenin iyi bir fikir olacağını düşündüğüm için Nice'te indim. Planladığım gibi tren istasyonuna yakın bir plaja gittim ve tüm günü denize girerek, plajda benim gibi gezgin turistlerle laflayıp duş alanlarında temizlenerek geçirdim.

Ertesi gün Barselona trenine binecektim ki birkaç caddeden oluşan, 20-30 binlik de nüfusu bulunan, bir şehir devleti olan Monako'ya çok yakın olduğumu fark ettim. Beklediğim perondaki tren takip çizelgesini kılavuz olarak kullanarak altgeçitten diğer perona geçip 25 kilometre geriye Monako'ya gittim. Sadece 30 bin nüfuslu bir ülkenin neye benzediğini görmek için aldığım bu karar beni müthiş özgür hissettiriyordu. İstediğim yere istediğim zaman gidebiliyordum, konfor eşiğim çok düşük olduğu için her duruma hazırdım. Yarım günü Monako'da turlayarak ve bir kafede garsonla ülke hakkında konuşarak geçirip Barselona'ya giden akşam trenine atladım.

***

Ülkenin dışına çıkma fikri bile benim için müthiş yeni heyecanlıyken Yunanistan, İtalya, Vatikan, Monako, Fransa'dan sonra şimdi de İspanya'ya varmıştım.

Avrupa'da eski yapıları, modern çizgilerle muazzam bir estetikle birleştirdiklerini görüyordum. Bu istasyon da muhtemelen yüzyıllar öncesinden kalmış olmalıydı. Bir cephesinin üzeri tamamen cam tavanla kaplıydı, ferah bir mekândı.

Barselona, yolculuğumun batı durağı olduğu için, asıl hedef noktam sayılırdı. Sekiz günlük yol tecrübem olmasına rağmen rotamdaki en kritik noktaya geldiğim için heyecanlıydım.

İstasyondan çıktığımda gözlerim tişörtünde "Turist info" yazan birilerini aradı, neyse ki birkaç saniye içinde de buldu.

Kendime bir şehir haritası edindiğim gibi hiç oyalanmadan market bulabileceğimi düşündüğüm kalabalık bir bölgeye doğru yürümeye başladım. İlerleyen saatlerde hayli sıcak geçeceğe benzeyen bir günün serin sabahındaydım henüz. Neyse ki gece trende iyi bir uyku çekmiştim. Şimdi ilk işim iyi bir market aramaktı. İstanbul'da çantama koyduğum konserveler tamamen bitmişti. İki tişörtüm ve birkaç tane çorabım epey yıprandığı için atmıştım. Çantam yolculuğumun ilk günlerine güne göre birkaç kilo hafiflemişti.

Hedefim Barselona'nın Taksim'i sayılan Plaça de Catalunya Meydanı'na ulaşmaktı. Tahmin ettiğim gibi İstiklal Caddesi'ni aratmayan insan ve kafe yoğunluğunun arasında iğne atsan yere düşmez bir meydana çıktım.

Otuzlu yaşlarda Meksikalı bir çift yanıma yaklaşıp "Buralarda bildiğin bir market var mı?" diye sorduğunda gülsem mi ağlasam mı bilemedim... Hayat sen ne komik anlarla gülümsüyorsun bazen insanın yüzüne...

"Ben de market arıyorum" dedim. Haritada "La Rambla" yazan caddeyi göstererek "Bu caddenin paralelinde muhtemelen ucuz dükkânlar ve marketler bulunabilir" diye bir fikir yürüttüm ki yanılmamışım.

Markete çiftle birlikte gittik... Onlar da benim gibi atıştırmalık bir şeyler aldılar. Sonrasında önümüze çıkan ilk parka girip, keyifli bir kahvaltı yaptık hep birlikte.

Bir haftalık yolculuğumun nasıl geçtiğini anlattığımda şaşkınlıktan gözleri büyümüştü Meksikalı çiftin... Sanırım bana marketin nerede olduğunu sormalarının içindeki trajik komediyi ancak fark etmişlerdi. Birbirlerine bakıp gülüşüyorlardı sürekli...

İsmini şu an hatırlayamadığım kadın "Meksika'da çok bilinir" diyerek bir hikâye anlattı bana... Aklımdayken size de anlatayım:

"Avrupalı bir iki araştırmacı Güney Amerika'da keşfedilmemiş bölgelerde arkeolojik araştırmalar yapmak üzere yola çıkmış. Bölgede buldukları yerel bir rehberi de ekibe katarak planlamışlar çalışmalarını.

Rehberle birlikte etrafı gezip bolca bilgi topluyor, sonra da hepsini not ederek hava kararıncaya kadar çalışıyorlarmış. Bir gün yine araştırma yaparken, rehber, treni yolun yarısında durdurup aşağı inmiş. Avrupalı araştırmacılar bir ihtiyacı olabileceğini düşünerek, özel sorular sormamışlar.

Rehber trenden indikten sonra bir banka oturmuş ve batmak üzere olan güneşe yüzünü dönerek gözlerini kapatmış, beklemeye başlamış. Avrupalı araştırmacılar rehberin ibadet ettiğini düşünerek ona saygı duymuşlar ve seslerini çıkarmamışlar.

Birkaç saat sonra güneş ışığını kısmaya başlamışken rehber gözlerini açmış, ayağa kalkıp trene binmiş ve yolculuğa kaldıkları yerden devam etmişler.

Avrupalı araştırmacılardan biri merakını gizleyememiş ve sormuş:

"Neden durduk ve neden hiçbir şey yapmadan birkaç saat orada sabit durdun, bu bir ibadet miydi?"

Yaşlı rehber yanıtlamış:

"Birkaç gündür çok şey konuştuk, size çok şey öğrettik ve sizden de çok şey öğrendik. Vakit çok hızlı geçti ve tüm bunları anlamadan, anlamlandırmadan vaktin geçmesine müsaade edemedim. Ruhum bedenimin bu hızına ayak uyduramadı ve geride kaldı. Ben durup ruhumun bedenimi tekrar yakalamasını istedim."

"Harika bir hikâyeydi..." dedim kadına. "Bunu çok kullanacağım sanırım. Benim de son bir haftadır hayatımda her şey yeni ve çok hızlı. Sanırım bugünleri La Rambla'da bir ağacın altında oturarak düşünmeye ayırmalıyım."

Güldüler. "Turistlerin vakti değerli, gezerek düşünelim" dedi genç adam.

Bir zaman sessiz kalıp kahvaltılarımızı bitirdik. Sanırım ben de hikâyenin ruhuma sirayet etmesini bekledim farkında olmadan. Öyle de oldu.

"Tamam..." dedim. "Her günün sonunda olan biteni iyice anlamak, anlamlandırmak için durup sessiz kalacağım, kendime vakit ayıracağım, söz."

İşe o an tam da ihtiyacım olan hikâyeyle buluştuğumu hissettim.

Çiftle vedalaşıp ayrıldım parktan. La Rambla'nın hemen karşısındaki caddeye girdim... Burası da çok kalabalıktı. Cadde boyunca el emeği işler satan irili ufaklı tezgâhlar uzanıyordu. Bir insan selidir akıp gidiyordu tezgâhların önünde...

Caddeyi geçtim güçlükle... Biraz ileride sokak müzisyenleri vardı... Durup izledim onları hayranlıkla... Baba kız olmalıydılar... Adam keman çalıyor, kızı söylüyor. Hem de öyle güzel söylüyor ki kendimi alıp gidemiyorum oradan. Caddenin karşısındaki büyük taşın üzerine oturup dinlemeye devam ediyorum ikisini...

Kemanın sesi sarıyor etrafımı, kızın sesi yüreğimin içinde bir yerlere dokunuyor. Ne kadar tanıdık ve ne kadar yakın geliyor.

Çok sürmüyor, hemen tanıyıveriyorum beni böylesine ele geçiren duyguyu... Onun rüzgârı esiyor şarkının içinde, onun sesi çınlıyor caddelerde, Barselona'da, bu iki yabancının gölgesinde...

Yaprakların yeşilinde gözleri, göğün mavisinde nefesi, dokunduğum her yerde teni beliriyor yavaş yavaş... Gittiğim her yere götürüyorum onu... Gittiğim her yere geliyor peşimden... Nereye kaçsam, esiriyim onun... Nereye gitsem yakınlarındayım hep... Her şeyin ama her şeyin içinde bir parçası duruyor. Doğa var gücüyle onu taşıyor bana... Yeşil, mavi, beyaz...

"Ne yapmak istediğine karar verdiğinde
nasıl yapman gerektiğini de öğrenirsin."
Bir Çemberdir Aşk, 95. Sır

16. Saat Tamircisi

Avrupa, tarihine sahip çıkmak konusunda oldukça duyarlı gibi görünüyor bana... Tarihi miraslara bakacak olursak anlıyorum ki İstanbul gerçekten bir dünya başkenti... Keşke mirası koruma konusunda biz de daha duyarlı olabilseydik. Avrupa'da gezdiğim sıradan sokaklar bile tarihine el sürülmemiş gibi duruyor ayakta. Her yanı tarih, her yanı yaşanmışlık... Her sokak bir film platosu gibi... Buralarda keşfedilecek çok şey var...

Bir buçuk milyon nüfuslu Barselona her yıl 30 milyon turist ağırlıyor, buna karşılık 20 milyon nüfuslu İstanbul'a ise ancak 4 ya da 5 milyon turist geliyor...

Hiç el sürülmemiş şehrin tarihi dokusuna, hiçbir şey değiştirilmemiş, bozulmamış, yozlaştırılmamış. Ne hoş... Dünya bunca yozlaşmışken nasıl korunaklı kalmış buralar? Yoksa yozlaşanın dünya olduğu mu öğretilmişti bana bilmiyorum. Birinin çıkıp da "Yozlaşan dünya değil, insanlar" demesi dışında hiçbir cevabın beni tatmin etmeyeceği şeyler gördüm buralarda. Kendi tarihi zengin ülkemde göremediğim hassasiyeti, duyarlılığı ve medeniyeti başka yerlerde görünce aklım karıştı ister istemez. Sorarlarsa nasıl açıklayacağını bilemiyorsun çünkü...

Hızla akan şehrin, hız ortalamasını düşürmek pahasına yavaş adımlarla yürüyordum sokaklarda. Buradaki sayısız gezginden çok daha yabancı hissediyorum kendimi. Özellikle de araçlarla ilgili düzene uyum sağlamam biraz zamanımı aldı. Benim yaşadığım şehirde genelde yayalar ezilmemek için araçlara yol verirlerdi ama buralarda araçlar yayalara yol veriyordu. Sadece sokaklar değildi aslında yabancılık duyduğum, trafik lambalarının direklere değil de duvardan duvara gerilmiş halatlarla havada sallanıyor oluşu, esnafların dükkân önüne çok da dışarı taşmadan yerleştirdikleri mütevazı tabelalarla yerlerini belli etmeleri, sokaklarda oyun oynayan çocukların nerdeyse yok denecek kadar az olmaları ilgimi çekmiyor değildi.

En sevdiğim ilginçliklerden biri de musluklardan, özellikle de İtalya'daki sokaklarda bolca bulunan su fıskiyelerinden rahatlıkla su içebilmekti. Sokak musluklarından kaygısızca su içebildikleri bir şehirde yaşıyor olmak tarifsiz bir güven hissi veriyor olmalıydı burada yaşayan insanlara. İster istemez memleketimin sokak çeşmeleri, ayazmaları geldi aklıma. Benim büyüdüğüm sokaklarda tek kale maç yapan çocukları düşündüm. Salçalı ekmek dilimi kapmak dışında akşama kadar eve uğramayan topçular, bisikletçiler, bilyeciler... İnsan eski İstanbul'u özlemiyor değil.

***

Barselona'nın İstiklal Caddesi diyebileceğimiz La Rambla'da yürürken sanki biri duraklamamı istemiş de omzuma hafifçe dokunmuş gibi hissettim bir an. Bir sokak jonglörünün şovuna renk katmak için olsa gerek, sokaktan geçen kendi halindeki yaşlı adamın sadece iki eli olduğu gerçeğini unutmuş gibi altı topu kucağına bırakması, kendi yaptıklarının aynısını ondan beklemesi dikkatimi çekti, durup izledim.

Yaşlı adam, her birinin üzerinde farklı şekiller bulunan topları doğru düzgün tutmayı bile beceremeyince toplar etrafa dağıldı bir bir. Üzerinde lotus çiçeği bulunan beyaz bir top kalabalığın ayakları dibinden sekerek yakınımdan geçti ve bir ara sokağa doğru yol aldı.

Refleksle topun peşinde sürüklenirken buldum kendimi... Başını alıp giden topu sahibine ulaştırmaktı o anki görevim sanki... Hareketsiz, ışıksız bir sokağa daldım topla birlikte. Bir dükkânın önünde küçük topu yakalayıp başımı kaldırdığımda kulağıma sızan melodiyle büyülendim adeta. Bir an için "Umarım gerçek bir plaktan yükseliyordur" diye geçirdim içimden. Bu sesin bir makineden çıktığına inanmak, plastik bir çiçekte doğanın eşsiz kokusunu aramaktan farksız olacaktı benim için.

Topu jonglöre ulaştırıp karşılığında bir "Gracias"[2] aldıktan sonra doğruca sesin peşinden gittim. Küçük, gösterişsiz, dar camekânlı, mavi renkli bir dükkândan geliyordu sanki. Kapıda eski bir ahşap tabela...

Hiç unutmam ortaokuldayken hafta sonları kırtasiyede çalışıp biriktirdiğim parayla iki tiyatro bileti almıştım. Eve geldiğimde annemin "Yine yaptın antikalığını değil mi?" dediğini hatırlıyorum. O gün tiyatroya gidememiştik... Sadece o gün değil biz ailece hiçbir zaman tiyatroya, sinemaya, İstanbul'da bir sahil yürüyüşüne ya da pikniğe gitmemiştik ki zaten...

Biriktirdiğim parayla heves edip heyecanla aldığım tiyatro biletleri yüzünden maruz kaldığım aşağılanmaya ve dışlanmaya hiç anlam verememiştim. Anneme sürpriz diye aldığım tiyatro biletlerini gösterdiğimde "Başımıza iş çıkarma oğlum, ne işimiz var bizim tiyatroda?" demişti. Odamın tavanındaki yıldızlardan biri, o gece döktüğüm gözyaşlarımın hatırasıdır.

Bir ailem vardı ama hiç güvende ve mutlu hissetmiyordum kendimi. Uçmasına hiç müsaade edilmemiş, güçlükle kırdığı yumurta kabuğunun içinde bekleyip duran, kanatları ne yazık ki felç kalmış yavru bir kuştan farksızdım. Kendi başına eli yüzü düzgün işler başarabilen, bunun keyfini süren, başkasına da faydası dokunan bir insan olmak istiyordum. Ne var ki

---

2 İspanyolcada "teşekkürler" anlamına gelen kelime

yaşadığım çevre tarafından zayıflatılmıştım. Doğamda uçmak olduğunu bile unutmak üzereydim.

Velhasıl, antikacı dükkânlarını sever misiniz bilmem ama ben "antika çocuk" diye tarif edilmeyi de antikacı dükkânlarını da çok severim. Hayranı olduğum yazarlardan birinin kullandığı eski bir kaleme denk gelir miyim acaba diye Balat'taki mezatlara katıldığım çok olmuştur.

Büyülü müziğin geldiği antikacı dükkânının vitrinine dikkat kesilmiştim. Yırtılmış bir kılcal damarı, diğer damarlara zarar vermeden dikmeye çalışan bir cerrah dikkatiyle inceliyordum etrafı... Her şey ne kadar eski ve yaşanmışlık doluydu... Şu eski bant kasetlerin üzerine kim bilir kaç kez kimlerin sesleri kaydedilmiş olmalıydı... Şu kemik çerçeveli bir ucundan bir ucuna kayışla bağlanmış gözlüğün sahibi şu an gözlüğünün arkasından bana bakıyor olsa ne düşünürdü acaba?

Üzerine yığılmış tozlu kitapların arasında nefes almaya çalışan kalın kapaklı şu küçük kitabı kim bilir kaç kişi okumuş anlamıştı ya da hiç anlayamamıştı... Yazarı, ölmeden önce kavuşabilmiş miydi sevdiğine? "Belki de kavuşamamıştır" diye düşündüm. Öyle ya, kavuşsalardı aşk olmazdı, aşk olmasaydı kitap yazılmazdı.

Duvarda keçe bir kumaş parçasına iliştirilmiş kadran ve tersine doğru akan bir saat duruyordu.

Gözlerimi alamıyordum saatten. Çok tuhaf!

İki saat yan yana asılıydı. İkisi de doğru zamanı gösteriyordu ama bir tanesinin saniye ibresi geri gidiyordu.

Neydi bu şimdi?

Tersine akan zamanı mı gösteriyordu yani bu saat? Çok ilginç... Merakıma daha fazla direnemeyeceğimi biliyordum, çaresizce dükkânın kapısını açıp girdim içeri. Kapı açılırken tepedeki içi boş kamışlara çarparak ses çıkarınca ters işleyen saatin altındaki masada çalışan antikacı olduğunu tahmin ettiğim bir adam başını kaldırıp baktı bana. Sonra sanki yabancı değilmişim, zaten beni bekliyormuş gibi başını indirip döndü elindeki işe.

Küçük vitrini karışık antikalarla dolu olsa da içeride sadece saatler vardı. Onlarca, yüzlerce saat. Çok azı çalışıyor, dükkânın içi saatlerle dolu bir sessizlik mağarası gibiydi. Taze, serin bir hava vardı içeride. Uzun bir koridorun sağlı sollu iki tarafında da özenle yerleştirilmiş saatler, bir antikacı dükkânına göre fazla düzenliydi her şey.

Koridorun sonundaki küçük eski bir ahşap masanın başında oturan genç adamı incelemeye başlayınca, antikacıların nedense aklımda hep yaşlı olmaları gerekiyormuş gibi bir imaj canlandırdığımı fark ettim.

Kırklı yaşlarının başında, takım elbiseli ve kravatlı bir saat ustası. Üzerinde küçük cepli bir de beyaz önlük... Ne kadar özgün ve dikkat çeken bir görünümü vardı öyle... Masaya sabitlenmiş geniş bir büyütecin altında eski bir kol saatiyle uğraşıyordu.

Yanına yaklaşıp "Merhaba" dedim. Selamıma karşılık vermesini beklemeden tamamen sorumun yanıtına odaklanarak "Şu, vitrindeki saat neden geriye doğru işliyor?" diye sordum.

Başını işinden kaldırmadan bir şeyler söyledi ama anlamadım.

Düşündüren sözleri hep kalın ve tok sesli insanlardan işittiğimden midir bilmem, kurduğu ağır cümleyle gençliği arasında şaşırtıcı bir fark vardı.

"Affedersiniz" dedim anlayamadığımı ifade ederek.

Bunun üzerine az önce söylediklerini bir kez daha tekrarladı.

"Geçen zaman geri gelmez. Bunu kendime hatırlatmak için yaptım o saati."

"Antika mı?" diye sordum.

"Hayır..." dedi. "Dışarıdan bakınca biraz eskidir ama mekanizmasını ben yaptım. Yenidir ama bu eskilerin içinde beni en çok geçmişe götüren de o saattir."

"En azından günde iki kez doğruyu gösteriyor. Babamın sevmediği siyasetçiler için kullandığı bir sözü vardır da, bozuk saat bile günde iki defa doğruyu gösterir, oradan aklımda kalmış" dedim.

İlk kez işinin başından gözlerini kaldırıp yüzüme baktığında gülümsüyor olduğunu görünce utandım biraz. Çokbilmişlik etmeme gerek yoktu aslında. Saatler hakkında mizah yapabilecek kadar bilgiye sahip olduğumu kanıtlamaya çalışmam gereksizdi.

"Sevimsiz bir şakayla işinizi böldüğüm için özür dilerim..." dedim. "Size kolay gelsin, iyi çalışmalar..."

Dönüp dışarı çıkıyordum ki "Biz de burada aynı benzetmeyi yaparız..." dedi saat tamircisi adam. "Demek siyasetçiler her yerde hep aynı... Bozuk saat bile günde iki kez doğruyu gösteriyor sonuçta... Belki vitrindeki saatin altına 'político'[3] etiketi yazıp koymalıyım."

Onun da mizahtan anlayan, hoşgörülü bir yanı olduğunu görünce rahatlamıştım. Burası, trene binmeden önce tanıştığım sahafın dükkânını hatırlatmıştı bana. Orada kitaplar, burada saatler vardı.

Antikacı sandığım ama gördüğüm üzere saat tamircisi olan adamı işinden çok alıkoymamak için tanıştığımıza memnun olduğumu söyleyerek ayrıldım dükkândan.

Hava giderek kararıyordu artık. Güneş solmaya başladıkça sokaktaki insanlar da başkalaşıyordu sanki.

Deniz kenarında yatların sıkış tıkış demirlendiği iskelede ufku seyredebileceğim bir yer bulup oturdum. Çantamda ne olur ne olmaz diye sakladığım bir muz, iki de elma vardı halihazırda. Elmayı çıkarıp bir yorgunluk ısırığı aldım, acıkmışım.

Keşke tersine çalışan bir saat icat etmek kadar mümkün olsaydı zamanı tersine akıtmak, rakamların, yelkovanın ve akrebin

3 İspanyolcada "siyasetçi" anlamına gelen kelime

yerini değiştirerek özlediğimiz sevdiklerimize geri dönmek...

Binlerce kilometre uzakta tanımadığım ülkelerde nefes alıyor oluşumun nedenini yanıma koyar, geri kalan her şeyi birbirine bağlar durdururdum zamanı. Varsın ben de hareket etmeyeyim, yeter ki göreyim onu, bileyim burada, yanımda olduğunu...

Hayaller bir duvarda asılan geçmişe gidip hatalarımızı düzelttiğimiz tersine işleyen bir saat, ama gerçekler öyle değil. Gerçekler, satın alınmış ama bir daha yüzüne bile bakılmamış, içinde sevgiliye yazılı mektuplarla dolu bir kitap, bir kızın sevdiğiyle birlikte dinlediği frekans ayarlı kalmış, ne var ki ayrılıktan sonra bir daha hiç çalıştırılmaya cesaret edilememiş bir radyo, delikanlının sevdiğiyle birlikte gözyaşlarıyla izlediği sayısız aşk filmlerine şahitlik etmiş tüplü bir televizyon, bir buluşma günü için sipariş edilmiş ama hiç kavuşamamış kol düğmeleri, mürekkebi çoğunlukla gönderilmeye cesaret edilememiş şiirlere harcanmış bir dolmakalem hikâyesi...

"Sevmek insana acı verir.
Sevememek ise ölümdür."
Bir Çemberdir Aşk, 6. Sır

17. Satranç

Barselona'daki ikinci günümde La Rambla'nın ara sokaklarını, renkli küçük dükkânlarını keşfederken, bir aylık yol maceramın en unutmayacağım anlarından birini yaşayacağımdan haberim yoktu tabii...

Sokak köşesinde yere bağdaş kurarak oturmuş iki yaşlı adam, hareketsiz bir yaşam sahnesinin içinde önlerinde bir satranç tahtası ve derme çatma oyun taşlarına bakarken donup kalmışlar gibiydi.

Dikkat çekmemek için yavaş adımlarla ilerledim yanlarına doğru. Donmamışlar meğer... Gözlüklü olandan bir hamle geldi neden sonra.

Oyun epey ilerlemiş, taşların çoğu yer değiştirmiş ama henüz kimse diğerinden taş almayı başaramamış. Beni belki fark etmezler umuduyla ya da en kötü sessizce izlersem izin verirler düşüncesiyle karşılarına geçip yere bağdaş kurdum ben de.

Çok geçmeden dar sokağa bir turist çift girdi. İki yaşlı arasında yerde gerçekleşen satranç karşılaşmasını görür görmez, heyecanlandılar. Etrafla ilgilerini kesip doğruca bize yaklaştılar. Kız fotoğraf makinesini hazır etmişti bile... İzin dahi istemeden kaldırdı makineyi...

Gözlüklü adam, kızın yüzüne kendinden emin ve sert bir bakış atarak durdurdu onu. Parmağını havada sallayarak "hayır" işareti yaptı ve sonra parmağını başına götürdü.

Nefesim kesilmişti bu diyalogsuz ama bir kitap dolusu hayat dersi içeren sahneyi izlerken. Kupkuru bir fotoğraf koleksiyonerliği derdine düşmüş insanların, gördükleri bir deneyimi yaşayıp içselleştirmek yerine, o deneyimi dondurup içeriksizleştirme takıntılarını ben de oldum olası anlamsız bulurdum zaten.

Beyaz taşlarla satranç oynayan yaşlı adamın bunu sadece bir parmak hareketiyle herkese anlatabilmiş olmasına hayranlık duydum.

Her şeyi ille de yaşayarak öğrenmek zorunda değiliz ama değil mi? Buna bir ömür yetmez ki hem zaten. Başkalarının deneyimlerinden de dersler çıkararak yaşamaya devam etmek daha akıllıca geliyor bana.

Sonra ne mi oldu?

Tesadüf işte...

Belki de bu satranç oyununu fotoğraflayıp geçmediğim için, oyuncuların yanında oturup, yaşanan anın değerinde kaldığım için, kaderimin senaristi hayatımı değiştirecek bir karşılaşma yazdı bana o an.

Yaşlıların satranç çekişmesini soluksuz izlediğim sırada biri gelip dokundu omzuma. Buralarda bir tanıdığa denk gelmem çölde vahaya denk gelmek kadar zordu ne de olsa. Başımı kaldırdığımda takım elbiseli, güneş gözlüklü bir adam gördüm karşımda. Elinde de pahalı olduğunu tahmin ettiğim deri bir çanta...

Kesinlikle tanıdık değildi...

O zaman neden gelip omzuma dokundu ki?

"Hola!" diyerek selam verdim. Buralarda insanlar böyle selamlıyorlardı birbirlerini.

"Kahve içer misin?" diye sordu.

Şaşkınlıktan ne diyeceğimi bilemedim, ayağa kalktım. Onu tanımadığım için bocalıyor olduğumu anlamış olacak ki "Saat, polítíco" dedi.

"Saat, politico mu?"

Bu iki kelime bana sadece bir saatçi dükkânını ve ters işleyen bir saati anımsatıyordu. Karşımdaki adamın dükkândaki saat tamircisi olabileceği ihtimalini sorguluyordum ve ikisi arasında bağlantı kurmaya çalışıyordum.

"Siz, saat..."

"Si si!" dedi gülümseyerek. "Evet, o benim..."

Rahatlamıştım şimdi. Ben de gülümsedim, memnun olmuştum karşılaşmamıza...

"Kahve içer misin?" diye sordu yine.

"İçerim tabii..." dedim. "Keyifle sıcak bir şeyler içmeyi özledim aslında..."

Birlikte yürümeye başladık bana kahve ikram edeceği dükkâna doğru.

"Yalnız mısın?" diye sordu.

"Evet..." dedim. "Ama sadece şu an burada yalnız değilim. Genel olarak her zaman her yerde hep yalnızım ben" diye de eklemek istedim ama vazgeçtim sonra. James'in gözünde yeterince tuhaf bir izlenim bırakmıştım zaten, sınırları zorlamaya gerek yoktu.

Evet, adını öğrenmiştim: "James."

Hayatımda hiçbir şeyin eskisi gibi olmasına izin vermeyecek olan yeni arkadaşım...

18. Dost

"Birer kahve daha içelim mi?" diye sordu James.

"Neden olmasın?" dedim.

James, biraz sonra elinde iki fincanla geri döndü. Yolculuğa çıktığımdan beri içtiğim en güzel kahveydi ve gerçekten çok iyi geldi.

James bir inşaat şirketinde çalışıyormuş aslında. Burayı hobi dükkânı olarak kullanıyormuş. Dükkân her şeye benzediği için de saat tamir etmeye getiren de oluyormuş, ne yapacağını bilmediği bir antika parçayı bırakan da.

Haftada birkaç gün akşamlarını burada geçiriyormuş. Saat tamirlerinden para almadan hobi olarak stres atmak için takıldığı bir dükkânmış.

"Çok etkileyici..." dedim. "Bütün gün çalışıp sonra böyle bir hobiye zaman ayırmak harika olmalı."

"Hayat..." dedi James. "Hobi olmasının yanı sıra burada olmak bana iyi geliyor. Büyükbabam saatçiydi. Saat tamir etmeyi ondan öğrendim. Aslında onu kaybettiğimde çok küçüktüm, öğrendim yerine heveslendim diyebilirim. Buraya gelip saatlerle uğraştığım için şanslı sayılırım. Günün stresini burada atıyorum. Bir çeşit terapi gibi. Bedava terapiye kim hayır der?"

Esprili, cana yakın bir adamdı James... Üzerine önlüğünü giyip gözlüklerini takınca kerli ferli bir saatçiye, daha doğrusu bir saat mühendisine dönüşüyordu hemen.

Saat sekiz olduğu halde dükkânda kalıp muhabbet etmeye devam ettik.

"Neden buralara geldin?" diye sordu.

"Sen neden iş çıkışı kendini buralara attıysan ben de aynı nedenden çıktım yola..."

"Sizin oralarda saatçi ya da bir antikacı yok muydu?" dedi gülerek.

"Bizim oralarda antika olan bendim. Bu çağın adamı değil anlamına gelen 'antika' sıfatını yakıştırırdı annem bana."

Bu söylediğim karşısında James güldü. "Bu deyişi ilk kez duydum. Annen haksız sayılmaz, sanırım böyle tek başına yolculuğa çıktığına göre bir arayışın olmalı" dedi.

Evet bir arayışım, bulmak istediğim, bulunmak istenenim vardı ama bunları yeni tanıştığım bir yabancıya anlatmaya hazır değildim.

"Başka bir seyahat tipi benimki..." dedim. "Gittiğim şehirlerde gezginlerle kalıyorum genellikle. Gecelerim tren yolculuklarında, sahillerde, parklarda geçiyor. Fena değil, keyfim yerinde. Dünyada keşfedilecek çok şey var. Benimki de bir tür keşif arzusu işte."

James şaşırmıştı sanırım, bir şey demedi. Uzayıp giden sessizliği sonlandırmak ve seyahatimde bu kadar şaşılacak ya da endişelenecek bir şey olmadığını ifade etmek için devam ettim anlatmaya.

"Merak etme..." dedim. "Sorun değil... Azla yetinmeyi öğrendiğinde her şey yoluna giriyor zaten..."

"Anlıyorum..." dedi James. "Konfor alanından çıkmak insanı geliştiriyor." Saat epey geç olmuştu. James toparlanmaya başlayınca ben de nezaketen ondan önce çıkmam gerektiğini düşünüp izin istedim.

"Kahve ikramın ve keyifli sohbetin için çok teşekkür ederim..." dedim. "Sana iyi geceler."

"Aslında evimi son birkaç senedir gezginlere açtım..." dedi. "Konaklamaya ihtiyacı olduğundan emin olduklarıma üç gün evimde kalma izni veriyorum."

Hiç böylesi bir pansiyonculuk anlayışı görmemiştim. James gerçekten sürprizlerle dolu ilginç bir adamdı. Yine de evinde kalma fikrine çok sıcak bakamadım hemen. Ayrıca etrafı da tanımıştım biraz. Nerede sorunsuz bir gece geçirebileceğimi az çok hesaplayabiliyordum. James'in teklifini nazikçe reddetmeye çalıştım.

"Bugün epey kalabalığız evde ama sana yer var merak etme..." dedi. "Dilersen sen de katılabilirsin, birkaç gün dinlenmiş toparlanmış olursun. Kıyafetlerini yıkarsın. Hem keşifler istiyordun ya hayatında... Evde türlü milletten insan kalıyor. Senin için bulunmaz fırsat olsa gerek."

Gezdiğiniz şehirde bir yerli tanımak inanılmaz bir fırsattır. Selanik'te Kostas'la tanışmamdan sonra şimdi de Barselona bana bir fırsat sunmuştu. Şehrin detaylarını, turistlere göstermediği yüzünü anlamak için inanılmaz bir fırsattı bu davet ve "Neden olmasın?" dedim. Normal şartlarda fazlasıyla temkinli davranır, ölçüp tartmadan kimsenin tanımadığım özel ortamında bulunmamaya gayret ederim ama James'in samimiyetine çok çabuk ikna olmuştum nedense. Belki de sadece başımı yastığa koyup uyumak istedim, bilmiyorum.

O gece başıma neler geleceğini düşünmeden, benim gibi başka gezginlerin de olduğu kalabalık eve gitmeyi kabul ettim.

"Aşkını değil, aşkı gözet. Bir insanın hayatının en güzel anı, başka bir insana hayatının en güzel anını yaşatmak olabilir."

Bir Çemberdir Aşk, 88. Sır

19. Yirmi Üç

Zamanı geri saran saat icat etmeyi beceren, önceleri antikacı olduğunu sandığım genç bir adamın yirmi üç kişinin konakladığını söylediği evine beni getirmesiyle yolculuğumun bütün dinamikleri yerinden oynadı.

Ev öyle büyüktü ki gördüklerim karşısında şaşkındım. Az eşyalıydı ama çok büyük... Pencereler duvar boyunda ve geniş... Ne güzel ışık alıyordur burası... Yaşamak için mükemmel bir yer.

James'in kendi evine girerken zile basmasını garipsemiştim. Kapıyı genç bir erkek açtı gülümseyerek. İçerisi epey kalabalıktı sahiden. Büyük salona ve oda genişliğindeki balkona dağılmıştı kalabalıklar.

Yine de düzenli görünüyordu ortalık. Temiz bir havası vardı. Kimi yatmak için hazırlık yapıyordu, kimi yatak odasından yer yatağı taşıyordu, kimi balkondaki masaya atıştırmalık yiyecekler yerleştiriyordu. Aşağı yukarı ben yaşlardaydı evde konaklayan gezginler. Sahiden de her milletten insan vardı burada... Ancak bir film kastı için bir araya toplanabilirdi bu kadar çok renkli insanlar ve kültürler.

James, içecek bir şeyler alıp balkona geçebileceğimi işaret edince, bir bardak soğuk suyla çıktım dışarı. Küçük aydınlatmaları sayesinde bizim oraların kır bahçelerini andıran balkonda, tatlı ve neşeli bir sohbet uğultusu yayılıyordu etrafa. Gülüşenler, fıkra anlatanlar, içlenenler, ciddiyetle konuşanlar, heyecanlananlar... Hepsi de nasıl başka coğrafyaların, başka yollarından kopup tesadüf etmişlerdi bu durağa? Geldikleri yerlerin sesi, kokusu, tadı, dokusu, rengi her şeyi buram buram tütüyordu üzerlerinde. Hepsinin başka bir hikâyesi olmalıydı muhtemelen ama "Ortak noktaları ne?" diye sorsalar, galiba "Arayış" diye cevaplardım.

Her biri bir şey arıyor aslında. Kimi belki biliyor ne aradığını kimi ne aradığını öğrenmek için düşmüş yola... Ne garip diye geçirdim içimden. Ben de sanki onu aramak için çıkmıştım yola, belki bir gün bir yerde karşılaşırız umuduyla dolanıyordum bilmediğim kültürlerin bilmediğim şehirlerinde ama bulmak gayesi içinde değildim katiyen... Sadece aramak istiyordum, bulamamak pahasına da olsa aramak istiyordum.

Üzerini değişip elinde bir ajandayla yanıma gelen James "Herkes bir şeyler arıyor" dediğinde, içim ürperdi bir an. Aklımdan geçenleri işitmiş gibi konuşuyordu. Onaylayarak başımı salladım. "Hepsi başka ülkeden başka hikâyelerle çıkmışlar yola ama dertleri hep aramak..." diye devam etti. "Peki sen ne arıyorsun genç dostum? Seni yola düşüren sebep nedir?"

Çok şey anlatmak geçiyordu içimden ama hiçbiri bana sorduğu sorunun cevabı olmayacaktı ki. Kendimi neyle avuttuğumu anlatacaktım boş yere. Bunu yapmaya da halim yoktu zaten.

"Bilmiyorum..." dedim. "Bilmediğim için, bilmediğim yerlere geldim. Belki iki bilinmeyen birbirini götürür de bildiğim bir şey çıkar ortaya."

"Duygusal birisin ama matematikten de anlıyorsun. Sayılarla aran iyi olmalı."

James'in müthiş bir gözlem kabiliyeti olduğundan iyice emin olmuştum o an. İnsanın gözüne baktığı an içini de görebiliyordu sanki. Sohbete zorlamadı hiç beni. Ajandasını açıp bir şeyler yazıp çizdi. Cep telefonundan birkaç mesaj yazıp attı. Bir iki mail cevapladı. Çok geçmeden işinin bittiğini söyleyip ajandayı kapattı ve cep telefonunu masanın üzerine bıraktı derin bir nefes çekerek. Yorulmuştu belli ki ama keyfi yerindeydi. Hayatındaki bütün meşgalelerden hoşlandığını hissediyordum.

"Bu hafta evde kalacak olanların planı tamamdır..." dedi. "Her şey yolunda. Nasılsa vaktimiz olacak bolca sohbet ederiz. Gel önce şu çantandan kurtulalım, ne dersin profesör?"

"Profesör?"

Hayatımda ilk kez biri bana durup dururken ve hiçbir anlamı yokken "profesör" diyordu. İşin tuhafı o günden sonra adım çok uzun zaman hep profesör diye kaldı.

"Matematikle aram iyidir ama profesör lakabı ilginç geldi bana. Yaş yirmi bir olunca..."

Kendinden emin bir tavırla başını sallayarak güldü James. "Sayılarla aranın iyi olduğunu tahmin etmiştim genç dostum..." dedi. "Beni yanıltmadın. Yaşına rağmen olgun, temkinli ve ağır adımlarından dolayı profesör dedim sana..."

Dışarıdan böyle göründüğümü tahmin edemezdim. Ne olursa olsun insanların üzerinde daima antika çocuk etkisi bıraktığıma ikna olmuştum bir kere. Şimdi entelektüel bir Avrupalının bana "profesör" yakıştırması yapması pek hoşuma gitmişti açıkçası. Sevmiştim bana karşı yaklaşımını. Sanırım iyi gözlemciliği ve nezaketi de James'i sevmemde hayli etkili oldu.

James evdekilere de beni profesör olarak tanıttı. Herkes için normaldi ve kimse bunun gerçek ismim olup olmadığını sormadı. Kendimi "Merhaba, ben Mars'tan gelen uzaylı" diye tanıtsam beni o şekilde kabul edecek kadar insanların fikirlerine saygı duyan ve her yeniliğe açık gençlerdi.

Günler sonra temiz bir yatakta başımı yastığa koyup rahat bir uyku çekecek olmam çok iyi hissettiriyordu bana kendimi. Temiz bir yatakta uyumanın değerini hayatımın sonuna kadar hep bilecektim bundan sonra. James'in gösterdiği odaya yerleştim hemen. Onunki dışında sadece benim odamın kapısı kilitlenebiliyordu. Kendimi daha da özel hissettim burada. Kapının üzerinde mavi bir tükenmezkalemle laboratuvar yazılmıştı. İçeride ilginç şeyler göreceğimi düşünsem de öyle olmadı. Sanırım kimse içeri girmesin diye itici bir "girilmez" yazısı yazmaktansa "laboratuvar" yazmayı daha esprili ve sempatik bulmuşlar diye düşündüm.

İçeride eski tip ahşap bir masa, pirinçten bir yatak, kocaman bir plak koleksiyonu ve altın sarısı, parlak bir gramofon vardı... Duvarlarda boydan boya kitap rafları ve rafların arasında muhtemelen gelen ziyaretçilerin bıraktığı farklı kültürden hediyeler duruyordu. Evdeki sadeliği sanırım ıvır zıvır ne varsa hepsini bu odaya tıkarak sağlamışlardı.

"Bunlar okuduğum kitaplar ve dinlediğim müzikler..." dedi James. "En büyük servetim."

Kitaplara "servetim" diyen birinin içinden kötülük çıkma ihtimali çok düşük geliyor bana. Göreceksiniz bir gün genetik bilimi yeteri kadar ilerlediğinde kitap sevdiren genlerle kötülük genlerinin teknik olarak aynı vücutta bir arada bulunmasının imkânsızlığı kanıtlanacak.

"Bu odaya kimse gelmez ama sen kapını kilitleyip yatabilirsin, kapının üzerinde anahtar var. Yatmadan önce gel misafirlerin konaklama kurallarını göstereyim sana."

Ne demek istediğini pek anlamadım ama peşine takıldım tabii... Beni önce mutfağa götürdü James. Tezgâhın üzerinde birkaç koli kutu kola, abur cubur, yine kolilerle meyve ve sandviç ekmekleri duruyordu.

"Yiyeceklerden istediğin gibi alabilirsin... Herkes dilediğini alabiliyor. Şuradaki kumbaraya da aldığının karşılığı olarak parasını atıyorlar ki pazartesi, cuma günleri markete gidip tüm bu yiyecekleri tazeleyebilelim, yenilerini alabilelim."

Banyoda kâğıt havlu ve tuvalet kâğıdı bittiğinde yenisinin nasıl temin edilebileceğini, herkesin odasını terk etmeden evvel temizlik yapması gerektiğini, çamaşır makinesinin ne sıklıkla ve düzende çalıştırılabileceğini, gece saat on birden sonra yüksek sesli müzik dinlemenin ve film izlemenin yasak olduğunu, kullanılan her eşyanın işi bittikten sonra yerine konulması gerektiğini öğrendim.

Her hafta ziyaretçileri yenilenen bir evin düzenini korumak kolay iş değildi tabii... Hepimizin uyması gereken kurallar vardı. Disiplin sağlanamadığında buradaki iyi niyetten bir kaosun doğması an meselesiydi.

Kurallar bana gayet mantıklı ve makul gelmişti.

"Sanırım başarabilirim" dedim.

"Genelde kurallara uyuluyor ama her yirmi kişiden mutlaka en az iki ya da üçü uyumsuz çıkabiliyor..." dedi James. "Bilirsin, insanları asla anlayamayız."

Evi gezip görmüş, kurallarını öğrenmiştim. En fazla üç gün sürmesine izin verilecek olan misafirliğimin ilk gecesinde erken saatte odama gönderilmeyeceğimi umarak "Şimdi ne yapacağız?" der gibi baktım James'in yüzüne.

"Hadi sen odana yerleş, bir saat sonra balkonda buluşur bir şeyler yeriz profesör" dedi.

Bir saat sonra balkonda karnımı doyuracak olma düşüncesi bile iyi gelmişti. Açlıktan ölmek üzereydim artık.

"Bir saat sonra görüşürüz."

"Sevmeyi kendine bile öğretemezsin ama bilirsin."

Bir Çemberdir Aşk, 58. Sır

20. Kültür

On kişilik sofranın başında keyifli hazırlıklar yapıldığını görmek harikaydı. James "Hadi gel otur da bir şeyler ye" deyince "Ellerimi yıkayıp geliyorum hemen" diye karşılık verdim. Kostas ve tanıştığım Avrupalı arkadaşlarımdan bildiğim kadarıyla yemekten önce ve sonra el yıkamak benim ülkeme has bir alışkanlıktı. James'in bir an için şaşkınca bakışından "Neden ellerini yıkamak zorundasın ki?" yorumunu çıkarınca tam balkondan çıkarken "Biz Türkler, yemekten önce de sonra da gün içinde defalarca ellerimizi yıkarız" dedim.

"Harika bir alışkanlık..." dedi James. "Hadi bekliyoruz."

Farklı kültürlerden, farklı yaşam alışkanlıklarından gelmiş genç yolcuların hoşgörüleri, samimiyetleri, dost canlılıkları dikkatimi çekmiyor değildi. Söylediğim şeye herkesin dikkat kesilip ardından "harika bir şey, çok mantıklı, süpermiş" gibi ifadelerle karşılamaları güzel bir hoş geldin hediyesiydi benim için.

Bir coğrafyanın kaderini öğrendiğinde orada yaşayan herkesin hikâyesini üç aşağı beş yukarı biliyorsun. Nereye giderlerse gitsinler silinemez bir kimlikle dolaşıyorlar dünyada. Nereden geldiklerini tahmin etmek çok zor değildi, neden yola düştüklerini de...

Yüzünün bilumum yerlerinde küçük demir parçaları, çelik toplar ve zincirler bulunan gence bakmaktan alamıyordum kendimi... Çok rahatsız edici olmalıydı bütün bu demirler, çelik parçaları vs. Ama belli ki daha iyi hissediyordu kendini. Aksi halde neden yüzüne demir parçaları taktırsın ki?

Bir an için bile olsa bunları zihnimden geçirmek beni rahatsız etti. Saygı duymalıydım, içimden de olsa birini yargılamak benim içimde bir hastalık olduğunu gösterirdi. Bu kötü düşüncelerimi dile getirmeden içimde bile oluşmaması gerekirdi. İçimdeki kaynak bunları üretmeyecek kadar saf, temiz olmalıydı. Aristo'nun dediği gibi: *"Sürekli yaptığımız şey neyse, biz oyuz. O halde mükemmellik bir eylem değil bir alışkanlıktır."*

"Profesör" diye seslendi yüzü demirli çocuk. "Eyvah!" dedim. Yoksa yüzündekiler birer alıcıydı ve aklımdan geçenleri mi okudu?

"Efendim" dedim.

"Ben de yemeğe başlayamam bu durumda ama değil mi?" diye sordu çocuksu bir ifadeyle.

"Neden?"

"Çünkü ben de ellerimi yıkamadım. Yemekte temiz olmak bir kuraldı sizde değil mi?"

"Evet, evet öyle, harikasın" dedim gülerek.

Yumruklarımızı uzatıp tokuşturduk birbirine. Hakkındaki düşüncelerimden utanmıştım şimdi. Karşımda sıcakkanlı, dost canlısı genç bir adam durduğu halde ben neden yüzündeki demirler hakkında kendi kendime konuşup duruyordum ki? Çok saçma... Çok ayıp... Bunu yaptığım için defalarca içimden özür diledim.

Dedemin sözleri gelmişti aklıma.

"Özür dilerken, bir daha bunu tekrarlamayacağına da söz vermelisin, tekrar yapacağın bir şeyin özrü de tövbesi de olmaz..." derdi.

Başkalarını eleştirmek hiç huyum değildir ama çocuğun farklılığı, özgünlüğü dikkatimi çekmişti işte, tutamadım kendimi. İçimden de olsa hakkında konuşmuş, onu yargılamakla seçimlerine saygı duymak arasında gidip gelmiştim bir an. Çok utandım, çok... Bir daha katiyen kimse hakkında yargıçlık etmeyeceğim. Yaşamımı değiştirmeye çalışıyorsam farklı hissetmeye de başlamalıydım...

"Bütünü göremeyen insan zerreyi yorumlamaya çalışır. Yargılama daima seni yanlışa götürür. Ters yöne gidiyor dediğin kişi belki de çemberin başındadır. Yargıladığın kişi belki de gitmeye çalıştığın yolu bitiriyordur."
Bir Çemberdir Aşk, 71. Sır

Masada sanıyorum beş ya da altı farklı lisan konuşuluyordu. Ortak dilimiz İngilizceydi tabii... Aynı milletten olanlar bir iki küçük diyalog dışında kendi dillerini uzun uzadıya konuşmuyorlardı yine de anlamayanlara ayıp olmasın diye.

Karşımda Fransa'dan gelen sanıyorum ki yaşıtım bir genç vardı. Marlon...

"Tuzu uzatır mısın?" diye başlayan ilk tanışmamız, kısa zamanda önü alınamaz şekilde uzayıp gitti. Bu kadar hızlı olmasına rağmen bu kadar samimi ilişkiler kurabileceğime ben bile ihtimal vermezdim. Çünkü benim birine kendimi anlatmaya başlamam için onunla hayli yol almam, güven duymam gerekirdi. Yabancıya güvenmek sanki daha kolaymış gibi geliyor şimdi bana nedense...

Marlon, 2000 yılında "yakamoz"un dünyanın en güzel kelimesi seçildiğini söyleyince hem üzüldüm hem sevindim. Bunu bilmiyor olmanın mahcubiyetiyle ilk defa bir Fransız'dan duyuyor olmanın verdiği mutluluk arasında sıkışıp kalmıştım. Marlon'un bildiği tek Türkçe kelime, yakamoz... Ne ilginç!

Sahiden de 2000 yılında Berlin'de düzenlenen, 60 ülkeden yaklaşık 2 bin 500 kelimenin elemeye alındığı yarışmada, Türkçede "yakamoz" sözcüğü, jüri tarafından dünyanın en güzel sözcüğü olarak belirlenmiş.

Çok hoş...

Ayın deniz üzerindeki yansımasını tarif eden bu özel kelimeye Türkçede ihtiyaç duyularak ortaya çıkarılmış olması duygulandırmıştı beni.

Herkes biraz kendinden bahsediyor, yolculuğunu anlatıyordu masada. İtalyan Diego, eski liman kentlerinden ve muhteşem pizza tariflerinden söz ettiğinde mest oluyorduk. Kavga eder gibi konuştuğu halde aslında çok komik, çok da sempatik biriydi Diego. Kız arkadaşını trafik kazasında kaybettikten sonra vurmuş kendini yollara... Unutmaya çalışmıyordu sevdiğini, hayata devam edebilmenin başka bir yolu olmalı diye arıyordu sadece...

Finlandiyalı bir kız vardı aramızda... Çilli yüzü, kabarık kıvırcık sarı saçları vardı ve grubun en çok konuşanı, en parlayan yıldızıydı. İlham verici, üzerinde durup düşünmek gereken bir konuya değinmiş, hepimizi büyülemişti.

"Kelimeler sadece bir eşyayı, durumu ya da duyguyu tarif etmek için kullanılmazlar..." dedi. "Her birinin aslında kendilerine özgü kişilikleri vardır. İfade ettikleri anlamların çok ötesinde şeyler çağrıştırabilirler ve bambaşka atmosferler yaratabilirler."

İnsana bazı kelimeleri unutturarak onun tüm hayatını etkileyebilirsiniz biliyor musunuz? Örneğin birine "başarısızlık" kelimesini unutturup bu hissin karşılığında "güçlenmek" kelimesini kullanmayı öğretirseniz, o kişi hayatı boyunca bir daha başarısız olmaz, her kaybedişin bir "gelişim" olduğunu bilir. Bir sınavdan geçemediğinde bunu ailesine "Başarısız oldum" yerine "Biraz daha güçlendim" diyerek aktarır.

"Üzülmek" kelimesini unutturursanız ve buna karşılık "olgunlaşmak" kelimesini öğretirseniz, o kişi bir daha asla yıkılmaz. Üzüntü veren her olayın deneyim olduğunu bilir.

Kötü kelimelere sahip olduğumuz sürece kötü bir döngü de yaratırız aslında farkında bile olmadan. Çünkü kelimeleri her kullandığımızda onların anlamlarını saf halleri ile almayız, geçmişte kullandığımız anılar da peşinden gelir. Yani sen bana üzgünüm dediğinde sadece üzgün değilsindir, şimdiye kadar bütün üzüldüğün hallerini üst üste koyarak üzgünsündür.

Kelimelerimizi kontrol altına aldığımızda, hayatın dümeninde artık biz varızdır. Tıpkı araba kullanmak gibi... Hayat kısa, üzülmeye yetecek kadar zamanımız yok. Yani kelimeleri güzel seçer ve doğru kelimeleri kullanırsak her şey yoluna girer.

Bir zaman sonra masada ilginin bana odaklandığını hissettiğim, uzun bir sessizlik oldu ortamda. Sanırım artık biraz da benim konuşmamı bekliyorlardı. Öyle ya masalarını ve sohbetlerini paylaştıkları bu Türk kimdi, derdi neydi, buralarda ne arıyordu merak ediyorlardı.

Gözlüklerimi çıkarıp silmeye başlamam tamamen zaman kazanmak içindi. Sohbet etmeyi severdim ama ilgi odağı olmak başka bir şey...

James, heyecanımı ve tedirginliğimi sezmiş olacak ki koluma dostça vurarak "Hadi profesör..." dedi. "Sıra sende."

İnanıyorum ki içine doğduğu kültür, kimliğidir insanın. Aynı coğrafyanın insanları konuşmalarından giyim kuşamlarına kadar, ahlak anlayışlarından espri anlayışlarına kadar büyük benzerlikler gösterirler. Doğduğu kültürden bağımsız değildir insanoğlu. Türklerin genel olarak topluluk önünde rahatlıkla konuşamamalarının da kültürle ilgili olduğunu düşünüyorum. Biraz mahcubiyet var serde. Bunun iyi yanları da yok değil tabii... Büyüklere saygıyı da öğretir mesela bizim kültürümüz. Misafirperverlik bizdeki kadar kuvvetli değildir hiçbir yerde.

Kalabalık karşısında yaşadığım utangaçlığın bütün suçunu içinde büyüdüğüm kültüre atıp kendimi aklamaya çalışıyordum farkındayım ama olmadı... Mecburen cesaretimi toplayıp başladım kendimle ilgili şeylerden söz etmeye.

Mesela sofraya her oturduğumda önüme gelen yiyeceklerin hikâyesini çok önemsediğimi söyledim. Bunu bir rutine hatta oyuna dönüştürdüğümü anlattım. Yiyeceklerin hayatları ve yolculukları adeta bir film şeridi gibi gelip geçerdi gözlerimin önünden.

"Nasıl yani?" dedi Finlandiyalı kız. "Göster bakalım."

"Tamam" dedim. Elime bir baharat öğütücü aldım.

"Bakın karşıda bir abla var, üzerinde de yerel çiftlik kıyafeti... Elinde başak tarlası renginde bir sepet... Güneşin altında kavruluyor yuvarlak ay yüzü... Domateslerin arasında yürüyor. Kızarmış domatesleri tek tek toplayıp sepetine dolduruyor. Bir ay o domatesleri kurutacak, sonra köyün tek öğütme makinesine sahip olan adama domates karşılığında öğüttürecek. Sonra dünyanın en güzel gün doğumlarından birini gören bir çatı katında bir hafta daha kurutup pazarda satacak. Kadının bu emeği James'in Barselona'daki evinin balkonunda sohbet eden misafirlerine hikâye olacak, ayrıca nefis baharatı afiyetle tüketecekler. Mesela su... Ne savaşlar yaşandı tarihte zengin su kaynaklarına sahip olabilmek için... Kaç çocuk babasız, kaç kadın kocasız kaldı bir yudum su uğruna. Şimdiyse cam şişelerin içinde elimizin altında duruyor hepsi...

Bütün sürecin farkında olmak yediklerimizin lezzetini de değerini de çok artırıyor benim için. Bence herkes yiyip içebildiği şeyler için şükretmeli. Gerçekten çok şanslıyız."

Belki inançsız olanlar da vardı aramızda ama hepsinin "Teşekkürler" demesi çok hoştu, çok memnundum nezaketlerinden dolayı...

"Bu yaptığımız bizim kültürümüzde bir meditasyondur..." dedim. Sofra alışkanlığınızda ufacık bir değişiklik yapmanız hayatınızda kocaman bir farkındalığın oluşmasına etki eder. Bunu yaptıkça aydınlanma da artar. Bunu devam ettirirsen de hayatını daha farkında dolu dolu yaşarsın."

"Çok güzel..." dedi James. "Çok etkileyici bir bilgi bu."

Masadakiler de çok etkilenmiş olmalılar ki beni destekleyen, güzel sözler söylediler.

"Bunu bir gün Ted'de anlatmalısın" dedi James.

"Ted de nedir?" diye sordum. İlk kez duyuyordum.

"İlham verici konuşmaların yapıldığı bir platform... Kahramanların kendi hikâyelerini başkalarına anlatarak ilham verdikleri bir oluşum."

"Başkalarına ilham verecek ne yaşadım ki ben?"

"Anlatacağın hikâyeyi yaşamaya başlamış olabilirsin profesör..." dedi James gülümseyerek. "Belki de içinde olduğun için farkında değilsin."

"Kendine en yakın mesafeye en uzun yolculukla ulaşabilirsin.
En kısa yolculuklar bir ömür, en uzun yolculuk birkaç gün sürebilir.
Aşk rakamla değil, olmakla ölçülür."
Bir Çemberdir Aşk, 31. Sır

21. Fincan

Her ne kadar dili, kültürü, sosyal değerleri ve alışkanlıkları birbirinden farklı bir dolu insanın arasında renkli ve keşiflerle dolu bir gece geçiriyor olsam da hâlâ anlamaya çalıştığım, büyük bir merak ve heyecan duygusuyla izlemeye devam ettiğim kişi, James'ti.

Geniş balkonlu, bol odalı, sade ve şık döşenmiş güzelim evini neden tanımadığı, bilmediği insanların ihtiyaçlarına açıyordu? Üstelik evinde konaklayan yabancılar tarafından zarara uğrama ve suiistimal edilme ihtimali çok yüksekti. Neden risk alıyordu? Neden bozuyordu huzurunu? Neydi derdi?

Gece boyunca herkesi dikkatle dinlediğini fark ettim. Sahiden de müthiş bir gözlem kabiliyeti vardı James'in... Kimseyi umursamazlık etmiyordu, herkesin ağzından dökülen söze dikkat kesiliyor, itibar ediyordu. Hayatı boyunca belki bir daha hiç karşılaşmayacağı insanlara en değerli servetini, bonkörce dağıtıyordu.

Zamanını...

James'in saatlerle ve zamanla tuhaf bir ilişkisi olduğunu seziyordum artık.

"Bu kadar insanı nereden buluyorsun James?" diye sordum. "Hepsiyle benim gibi saatçinde mi tanıştın?"

İçten bir kahkaha atıp "Hayır hayır, öyle değil..." dedi. "İnternette yurtdışında alternatif konaklamalarla ilgili bir site var. Bana oradan mesaj atarlar, kendilerini tanıtırlar, kabul edersem gelirler. Bazen seninle olduğu gibi dışarıda tanıştığım gezginler de olur."

Balkonun tırabzanına yaslanmış halde Marlon'la ayaküstü sohbet eden genç adamı işaret ederek "O Arjantinlidir..." dedi. "En büyük hayali stadyumda Messi'yi izlemekmiş. Sırf bunun için geldi buralara... Bütün parasını maç ve uçak biletine harcamış. Bana rica etti açtım evimi. Bir gencin hayallerine kavuşması için küçük bir adım attım sadece."

"Çok ilginç..." dedim. "Ben bunu yapamazdım sanırım. Seninki gibi kocaman bir evim olsa da yüzleri üç günde bir değişen yabancıları aynı çatının altında tutmaya cesaret edemezdim. Evet güzel maceralar da veriyor karşılığında ama bu kadar riski, masrafı, mesaiyi göze alamazdım. Sanırım ben senin kadar kolay güvenemiyorum insanlara."

Bu konunun açılmasından memnun olmuş gibi görünüyordu James. Lakin belli ki açıklaması güç bir meselenin üzerinde duruyordum. Bakışlarının elindeki kahve fincanını delip geçtiğini görünce James'in bütün bunları zaten uzun uzadıya düşünmüş olduğuna kanaat getirdim.

"Çok hassas bir nokta işte burası..." dedi. "Sana boşuna profesör dememişim genç dostum. Çok ama çok düşündüğüm bir nokta bu. Güven... Hiç kolay değil haklısın. Bir sürü yabancıyla bir aradasın. Çoğunun dilini bile bilmiyorsun. Ne adresi var elinde ne kimliği... Tabii ki her şey olabilir. Kavgalar çıkabilir, hırsızlıklar yaşanabilir, suça bulaşılabilir. Benim birinden hoşlanıp hoşlanmam elbette kriter değil. Kimsenin iyi biri mi, kötü biri mi olduğunu gözüne bakar bakmaz anlayamazsın. Hisler çok yanıltıcı olabilir bazen. Çok büyük riskler aldığımı kabul ediyorum. Çünkü benim güvenmekle ilgili ağır yaralarım var."

Tahmin ettiğim gibi... Bütün bunları yapıyor olmasının arkasında onarılmamış kocaman, derin bir yara vardı ama ne?

Belki hiç anlatmayacaktı çünkü hayata bile hiç güvenmeyen bir adamdı o. Güveni kırılmış, hayalleri yıkılmıştı belli ki. Korkuyor olmalıydı güven duygusundan. Korktuğu şeyle yüzleşmeye çalışıyor olmalıydı evine topladığı yabancı yolcular sayesinde. Çok garip... Bekledim anlatsın diye ama susup kaldı karşımda.

"Sen çok özel bir adamsın James..." dedim tüm samimiyetimle. "Seni tanıdığıma gerçekten çok memnunum... Kendinde neyi iyileştirmek için çabalıyorsun bilmiyorum ama gösterdiğin çabaya saygı duyduğumdan emin ol. Anlatmak zorunda değilsin, sadece seni anladığımı bil lütfen..."

Teşekkür eder gibi salladı başını James. Güçlü, mağrur ama yaralı bir bakışı vardı bana gördüm. Fincandaki kahvesi buz gibi olmuştu artık. Ara sıra bir iki yudum almaya devam etti hiç konuşmadan. Suskunluğundan ürkmediğim sayılı insanlardan olduğunu sezdim.

Kahveyi işaret ederek "Alkol insan beynini uyuşturuyor profesör" dedi neden sonra. Al işte yine olmuştu aynı şey... Aklımdan geçenleri işitmişti sanki yine... Kahveye baktığımı mı görmüştü yoksa? Bu adamın insan izlemek konusundaki yeteneklerine hayatım boyunca hep hayran kalacaktım. "Hangi ülkeden, hangi kültürden gelirse gelsin fark etmez, insan hep aynı şeyden kaçar, kaçmak istediği için de uyuşturur beynini..." diye devam etti. "Düşünceler bazen başa çıkılmayacak kadar ağır ve eziyetli gelir insana. Baskılar, zorlar, hapseder. Bu baskıdan kaçmanın bir yolu gibi gelir alkol uyuşukluğu ama doğru değildir. Hapishanede yaşanan geçici bir baygınlıktır sadece... Demir parmaklıklar hâlâ yerinde duruyordur, değişen bir şey olmaz içince. Ben kendi hapishanemin içinde baygın kalmayı tercih etmem."

"Düşünceler hapishanesinde baygınlık metaforuna bayıldım..." dedim. "İnsanın en ayık ve güçlü olması gereken yerde kendini kendi eliyle zayıf ve âciz bırakması hiç de akıl kârı değil, haklısın."

Balkona ve salona yayılmış olan kalabalık giderek azalmaya başlamıştı. Millet birer ikişer dağılıyordu. Bazıları odalarına çekilmiş, bazıları dışarı çıkmış, Barselona'nın gece hayatını tatmaya gitmişti.

"Biliyor musun James?" dedim. "Bilmediğim ülkelerin sokaklarında yürümek bana çok iyi geldi. Kendi dünyama kapanmıştım son zamanlarda, çok dışına çıkmak da istemiyordum ama başka dünyaların, başka hayatların olduğunu görmek iyileştiriyor insanı. Yolculuğum boyunca tanıştığım insanlar çok değerli ufuklar açtılar bende... İyi ki gelmişim buralara. Başka hayatlar gördüm, başka hikâyeler dinledim. Azla yetinmeyi öğrendim. Hayata, kadere ve yola güvenmeyi öğrendim. Bence hayatın en güzel yanı sanırım hiçbir şeyin garantisinin olmaması... Hep akıyor, hiç durmuyor. Olmaz dediğin şeyler oluyor, olur dediklerin bir bakıyorsun çoktan gitmiş, bitmiş bile. Seviyor dediklerin sevmemiş, kızıyor dediklerin hep sevmiş, kollamış seni... Mükemmel değil mi sence bu? Hiçbir şeye güvenemem derken aslında her şeye bütünüyle güvenmek zorundasın."

Konuyu güven meselesine geri döndürmem James'in hoşuna gitmiş gibi aydınlandı yüzü. Elini dostça omzuma vurup "Yani her şeye rağmen güvenmeye devam etmek lazım diyorsun ha profesör?" dedi. "Yolun nereye varacağından emin olamadığın halde yürüyeceksin diyorsun?"

"Aynen öyle diyorum James... Evet her şey olabilir, hiçbir şeyin garantisi yok, olamaz da. Buna rağmen güvenle yola devam etmektir insanı insan yapan. Yarın başımı sokacak bir ev bulabileceğimin garantisi yok mesela... Karnımı doyuracak bir lokma ekmek bulabilecek miyim bilmiyorum. Sevdiğimi tekrar görebilir miyim bilmiyorum. Çareyi bilmiyorum ama arayarak bulunacak bir şeyse belki başarırım."

Konuştuklarımızı aklından geçiriyor gibi şehrin ışıklarını izledi bir süre. Yorgun ama huzurlu bir ifadeyle bakıyordu etrafa. Ona iyi gelmiş olduğumu hissetmekten memnundum. Kendimde iyileştiremediğim yaralara da dokunmuştum böylece. Ona söylediklerimi kendime söylemiştim aslında en çok. Ne olursa olsun, devam etmeliydim yola. Sevmekten vazgeçecek değildim sevilmenin garantisi yok diye...

Saatin gece yarısını gösterdiğini söyledi Marlon. Herkese iyi geceler deyip ayrıldı yanımızdan. Diego çoktan akmıştı Barselona gecelerine. Finlandiyalı kız kaçıncı rüyasındaydı kim bilir... Ben de çok yorgundum. Belli ki James de huzurlu bir uykuya hazır gibiydi bu gece. Kahve fincanını masaya bırakıp kalktı. Dışarı çıkmaya hazırlanan iki gezgini işaret edip "Burada geceler hızlıdır profesör dikkat et..." dedi. "Ben yatmaya gidiyorum. Acıkırsan istediğin saat mutfağa uğrayabilirsin. Çekinme lütfen."

"Elimden geleni yaparım" dedim gülerek.

James gittikten sonra biraz daha oturdum balkonda. Şehir ışıl ışıldı. Esintili bir geceydi. Her şey ne kadar da güzeldi. Çok param olsaydı ve şehrin en iyi otellerinden birinde kalıyor olsaydım bu gece belki bu kadar geniş bir balkonum ve renkli bir manzaram olmayacaktı. Oysa şimdi bu kocaman huzurlu gece benim, yıldızlar benim. Nasıl güvenmeyeyim kadere, nasıl güvenmeyeyim yola?

Hayallerimde özgürüm. Belki de hüzünlü insanlara verilmiş bir lütuftur hayal kurmak. Canımız acıdığında ortaya çıkıveriyor, istediğimiz an istediğimiz yere kaçabiliyoruz hayallerimizle.

Kendimi tarifsiz şekilde iyi hissediyorum bu gece, mutluyum yani. Güzel hissetmeyi ne kadar hak ediyorum acaba diye bilmek isterdim.

Allah sevdiklerini mi üzerdi sadece yoksa sevmediklerini mi? Üzüldüğünde dönüyorsa kalpler ona, bilerek üzer miydi acaba sırf kalpler ona dönsün diye? Onu hatırlayalım diye?

Eskiden başkalarıyla kolayca iletişim kurabilen biri değildim. Ama onunla tanıştığımdan beri barışıktım hayatla. Sevmek insana bir amaç veriyor. Çünkü birini sevdiğinde aslında sadece onu sevmiyorsun, her şeyi seven ve her şey tarafından sevilebilecek birine dönüşüyorsun.

Her başarısızlıktan sonra hayat karşımıza iki seçenek çıkarıyor, ya vazgeçeceksin ya daha iyisini yapacaksın.

İstanbul'dan gitme kararım bir nevi vazgeçişti benim için. Vazgeçişler genelde karanlık odalara kapanmak gibidir ama benimki yaşadığım odalardan çıkıp uzaklara kaçarak oldu. Bu vazgeçişin zamanla yeni bir başlangıca dönüşeceğini hissediyordum. İlk 10 gün için epeyce hatıra biriktirmiştim bile. Yolculuğumda yalnızdım ama hayatın karşımıza neler çıkaracağını bilemeyiz. Bu yalnız adam 23 kişiyle aynı evde kalacaktı.

İnsanın kendiyle vakit geçirmesi yalnızlık değil. Kendiyle vakit geçiremeyendir bana göre yalnız kalan... Gitmesi kendimle fazlasıyla kalabalık bırakmıştı beni. Kendimle konuşmayı, düşünmeyi, iç dökmeyi öğrendim.

"Belki beni çok sevdiği için almıştır onu benden" diyorum. Belki rüyamda bana bunu söylemiştir, ben unutmuşumdur kim bilir. Onu seviyor olmam, yanımda olup olmamasıyla hiç ilgili değil...

"Hesaplayamayacağın bir sırdır aşk çemberi.
Yaşam dediğin ise çemberin içinde mi
dışında mı kalacağını seçme sanatı."
Bir Çemberdir Aşk, 22. Sır

22. Fanus

Tertemiz ve yumuşacık bir yatakta uyuyor olmanın sefasını sürdüm. Sabah daha dinç ve enerjik uyanmıştım, daha keyifli ve daha iştahlıydım sanki. Huzurlu uyku ne değerliymiş meğer.

Güne balkonda kahvaltı ederek başlamak da ayrı bir zevk. Erken saatlerden beri hazırdı balkondaki kahvaltı sofrası. Kahvaltısını yapıp kalkanlar, temizleyip tazeliyorlardı her şeyi. Mükemmel bir sistem. Bayılmıştım.

"Günaydın profesör..." diyerek elinde iki bardak soğuk suyla yanıma geldi James. "Al bakalım..." dedi birini uzatarak. "İyi uyudun mu?"

"İyi uyumak mı? Hiç bu kadar derin ve huzurlu uyuduğumu hatırlamıyorum."

"Şanslısın profesör. Bu ara havalar çok iyi, keyfini çıkar hafta sonunun."

"Evet güzel bir dinlenmeden sonra geceye kadar Barselona sokaklarını karış karış gezmeyi planlıyorum."

"Ben birazdan işe çıkacağım, istersen seni La Rambla'ya bırakabilirim hatta bir kahvelik de zamanım var açıkçası."

"Kahveler benden olacaksa olur" dedim.

"Hızlı olan ısmarlasın" dedi gülerek.

Güne burada yaşayan biriyle başlamak harika fikirdi. Ondan muhteşem tüyolar alabilirdim. Hızlı bir kahvaltıdan sonra toparlanmak için kalktık hemen. Evdeki hareketlilik de azalmıştı artık.

James hazırlanırken ben de üzerime düşen görevimi yerine getirip beş dakika içinde sofrayı kaldırdım, yiyecekleri benden sonrakiler için tazeledim, bulaşıkları makineye yerleştirdim. Elimi çabuk tutuyordum ama özensizlik edecek de değildim.

Mutfakta bulaşıklarla uğraştığım sırada içeriye hangi dilde konuştuklarını anlamadığım bir çift girdi. Birer kutu kola alıp çıktılar ama kumbaraya para attıklarını görmedim. Belki önceden fazla atmışlardır diye düşünüp üzerinde durmadım. Bu evle ilgili aklımda hiçbir olumsuz izlenimin oluşmasına razı değildim.

Evi iki arada bir derede hemen temizlemiş olmam gözünden kaçmamıştı James'in. "Kuralları çabuk öğreniyorsun" dedi.

"Seni bekletmek istemedim de ondan."

Açıksözlülüğüme gülüyordu James... Hiç oyalanmadan attık kendimizi dışarı. James'in arabasıyla daldık Barselona sokaklarına.

Yol üstünde birkaç yer gösterdi ve kısa bir özetini geçti bu şehrin.

Katalonya özerk bölgesinin başkentiydi Barselona... İspanya'nın Akdeniz kıyısındaki en kıymetli limanı... Yaygın olarak Katalanca konuşuluyordu burada. Son derece düzenli ve uyumlu bir kent planı var. Hayran kalırsınız, zaten sosyal medyada hayran kalınacak bir kuşbakışı haritası gezer. Sanayi bölgeleri şehrin dışında. Şehrin geniş kaldırımlarında yürümek, uzun boylu dalları olan ağaçların altına yerleştirilmiş banklarda oturup şehrin sesini dinlemek çok keyifli. La Rambla en sevilen gezinti alanlarından biri... Kitap, gazete, elişi ürünler ve çiçek satılan küçük dükkânları dolaşarak bile geçirebilirdim koca günü. Rondas tarafında geniş bir üniversite meydanı vardı. Meydandan geçen Jose Antonio Caddesi'nin iki başında da birer boğa güreşi arenası...

Ünlü ressam Picasso da "mavi dönemim" adını verdiği eserlerini Barselona'da yaşadığı yıllarda üretmiş. Sonra Fransa'ya yerleşmiş ve orada da ölmüş fakat sanatçının eşi yaptığı seramikleri Barselona'daki bir müzeye bağışlamış. Bugün Picasso Müzesi'nde ünlü ressamın iki bin beş yüzden fazla eseri bulunuyor. Muazzam bir jest...

Kendimi hiç yorgun hissetmiyordum ama James'in şirin bir ara sokakta, küçük bir kitap kafede dinlenip yemek yeme teklifine de hayır diyemedim açıkçası. Küçücük olmasına rağmen düzenli, zengin, temiz ve özenli bir kafeydi burası. Bir ağırlığı, efsunu ve itibarı vardı kuşkusuz. Kitapların üzerinde ne yazdığını anlamasam da içimde uyandırdığı saygıyı tarif etmem mümkün değil. Özenle korunan, tozları alınan, tertemiz kitaplarla doluydu burası. Bizim dışımızda sadece birkaç kişi vardı ve açık alandaki masalardan birine geçtik.

Sükûneti ve ıssızlığı çok severim, oranın yerlisi biriyle takıldığınızda böyle mekânları keşfetmek çok daha kolay. Oturduğumuz masadan baktığımızda şehir terk edilmiş gibiydi, oysa birkaç sokak ötesi ana baba günü.

İstanbul'da böylesi küçük yalnızlıklar yakalamak özellikle de şehrin kalabalık saatlerinde çok zor. Her yer insan kalabalığı. Kafeler, sokaklar, vapurlar, çarşılar dolup dolup taşıyor. Değil bir kafenin tek müşterisi olmak bazen boş masa bile bulamazsınız.

Turistlerin dolaştığı anacadde dışında Barselona halkının yaşadığı yerler gayet sakin ve sade.

Siparişleri verdikten sonra lavaboya giden James, dönerken kütüphanede İngilizce kitap olup olmadığını sormuş meğer. "İngilizce kitaplar yokmuş burada..." dedi. "Hepsi Katalanca ve İspanyolca."

"Önemli değil..." dedim gülümseyerek. "Yanımda bir iki tane kitap var. Fırsat buldukça okuyorum. Bu arada kafe harika."

"Her boş zamanımda buraya kaçarım ben de" dedi James.

Kaderin birbirine bağladığı ruhlar, bazen vaktinden önce de karşılaşabilirler mi acaba diye düşünürüm bazen. Belki de insan içine dönmeyi becerebilsin diye uzuyordur ruhların karşılaşma süresi... Belki de benim manevi döngüm bu bilmediğim ülkelerin bilmediğim kültüründe tamamlanacaktı kim bilir...

***

"Gezdiğin yerlerde ailenden insanlar da var mı profesör?" diye sordu James.

"Ailemden yurtdışına çıkan kimse olmamış hiç..." dedim. "Çok eskiden bir iki akraba Hollanda'ya yerleşmiş sanırım ama hiç görüşmedik şimdiye dek. Babam yedi kardeşin en küçüğü ve öğretmen. Tüm kardeşleri üniversite okumuş, ya öğretmen olmuşlar, ya doktor, ya mühendis. Kurulu düzenleri olduğu için gitmemişler uzaklara. Garanticilik işte... Emekli olma hayaliyle, düzenli maaş alarak, hiç riske girmeden çalışmayı tercih ediyor hepsi. Dünyayı görme planları yok sanırım."

"Gezmek para meselesi değildir..." dedi James. "Gezmeyi bilmiyorsan çoğu şeyi parayla da satın alamazsın. Biraz kültürle ilgilidir gezmek..."

Gülümsedim... Onaylayarak salladım başımı.

"Cam tavan sendromu..." dedim. "Bu dediklerin bana cam tavan sendromunu hatırlattı. Haklısın aslında."

"O da neymiş?" diye sordu merakla.

O sırada kahvelerimiz gelince konuya giremedik maalesef. James'e ismiyle hitap eden garson iki kahveyle birlikte içinde birkaç kurabiye de bulunan tabağı masaya bırakıp gitti.

Heyecanla bana dönüp baktı sonra James... Şu ilginç sendromu bir an evvel anlatmamı beklediğini anladım.

"Cam tavan sendromu, meşhur bir deney..." dedim. "Birkaç tane pire bir fanusun içine bırakılır ve burada yaşamaya başlarlar. Bir zaman sonra fanusun zemini pireleri yakacak şekilde ısıtılır.

Pireler fanusun içinde normal yaşam döngülerini sürdürürlerken zaman zaman ısıtılan zemin ayaklarını yaktığı için zıplamak zorunda kalırlar. Fanusun yüksekliği kırk santim olduğu için fazla yükselemezler.

Bir gün cam tavan tamamen kaldırılır. Pireler artık diledikleri kadar yükseğe zıplayabilme özgürlüğüne kavuşmuşlardır. Ne var ki hiçbiri kırk santimin üzerine çıkmaz. Zemin ısıtılmaya devam ettiği halde bu yüksekliği aşamazlar. Engelleri olmadığı halde sanki cam tavan engeli devam ediyormuş gibi sınırlamışlardır kendilerini.

Aynı şeyi insanlar da yapıyor. Potansiyelleri çok daha yüksek olduğu halde ailelerinden, kültürlerinden öğrendikleri sınırları yaşamlarının parçası gibi kullanıyorlar.

Hayat boyu onlarca ülke gezmek varken aynı parayla her gün iki paket sigara almaya devam eden insanın yaptığı şey fanusun içine hapsolmaktan farksızdır bana göre."

Çok etkilenmişti James anlattıklarımdan. "Kesinlikle sana katılıyorum..." dedi. "Buralarda özgürlük vardır ama onun da bir sınırı vardır. Hoşlarına gitmeyen ya da yetişemedikleri hayal kurarsan seni durdururlar, sana daha önce bunu hiç kimsenin başaramadığını hatırlatırlar. Gerçekçilik ve ciddiyet marifettir her zaman."

"Kimseyi dinlemeyip daha yükseğe zıplamaya cüret edersen ne olur?" diye sordum.

"Fanustakileri uyandırmış olursun" dedi James.

"Aynen öyle olur..." dedim. "İşte buna da devrim denir galiba."

"Profesör, sanırım dediğimden bir şey anlamayacaksın ama sende biraz Katalanlık görüyorum."

"Haklısın pek bir şey anlamadım..." dedim. "Nasıl oluyor Katalan'a benzemek?"

"Özgür ruhlu, inatçı, muhalif, radikal" dedi gülümseyerek.

"Bilmiyorum, fikirlerimi bir yerlere zincirlemeyi sevmiyorum. Sonucunun neye benzediğini düşünmedim hiç, dediğin gibi olabilir."

Bir dost gülümsemesiyle kahvelerimizden birer yudum aldık. Bu aynı zamanda karşılıklı birbirimizi anlıyor olmanın verdiği hafiflik, gurur ve mutluluktu. İnsanın kendini yorulmadan anlatabiliyor olması başka huzur, buna karşılık anlaşılıyor olması ise bambaşka bir keyifti. James'in de bu açıdan kendini iyi hissettiğinden emindim.

Bir süre sessizlikten sonra çantamdan *Bir Çemberdir Aşk* kitabımı çıkarıp masaya koyduğumda gözleri büyümüştü saat tamircisi arkadaşımın.

Kıymetli bir mücevher gibi dokunmadan ama dikkatle izliyordu kitabı. Sonra saat tamir etmekten iyice duyarlılık kazanmış parmak uçlarını hafifçe gezdirdi kitabın üzerinde. Sayfalarını açtı dikkatlice inceledi. İç kapağını, baskı notlarını gözden geçirdi. Bir antikacı tarafının olduğunu unutuyordum bazen.

Hiç konuşmadan kitabı incelerken ona bir sayfasını okumak gelmişti içimden. "Çok ilgini çekebilir. Sanki başka metafizik bir dünyada yazılmış gibi. Bir sayfasını okumamı ister misin?" dedim. "Neden olmasın, belli ki eski ve kıymetli bir kitap bu. En az yetmiş yıllık olmalı" dedi.

"Ciddi misin?" diyerek baktım yüzüne.

"Evet ama hep çok iyi bakılmış, az eskimiş. Cildi de güzel, birkaç yıl önce yenilenmiş."

Şimdi daha da ilgimi çekmişti kitap. Ben de James'in baktığı detayların üzerinden geçtim hızlıca...

"Biliyor musun?" dedim. "Bu kitaptan ilk onun sayesinde haberdar oldum ben. Kitabın içinden bir pasajı bana yazıp hediye etmişti. Sonra gitti hayatımdan. O yazının bir kitap olduğundan bile haberim yoktu. Şans eseri tam bu yolculuğa çıkacağım gün bir sahaf hediye etti bana bu kitabı. Para bile almadı bu kitap için benden... Hediye etti..."

Sahiden de garip bir ilişkim vardı bu kitapla... O hayatımda yoktu ama belki de okumamı istediği kitap bana bir şekilde hediye olarak gelmişti işte.

Bir sayfasını açıp okudum James'e:

"Ayaklarınla kıyıya gelir, kollarınla devam edersin.
Kıyıda ayakların, denizde kolların sözü geçer.
İnsan da aşk çemberine girdi mi
beynin değil kalbin hükmüne girer.
Korkmayıp, yüzmeye cesareti olanların
keşfedeceği çok daha fazla şey vardır denizde."
Bir Çemberdir Aşk, 93. Sır

İkimize anlamak için vakit kazandıran bir sessizlik oldu. Sonra "Aklıma ne geldi James biliyor musun?" dedim. "Anlattığım fanusun dışına çıkamayan pirelerin hikâyesi tam da bununla ilgili. Bence fanusun içinde bir ömür esir kalmanın sebebi fanusun dışında nasıl ve neyle yaşayacağını bilememek. Bu sebeple de cesaret edememek. Cesaret edemeyen de kıyılarda ayaklarıyla dolaşmaya devam ediyor. Asla okyanustakileri keşfedemiyor."

"Katılıyorum..." dedi James ve devam etti. "Daha korkuncu, kıyıda bir ömür geçirmek cesaret edip yüzmekten çok daha zor ve korkunç. Belki yavaş yavaş deneyimlendiği için korkunç gelmiyor insanlara. Bir şeyi taksit taksit ödemek gibi. Ama cesaret edememekle başımıza büyük belalar alıyoruz."

Özgürleşmenin yolu aslında bir fanusun olmadığını anlamakla ilgiliydi. Daha yükseğe sıçramayı göze almamız gerek. Kimseyi ikna etmeye çalışmadan, kimseyle uğraşmadan kıyıdan denize atlamaya cüret etmemiz gerek.

"Neden beni dinlemiyor, neden bana inanmıyor?" diye sorgulayıp gerilmeden, hatta mümkünse tek başına...

İnsanlar genellikle anlatılanlara değil gördüklerine ikna oluyorlar. Anlatmamız değil başarmamız gerekiyor. Biliyoruz ki zıplayan kurtulur. Zıplayan yaşar. Zıplayan o kapıdan geçer. Geçtiğinde ise kalbiyle yaşamayı, amacını, var olma sebebini anlar...

Hoşuna gitmiş olacak ki "Oku bakalım başka neler var" dedi James. Bazı kelimeleri birkaç cümleyle anlatmak zorunda kalsam da İngilizcemi zorlayarak olabildiğince doğru şekilde çevirmeye çalışıyordum.

"Her insan aşkı ister. Ama unutmamalıdır ki
aşk da insandan bir şey ister. Bu aşk çemberi ancak
aşkın bedelini ödeyebilenlere açar kendini. Nedir bu bedel?
Sahip olduğun tüm kötülükleri iyiye dönüştürmektir.
Bu bazı insan için ölmekten de beterdir..."
Bir Çemberdir Aşk, 33. Sır

Sesi heyecanlı bir öğrenci olduğunu hissettirircesine "İlk kez duyduğum şeyler bunlar. Çok net ifadeler, yeni bir şey öğrenmek ne güzel. Yeni bir şey hissetmek ne güzel..." dedi.

"Bu arada çok güzel bir şey söyledin James, yeni bir şeyler öğreniriz sürekli ama yeni bir şey hissetmenin üzerine belki konuşmalıyız. İnsan bilmediği bir bilgiyle karşılaşır ve öğrenir ama bilmediği bir hisle karşılaşıp daha önce hiç hissetmediği gibi farklı hissetmesi çok ilginç değil mi?"

Yüzüme döndü ama boşluğa bakıyordu. Ben de bir ortamda biri bana seslendiğinde başka bir şey düşünüyorsam aynını yapardım. Gözleri rüya gören birinin gözleri gibi hareket ediyordu. Sonra kendine gelerek "Bir ihtiyarın bu kadar üstüne gitmemelisin profesör, bunları düşünmek için ya fazla yaşlıyım ya da fazla acemi. Ama sevdim açıkçası, zihin egzersizlerini bilirsin, bunlar da duygu ve bilirsin ruh egzersizi gibi bir şey. Arada oku bana olur mu?"

"Tabii ama benim de çok bildiğimi, anladığımı düşünme lütfen. Sana ne kadar yeniyse bana da öyle bunlar. Ben de öğreniyorum yani ve öğrenmek isteyen biri için sınıfta her zaman yer vardır."

"Harika, o halde akşam görüşürüz. İhtiyarın işe gitmesi gerek, harika sokaklarımızın tadını çıkart" diyerek yanımdan ayrıldı. Bunu ne ara yaptı bilmiyorum ama yarım saat kadar oturduktan sonra hesabı istediğimde garson "Ödendi" demişti...

23. Kum

Avrupa'nın en fazla sokak sanatçısına ev sahipliği yapan şehriymiş Barselona. Tam bir medeniyet fenomeni olan La Rambla Caddesi'nde yoğunluk oluşturacak kadar sık şekilde yeteneklerini sergiliyorlar. Hepsi harika ama ben yine de sahile kadar giderken paralel arka sokakları tercih ettim. James'in dükkânına da anacaddeden ayrıldığımda denk gelmiştim. "Kendinizi, kendinizle zaman geçirmeyi yalnızlık sanmayacağınız şekilde yetiştirin" diyen Tarkovski haklıydı. İnsan kendiyle vakit geçirmeyi sevdiğinde, eğlenceyi sadece kalabalıklarda aramadığında çok şey keşfedebiliyordu.

Zaten şu an evimde anne ve babamla televizyon izlemiyor olmamın sebebi de anacaddelerin insanı olmayışım değil mi? Bir şeyler biriktirmeyi sevmediğim gibi başka adımların üzerine basarak yürümeyi de sevmiyorum.

İnsanların anı koleksiyoncusu taklidi yaptığını düşünen var mıdır acaba benim gibi? İnsan istemediği bir hayatı yaşayarak güzel anılar biriktirebilir mi? Hayatın yeknesak sıkıcılığından kurtulmak için güzel anı peşinde koşarız ama elimizdekileri kaybetmemek için de yedekleyip dururuz.

Eski halimizden farklı olmak için sırtımızda eski halimizden yükleri taşımamak gerekiyor. Yeni bir rüya görmek için eski rüyayı unutmak gerekiyor. Gerçeği görmek istiyorsak da tüm rüyalardan uyanmak gerekiyor.

"Bir kişi uyanırsa, herkes uyanabilir."
Bir Çemberdir Aşk, 38. Sır

Herkesin bir uyanma sebebine ihtiyacı vardır. Ancak bir uyanmış kişi bizi dürtüp uyandırabilir. Ve insanı dünyanın en mutlusu yapan da, en mutsuzu yapan da aynı kişidir.

Benim için o kim derseniz, nefes derim...

Sadece birkaç dakika nefesin yokluğunu tahayyül edin. İmkânsız değil mi? Peki ya kalp atışı? Birkaç saniye için kalbinizin atmadığını düşünün. Onsuz da yapılamaz değil mi?

Onsuz bu ikisinin de eksikliğini çekiyorum desem, o halde sen nasıl yaşadın diyeceksiniz, biliyorum. Ben yaşamıyorum ki zaten, yaşıyor gibi yapıyorum sadece.

Ümitsizce konuşmak istemiyorum belki de doğuyorumdur. Zaten ölmek de doğmak da bir yerden başka bir yere geçmek anlamına gelmiyor mu?

Yaşadığım buhranı çözmek için çok düşündüm ve sonunda kendi kendimi tedavi etmeye karar verdim. İyileşmek için tek çare olarak gitmeye karar verdim. Ve işte maceramın en batı ucundayım.

Barselona'nın arka sokaklarında gezerken kendimi dünyanın en güzel kaldırımlarını adımlıyor gibi düşünüyorum. Her şey o kadar doğal akışına bırakılmış ki bastığım her kaldırım taşı sanki binlerce sene doğal bir eğim kazansın diye yükseklerden akan bir şelalenin altına bırakılmış. Bu sokaklarda herhangi bir kafe dünyanın en güzel kafesi gibi gözüküyor.

Bir kafenin dışarıya bıraktığı küçük yuvarlak masalardan birine oturdum, nefeslenirken kitabımı çıkardım, çok dikkat etmeden bir sayfasını açtım. Risk almayı sevmem ama her seçeneğe güveniyorsanız rasgele seçim yapmak risk olmamalı öyle değil mi? Sokağın içine süzülen sapsarı ışık huzmeleri tam kitabın üzerine vuruyor, okumak üzere olduğum satırları ısıtıyor gibiydi.

"Aşk, birlikte yürünen yola tahammül etmek değil, birlikte yürümek için yol inşa etmektir..."
Bir Çemberdir Aşk, 14. Sır

Bir gün bana "Ya birdenbire yok olursam, ne yaparsın?" diye sormuştu. Hiç düşünmeden "O halde ben de yok olurum" demiştim.

"Ama diyelim ki nereye gittiğimi bilmiyorsun."

"Biraz düşünür, sorar öğrenir ve gittiğin yere gelirim."

Cevabım yüzünü güldürmüştü. Tekrar sordu. "Hiç pes etmez misin peki?"

Aynı ciddiyetle bir müddet düşündükten sonra: "Asla."

Hatırlıyordum o günü. Sinemaya gitmiştik Kadıköy'de. Çıkışta bir kafede oturmuştuk sonra. Hemen geliyorum deyip bir kitapçıdan Gabriel García Márquez'in bir kitabını alıp gelmişti. Kitabı bana uzattı. "Kitabı oku ve bitince..." Biraz bekledikten sonra sorusunu tamamladı. "Ne düşündüğünü bana söyle, bir insan kavuşmayı bu kadar bekler mi gerçekten?"

"Hiç tanışmamış olsaydık bile ben sana kavuşmayı hep beklerdim."

Boş bardağı almak için önümden geçen garson yüzümün sağ tarafını yakan güneşi fark ettirince kendime geldim. Her santimetresinde yaşanmışlıkları okuyabileceğiniz bu dar sokakta insan çeşitliliği coşkun bir nehir gibi akıyordu. Bisiklet süren bembeyaz saçlı zayıf bir teyze, geldiğimden beri kendime "ne kadar akıcı bir dil" dediğim İspanyolcayı şiir gibi ve yüksek sesle konuşan kadınlar, çantalarını omuzlarına çapraz asarak muhtemelen derse yetişmeye çalışan öğrenciler, az sayıda ve dünyanın herhangi bir köşesinden gelmiş olabilecek meraklı turistler. Yine de bu sokakta şehir sakinlerinin daha fazla olduğunu görünce rota için doğru bir seçim yaptığımı anlamıştım.

Okuduğum üniversitede bir yılda öğrenemediklerimi şu bir buçuk haftalık yolculukta öğrenmiştim. Üniversiteler sisteme personel hazırlıyorlardı, farkındaydım. Çarkın dişlilerine uygun sorunsuz, tek tip, söylenileni yapan çalışanlar.

Bu yüzden çok da yaşamsal sayılmazdı üniversitelerin öğrettikleri. Sistemin sürdürülebilirliğiydi onlar için önemli olan. İnsan yaşamı ne zaman bu kadar suni bir düzleme indirgendi bilmiyorum. İnsan gerçekten bunun için mi var oldu?

Zihinsel ve fiziksel en aktif yıllarımızı bir eğitim sistemine adıyoruz. Bize dünyayı gezdiriyorlar mı? Hayır. Bize kendimizi öğretiyorlar mı? Ne için var olduğumuzu? Amacımızın ne olduğunu? Hayır. Bize hayatlarımızı üzerine kurduğumuz paranın nasıl basıldığını öğretiyorlar mı? Hayır. Bize bitki yetiştirmeyi öğretiyorlar mı? Hayır. Hayvanları, onlarla iletişimi, onların yaşamını öğretiyorlar mı? Onların yaşamına götürüp kamp yaptırıyorlar mı? Hayır. Hiçbiri öğretilemez üniversitelerde.

Ancak karşısına çıkan her şeyi alıp yutan bu sistem kasırgasından kurtulabilenler bu soruların cevaplarına şahit olabiliyorlar.

"Çok okuyan mı bilir, çok gezen mi?" diye sorarlar ya hep. Kesinlikle gezerek okuyanlar bilir hatta onlara kasırgadan kurtulmuş bilgeler diyebiliriz.

Hayatın içinde uyanık olduğunda, verimli ve üretken birine dönüşüyorsun aslında. Bu ikisini birlikte denk getirmek çok da kolay değildir. Uyanık olduğunda hayatı ıskalama ihtimalin, hayatı yakaladığında uyanamama ihtimalin hep vardır çünkü.

Bence sorun kendini farklı hissedenlerde değil, başkasının kopyası olmayı hiç gücenmeden hazmedenlerde...

Zihinlerimiz rengârenk hayallerle dolu olsa da renksiz taşların üzerinde yürütüyor bizi bu dünya. İnsan bazen, yeni güzelliklere hemen uyum sağlayamıyor. Ama yine de yeni şeyler keşfetmenin hazzıyla, umut bankasına yatırım yapmaya devam ediyor ki bence bu da güzel.

Aslında ne hoştur, hayalle hayatı iç içe yaşamak. Su gibi sade ama önemli olmak.

Güneş ışığını da sıcaklığını da kesiyor gibi olunca hesabı ödeyip masadan kalkmak istedim. Günbatımını Barselona'nın muhteşem sahillerinde izlemek istiyorum. Kitaptan bir cümleyi yanıma aldım ve sahile kadar tüm yolu birlikte yürüdük.

"Her yolculuk kendine çıkarır insanı.
Kendine en yakın mesafeler uzun yolculuklar sayesinde aşılır."
Bir Çemberdir Aşk, 56. Sır

"İnsan ne için var olduğunu anladıktan sonra yaşamaya başlar" derler, sanırım bu düşünce gün geçtikçe daha da anlam buluyor bende. Bir yolun bana bu kadar iyi geleceğini tahmin etmiyordum. O kadar alıştık ki insanın bir bilgiyi ancak aylarca, yıllarca eğitimden sonra öğrenebileceğine. Öyle değilmiş. İçinde yaşadığım küçük kutunun duvarlarını aşıp, binlerce kilometre uzakta kendimi keşfetmeye başladım.

Aynı evin içinde yaşadığım, bana benden yakın olduklarını sandığım insanlarla konuşamadıklarımı, bazen bir İtalyan sokak ressamıyla, bazen meydanda tanıştığım bir Meksikalı çiftle, bazen trende tanıştığım bir Yunan öğrenciyle konuştum.

21. yüzyıldayız ve bence kardeş aynı evde doğduklarına değil, aynı duyguyu paylaşabildiklerine denmeli artık. Anlaşılamamak bu kadar her eve girmişken...

Anladım ki ben çevremden uzaklaşarak terk etmemişim onları. Meğer onlar oldukları halde kalarak terk etmişler beni. İnsan bataklıktan gitmezdi, bataklık güzel bir bahçe olamadığı için bir gidişe sebep olurdu.

Yabancısı olduğum memleketlerde, dilini de kültürünü de bilmediğim insanların arasında, taşlarına daha önce hiç basmadığım kaldırımların üzerinde attığım her adımla güçleniyordum. Güçlenmek böyle bir şeydir belki de. Yaralarını kendin sarmakla, unuttuğun kaslarını çalıştırmakla, hiç kullanmadığın kanatlarını çırpmakla ilgilidir belki, olamaz mı?

Evinizden uzaklarda yapayalnızsanız ya da bile isteye yalnızlığı seçtiyseniz, izin verin bir günbatımı karışsın akşamınıza. Yüzünüzü de akşamınızı da pembeleştirsin. Merak etmeyin yalnız geçirdiğiniz hiçbir günbatımı keyfinizi bozmaz, kalabalık etmez, boş laf söylemez, oyalamaz. Gelecek olan gece ve sessizlikten söz eder belki. Hatta öyle güzel anlatır ki her gündüz vakti geceyi özlersiniz ve hava her aydınlandığında bir şeyleri elinizden kaçırıyor gibi hissedersiniz.

Bu akşam kurduğum hayallerim, gelecekle ilgili müjdelerle dolu. Birkaç metre daha derinlerine dalmak istiyorum düşünce okyanusumda ve hemen akşam oluyor. Zaman düşünürken ve mutluyken, özellikle de mutlulukla düşünürken çok hızlı geçiyor.

Sahilde plaj voleybolu oynayanlar, oynayanları izleyenler ve tüm bu olan bitenin sınırında tam üzerimde bomboş bir gökyüzünde kendi başına bir şeylere benzemeye çalışan buluta bakıyorum. Akşamın esintisine karşılık uzandığım kumların sıcaklığı beni ısıtıyor.

Yeryüzünde ne kadar az yer kapladığıma bakmayın, içimde öylesine genişim ki adım atacak yer yok. Belki de bu yüzden dışarıya ayak uyduramıyorumdur, kim bilir...

Milyonlarca kumun üzerinde tek başıma derin ve rüyasız bir uykuya dalıyorum...

24. Kumbara

Akşam saatlerinde eve döndüğümüzde ev arkadaşları birer ikişer toplanmaya başlamışlardı salonda. James, akşam yemeğinde balkonda buluşmak üzere odasına çıkınca sabah yerleştirdiğim bulaşıkları makineden çıkarmak için mutfağa gittim. Gençlere karşılık beklemeden evini açan bu adama karşı sorumluluklarımı ihmal edemezdim. Ancak içeri girdiğimde beni irrite eden bir şey daha yaşandı.

Gençlerden biri kolilerdeki çikolatalardan birkaç çeşit ceplerine atıp kumbaraya uğramadan çıktı gitti mutfaktan. Peşinden gidip durdurmayı, bu evin kurallarından biri olduğu halde neden yediklerinin karşılığında kumbaraya para atmadığını sormak istedim ama yanlış anlaşılmalara mahal vermekten çekindim açıkçası. Burada çok uzun zamandır süregiden bir sistem vardı sonuçta, herkes de benden eskiydi, dün gelip bugün sistemi karıştıran olmak istemedim. Bu hiç de hoş olmazdı ayrıca.

Ancak ne kadar kendimi tutsam da akşam yemekte dayanamayıp sordum James'e. Market alışverişine giderken kumbaradan eksik para çıkıyor muydu acaba? Yediklerinin karşılığı olarak herkesin kumbaraya para atmak konusunda çok da duyarlı olmadığının farkında mıydı?

"Yüzde sekseni öder çoğunlukla... Yüzde yirmisi genelde kayıptır" dedi.

Bu cevapla birlikte içime dert almıştım şimdi. James kadar misafirperver, yardımsever ve bonkör bir insanın gözlerinin içine bakarak onu suiistimal edebilecek kadar kötü kalpli insanlar da gelip konaklıyorlardı bu evde demek...

Lidyalılar parayı bulmadan önce insanlar takas karşılığında birbirlerine mal ve iyilik verip alıyorlardı muhtemelen. Bir bakır kap karşılığında bir sepet elma. Alan da memnun satan da. Size karşılıksız bir elma verene ister istemez kendinizi borçlu hisseder, ona bir iyilik yapmak zorunda olduğunuzu düşünürsünüz değil mi?

İyilik biriktirmek yerine para biriktirmenin daha avantajlı olduğuna ikna edildik ne yazık ki...

Algıda seçicilik, insan bir şeye kafasını takınca sürekli onu görürmüş. Akşam tekrar aynı olaya şahit olunca odama gidip çantamdan önümüzdeki günlerde beni sarsmayacağını düşündüğüm miktarda para alıp göze batmadan kumbaraya attım. En çok üç gün kalabileceğim bu evde bir yabancıyla para konusunda tartışmaya girmek olmazdı. Bu James'i de zorda bırakırdı. Koskoca insanlara ahlak dersi verecek değildim. Gözümün önünde düpedüz dolandırılıyor, kandırılıyordu James. Konuyu ona açıp canını sıkmak yerine maruz kaldığı zararı gidermeyi daha sağlıklı buldum. Evindeki pisliği ancak bu yolla temizleyebileceğimi düşündüm, ortalığı karıştırarak, suçluyu ifşa edip herkesin önünde onu daha da suçlayarak, James'i arada bırakarak olmazdı.

Kimse görmeyecek, bilmeyecek bile olsa bir denizyıldızını kumdan kaldırıp denize atmak değerliydi benim için.

James'in gizliden gizliye mağdur ediliyor olmasını hazmedemediğim için evin her türlü düzenine el atmaya başladım ister istemez. En azından ben buradayken her şey yolunda gitsin. Kumbaradan eksik para çıkmasın, kâğıt havlular dikkatli kullanılsın, tuvalet temiz kalsın, mutfak düzenli olsun, yiyecekler ortalık yerde kalmasın, gereksiz alışveriş yapılmasın, ihtiyaç listesi doğru tutulsun.

Kumbaraya para atmayıp fütursuzca yiyip içmeye devam edenleri göz hapsine almıştım artık. Açıkçası bunları yapanlara tam olarak da kin güttüğümü söyleyemem. Belki paraları yoktur bilmiyorum. Kim neyi bilebilir ki bu dünyada? Ama herkes elinden geleni yapabilir değil mi?

"Yol değiştirmiyorsa insanı, ne anlamı var yürümenin?
Yolda kat edilen mesafe bir uzunluk değil bir adanmışlık ölçüsüdür."
Bir Çemberdir Aşk, 41. Sır

Bazı insanları geç bazı insanları erken tanırsın. James hep pozitif enerji vermişti bana. Hiç ağabeyim olmadı belki ağabey olmak için bile yaşlıydı bana göre ama öyle görmüştüm onu. Biraz ağabey biraz baba. Yaş da önemli değil açıkçası, mühim olan arkanı kollamadan konuşabileceğin bir dosta sahip olmak.

James'in üzülmesini engellemek sanıyorum ki 3 günlük ziyaretimin en güzel hediyesi olurdu bu ona. Hediyemi hiçbir zaman açmasa da benden olduğunu bilmese de...

İçimdeki dalgalanma yüzüme de yansımış olacak ki "Sorun mu var yoksa?" diye sordu James. "Kumbara sisteminde sıkıntı olduğunu mu hissediyorsun?"

"Hayır" dedim hiç düşünmeden. Huzurunu ve düzenini bozmak istemezdim. "İlk kez böyle bir sistem görünce merak ettim sadece. Hepsi bu."

Açıklamamdan yeterince tatmin olmamış bir ifadeyle baktı yüzüme. Konuyu tamamen kapatabilmek için matematikle arası iyi olanlarla yaptığım sohbeti başlatmak geldi aklıma.

"Bak James, 3 saniye içinde evet ya da hayır diye cevap vereceksin. Asal sayıları biliyorsun. Kendisi ve 1 dışında hiçbir sayıya bölünemeyen sayılar... 91 asal sayı mıdır, değil midir? Hemen cevap ver ama."

"Evet" dedi James hemen.

"Yanlış" dedim. "Hayat sürprizlerle dolu, 91 sayısı hem 13'e hem de 7'ye bölünebilir."

Şaşkınlıkla baktı yüzüme. Düşündükçe tebessüm etmeye başladı, sonra artık gülerek kabul etti cevabının yanlış olduğunu.

"Tam ters köşelik bir soru, kim bekler ki 91'den birkaç sayıya bölünebilmesini?"

Sonra başımı dışarı doğru yavaşça çevirerek "Kokuyu almaya başladın mı?" diye sordum James'e.

"Hayır, ne kokusu?" dedi şaşırarak.

"Sanırım yağmur yağacak."

25. Yağmur

Eğer hava durumu gecenin yağmurlu geçeceğini öngörüyorsa, benim için o gecenin repertuvarı bellidir artık. Giriş de, gelişme de, sonuç da sadece düşünmekle, düşüncelerimden yeni fikirler çıkarmakla ilgili olacak demektir.

İnsan aşk denen bilmecenin içinde bir o yana bir bu yana yalpalarken, meseleyi hep cevabı bulmaktan ibaret sanıyor. Beni seviyor mu, sevecek mi, daima sevecek mi, yanımda kalacak mı?

Oysa bu sorular hiçbir şeyin çözümü değil...

Kalbimde meskeni kayıp bir göç hali, yolculukların iyi geleceğini düşünerek geldiğim bu yabancı memleketler. İçimde uzun ve hiç buluşamayan iki uzak nokta var. Onunla bir olabilmek için bilmediğim yollardan geçtim. Azdım çoğaldım, çoktum eksilmeyi öğrendim benliğimde. Aşkın ve yolculuğun birbirinden farklı olmayan iki uzun hikâye olduğunu öğrenmem çok zaman aldı.

Şimdi o uzun ve deli zamanları düşündükçe kalbimde kocaman bir kara delik açılıyor sanki. Işık hızını şaşırıyor, zamanın saati bozuluyor bu karanlıkta. Ama ben yine de ona olan sevgimden vazgeçmiyorum.

Sahi aşkın kutsal olduğunu kim öğretti bize?

Belki bir bebeğin doğar doğmaz nefes almayı bildiği gibi öğretilmeden yaşanan bir şeydi aşk. Yani bir uzuv gibi, bedenden bir parça gibi. Ancak doğru anahtarla karşılaşınca açılan ama zaten her daim içimizde taşıdığımız bir şey gibi...

Onca insan tanırsın ama tek bir tanesinin kalbindeki anahtara teslim olursun. Küçücük kalbine sıkışmış aşk evreninin kapısı bir kere açıldı mı o kapıyı açanı unutmak artık mümkün değil. Çünkü artık o evrende gördüğün her yıldızda, her galakside ve güneş sisteminde iki kişinin ismi yazılıdır.

James'in dediği gibi perdeyi açık bırakmıştım odamda. Yazın ortasında yağan bu sürpriz yağmurla serinlemişti içim. Odaya yağmur sızmayacağından emin olup araladım pencereyi. Nefis bir yağmur kokusu doldu içeri. Ne kadar tanıdık ve ne kadar büyüleyici. Dili başka, dini başka, alışkanlıkları başka, kültürü başka bile olsa toprak her yerde topraktı işte. Yağmur her yerde aynı yağmur. Özlemek her yerde aynı özlemek.

İnsanın içine o huzursuzluk geldi mi en mutlu anında bile bir sonraki adımında derin bir kuyuya düşme ihtimali gibi gösterir varlığını. Öldürmez ama yaşayamazsın da. Benim üzerimdeki huzursuzluk mu eksiklik mi ayırdına varamıyorum.

Bu kalp titreten yalnızlığımın bir sebebi var. Omzumdaki bu huzursuzluk yükünü yere nasıl indirebileceğimi biliyorum. Cevabı bilmem cevaba ulaşmama yetmiyor. Cevabı yazacak olan kudreti, yazmaya ikna edemiyordum işte. Ne olurdu şimdi burada olsaydı, ne eksilirdi evrenin sayılara sığmayan parçalarından? Bütün kötülüğü içine alabilen dünya bir sevgiye mi dar gelmişti?

Sorduğum sorular karanlığa gömülüyor, yağmurun sesi yüzünden kimse duymuyor cevapları.

Ayağa kalkıp pencerenin önünde beklemeye başladım. Elimi uzattım boşluğa. Bir avuç yağmur suyu topladım gökten. İçsem, dağılır mıydı içimdeki huzursuzluk, bilmiyorum...

Şehrin ışıkları uyumamız için ayarı kısılmış gece lambalarına benziyor. Tarihi sokaklara ve dokuya rahatsızlık vermemek ister gibi hep loş yanan sokak lambalarının altında koşturan insanları izledim bir süre. Yüzleri yok ama sesleri coşkulu ve yüksek. Yağmur iliklerine işlemiş ama titremiyorlar soğuktan.

Bir yaz serinliği coşkusu bu. Umulmadık bir heyecan. Ne güzel. Her birinin yüzünde onu görüyorum sanki. Çok özleyince tanımadığın herkesi sevdiğine benzetirmiş insan...

Katalanlar çiçekleri çok seviyorlar, nerdeyse çiçeksiz balkon yok buralarda ve yağmurda boyunlarını uzatıp içebildikleri kadar su içmeye çalışıyorlar.

Heyecanla yağmuru izleyen başkaları da var etraftaki balkonlarda. Benim gibi pencerenin arkasından değil, balkon demirlerinden sarkarak ıslanıyorlar.

Gecenin bir kusuru varsa eğer, o da onun burada olmamasıdır. Size bir sır vereyim. Hayal ettiğimiz mucizelerle dolu dünya, gözkapaklarımızın ardında...

İşte tam da şimdi kapatıyorum gözlerimi ve sevdiğim başlıyor Barselona'nın yağmurlu sokaklarında yürümeye. Onu hayranlıkla balkondan izleyen çiçekler her adımında başlarını kaldırıp güzelliğine saygı duruşunda bulunuyorlar.

Bir evin önünden geçiyor şimdi. Küçücük ayakları seri ve heyecanlı adımlarla basıyor ıslak yere. Bozuk bir plak başlıyor çalmaya penceresi açık evlerden birinde. Onu görünce bozuk plağın bile temiz sesler çıkarası geliyor içinden. Tanıdık bir şarkı yükseliyor yağmurlu gecede... Sözlerini unutmuşuz ama mırıldanıyoruz birlikte...

Gözlerimi kapadığımda bir mucizenin içindeyim işte. Gözlerimi açtığımdaysa uçurumdan düşüyorum. Sokaklar yabancılarla dolu ve o yok görünürde. Cam gibi kırılıyor hayallerim. Kırıklar kesiyor içimi...

"En kısa olanı insan ömrüdür. Peşine düşebileceğin sorulardan ve cevaplardan daha kısa sürer. Her şeyi merak etsen de hepsine hâkim olman imkânsızdır. Biri hariç tüm sorularından vazgeç çünkü tüm cevaplarını bu soruda bulacaksın: Ben kimim?"

Bir Çemberdir Aşk, 8. Sır

26. Üç

James'le karşılaşmamız bir tesadüf değildi ama nihayetinde bir sonu vardı. Üç günlük misafirliğim bitiyordu bugün. Üzerimdeki hüznün yarısı sanırım çok sevdiğim bir ortamdan ayrılacak olmamdı. Bekleyin beni gece trenleri, bekleyin beni parklar, soğuk sahil geceleri ve yeni maceralar...

Onunla çok iyi anlaşmıştık. Açıkçası küçük çocuklarla ve yaşlılarla sohbet etmeyi çok severdim ama ilk kez yaşımdan neredeyse iki misli büyük biriyle arkadaşlık kurmuştum.

Her şey yolunda gitmişti ama her güzel şeyin bir sonu vardı. "Güzel olacak..." dedim içimden. "Her şey çok güzel olacak. Güzel başlayan bu yolculuk güzel devam edecek."

Uzaklaşmak iyi gelirdi insana. Uzaklaşmak kalbe yakınlaşmaktır bir yerde. "Karamsarlık yok profesör..." dedim kendi kendime... "Hüzün tatlıdır belki ama karamsarlık olmaz..." diyerek teselli ettim kendimi.

Yüzümü yıkayıp balkona çıktım. Filtre kahvenin yanında bir parça kruvasan yiyerek kahvaltı eden gençlere bakıp "Günaydın" dedim. Bunlar yeni gruptandı. Bazılarını ilk kez görüyordum.

Canım hiçbir şey yemek istemiyordu. James de dışarıdaydı, işleri yoğundu. Akşam saatlerinde bir kafede buluşacaktık vedalaşmak için. Bütün günü evde geçirecek değildim ama bulduğum gibi bırakmak istediğim için toparladım biraz ortalığı. Yanıma biraz para alıp en yakın markete gittim. Taşıyabileceğim kadar kâğıt havlu, tuvalet kâğıdı, deterjan ve sıvı sabun aldım. Evdeki son günümdü ne de olsa. Kullandığım her şeyi telafi etmek için başka zaman bulamazdım. Marketten aldıklarımı dolaplara yerleştirdim hızlıca.

Eskilerden bir iki kişi vedalaşıp önce çıktılar benden. Marlon ve Diego dün ayrılmışlardı zaten. Yüzü demirli genç "Ellerimi yıkadım..." diyordu vedalaşmak için bana sarılırken. "İyi yolcuklar dostum. Hikâyen güzel olsun..."

Ne güzel bir temenniydi o öyle. "Tanıştığıma çok memnun oldum arkadaşım. Senin de hikâyen güzel olsun..." dedim. "Yolculuklarında güzel şeylere rast gel hep."

Temiz eşyalarımı katlayıp yerleştirdim çantama. Gara gitmeden evvel eve uğrayıp alacaktım ağır olan yükümü. Küçük çantamı sırtıma vurup apar topar çıktım evden. Akşam saatlerinde iş çıkışı James'le son kez kafede buluşup vedalaşmak için sözleşmiştik. Gece treniyle Paris'e geçecektim. Nasılsa yola güveniyordum. Sezgilerime güveniyordum artık. Olması gereken olurdu zaten. Kaygılanmıyordum.

La Rambla Caddesi'ne kadar uzanan yaklaşık iki kilometrelik yolu Barselona'nın tarihini koklayıp keyfini sürerek ağır ağır yürüyerek kat ettim. Hava temiz ve sıcaktı. Hoş bir bahar yeli esiyordu. Her yer yine cıvıl cıvıl. Sağlı sollu dükkânlardaki hareketlilik, sokak müzisyenleri, takı tezgâhları, turistler için üretilmiş hediyelik eşyalar, rengârenk kıyafetler ve dükkânlardan yükselen müzik sesleri... Her şey ilgimi çekiyor, bana dokunuyor, iyi hissettiriyordu.

İnsanların karşısında konuşmaktan utanan biri olsam da caddenin sonundaki upuzun Kristof Kolomb heykelinin altında otururken, yanımdaki turistler kalkıp gidince ve ben o nefes kesici gösterişli heykelin altında yalnız başıma kalınca, kendimi tiyatro sahnesinde seyircilerin heyecanla yüksek tiradını bekledikleri aktör gibi hissettim. Güneşle arama Kolomb'un altmış metre yüksekliğindeki devasa heykelini alarak yakaladığım tatlı gölgenin içine sığdırdım kendimi. Bir Eminönü kalabalığı yaşadığım bu Katalan şehrinin curcunasına rağmen, sığındığım gölgenin tadını çıkararak kitabımı açıp okudum.

"Kimi varlıkla var olmayı bilir, kimi varoluşu varlığıyla anlamlandırır. Her şey bir varlık meselesidir."
Bir Çemberdir Aşk, 23. Sır

Varlığını hayat boyu hiç sorgulamamış insan ne kadar yaşamış sayılabilirdi ki?

Kalabalığın arasındaki en yavaş adam çarptı gözüme o an. Ayağını sürüyerek, sırtının kamburunu vernikli bastonuna yüklemeye çalışan o adam... Benim yaşlılığımdı işte. Şurada kemik çerçeveli gözlük takan, kocaman bir sırt çantasıyla dolaşan çocuk da bendim. Gördüğüm herkes ben olabilirdim. Başka bir gün başka bir yerde doğsaydım şu an hiç bilmediğim biri olabilirdim.

Cam kaplı çok katlı şu yüksek binanın en üst katındaki patron da bendim mesela. Ben olabilirdim. Bugün geceyi Paris treninde geçirmekten başka şansım olmasa da tüm bu insanlardan biri olabilirdim.

Sahip oldukları şeyler değişkenlik gösterse de insan hep güzelin peşinde koşmalı. Buna rağmen hep bir şeylere sahip olmanın derdindeyiz hepimiz. Yalan mı?

Sahip olmak en sevdiğimiz şey bizim. Her şeye sahip olmak istiyoruz. Her gün hiç durmadan yenisi basılan paralardan olabildiğince biriktirmek istiyoruz. Bütün ömrümüz her gün milyonlarcası yapılan evlerden birkaçını alabilmek için, her gün fabrikadan binlercesi çıkan arabalardan bir üst modelini almak için geçiyor. Yaşamımız karşılığında miktarı sonsuz olan eşyaların birkaçına talip olmak. Biraz matematikle dünya çok daha güzel bir yer olabilirdi.

Eşyayı geçtim biz sevdiğimiz kişiye bile sahip olmak istiyoruz. Bir bebeği sahip olmaya programlarsan yaşamanın başka türlüsünü bilmediği için birini sevdiğinde de ona bir eşya gibi bakmaya başlar.

"Kimse yalanı sevmez derler, hayat bir garip çemberdir. İnsan en çok yalanı sever, en az da onun yalan olduğunu öğrenmeyi."
Bir Çemberdir Aşk, 79. Sır

İnsanlar yalan olduğunu bildiklerinde sevmezler yalanları. Bazen bir ömür sürer yalanın içinde yaşamak. Bilmedikten sonra sorun yok gibidir. Oysa mesele tam da budur bana göre. İnsanın bir yalanı kendi gerçeği bilmesi ve o yalanı gerçek olarak hayat boyu yaşaması...

"İnsanlar yalanları sevmez" demesin kimse. İnsan en çok yalanı sever, yeter ki kimse inandığı yalanın, bir yalan olduğunu söylemesin, hatırlatmasın ona. Herkes mutlu olmak için kurduğu hayat platosunda artık gerçekliğe dönüşmüş yalanlarıyla yaşar.

Hangimiz sokakta "Hayat nedir?" sorusuna verdiğimiz yanıtla çelişmeyen bir hayat yaşıyoruz ki? Hangi insan insanlardan hiçbir şey saklamadan yaşıyor ki? Kim kurduğu doğru cümleler gibi bir hayat yaşıyor ki? Herkes yazdığı yalan yanlış senaryosunun kahramanı olarak kendi filminde kör topal oynuyor. Sanki her şey mükemmel sorunsuzmuş gibi. Yeter ki kimse çıkıp "Tüm hayatın kendini inandırdığın yalanlardan ibaret dostum" demesin.

"Nasıl yaşadığının farkına varmışsan, ne şekilde ölmekte olduğunu da anlamışsındır."
Bir Çemberdir Aşk, 59. Sır

27. Orkestra

Akşamüzeri James'le bir kafede buluşacaktık. Şu an için epey vaktim var diye düşünüp Barselona'nın sokaklarında kaybolmayı denedim.

Bu sokaklarda en çok dikkatimi çeken şey şehrin neredeyse her yerine sirayet etmiş olan Gaudi modernizmi oluyor. Bir insan yüzlerce yıl boyunca milyonların hayatını değiştirir mi? Evet. Gaudi bu şehrin çehresini değiştiren bir dâhi. Barselona'nın en ünlü mimari eserlerinin sahibi.

Çocukluğunda başlayan romatizmal rahatsızlığı nedeniyle çocukluk ve gençliğinin büyük bölümü evde ve doğa yürüyüşlerinde geçmiş. Dolayısıyla doğayı gözlemleme yeteneği hayli gelişmiş bir adam.

Zorlukların dâhileri doğurduğunu gösteren bir örnek daha. Alman besteci ve piyanist Beethoven da yaşamı boyunca duyma sorunları yaşamıştı, bir dönemden sonra ise tamamen sağırken besteler yaptı.

Dışarıdaki klasik eğitimden uzak kalan Gaudi de zihninde doğaüstü bir harikalar diyarı yaratmış. Sonuç ise Barselona'daki onlarca eser ve mimari kültür. Bu bir ülkenin sanatçı yetiştirmesinin o ülkenin geleceği için ne kadar önemli olduğunu gösteriyor.

İnsan Sagrada Familia'nın detaylarını incelerken dünya ilerlerken sanat geriliyor mu diye düşünüyor. O zamanlar böyle inanılmaz detaylı yapılar varken bugün neden dümdüz, ruhsuz binalar görüyoruz?

1882 yılında yapılmaya başlanıp hiç bitmemiş dev kilise. Henüz tamamlanmadan restorasyona ihtiyaç duymuş ilk büyük eser. Gaudi yaşamının 43 yılını bu eser üzerinde geçirmiş, kendisine "Biraz uzun sürmedi mi?" diye sorulduğunda "Patronum aceleci değil" cevabını vermiş.

Baktığım her detayında bu dünyaya ait olamaz gibi hissettiğim bu mucizenin önünde Einstein'ın kulağıma "Bilgi seni A'dan B'ye götürür. Hayal gücü ise her yere" dediğini duyar gibi oldum. Güneşin tam tepede insanları gölge aramaya zorladığı öğlen saatinde sırtımda çantam kollarımı yana doğru açtım. Gözlerimi kapattım ve işte dev bir sahnenin önündeyim.

Orkestra hazır, izleyiciler saatler öncesinden gelip en güzel görüş açısını hesaplayarak oturmuşlar bile yerlerine. Amfi tıklım tıklım. Dışarıda kalanlar merdivenlere oturmaya razı olduklarını söyleyip içeri girmek için yalvarırlarken, görevliler gişeleri kapatmakla meşgullerdi. Bu kadar insanı dışarıda gösterimden mahrum bırakmak olmaz, sanırım haftaya tekrar gelmeliyim.

Hava sıcak ama nem yok. Sanki notalar özgürce havalarda uçabilsin diye tatlı bir esinti var üstelik. Her şey kusursuz görünüyor.

Ancak son dakikada büyük bir aksilik. Yine hüzünlü bir veda hikâyesi. Eşsiz yeteneklerle dolu bu orkestra için çok şey ifade eden çellonun bir teli eksik. Geceyi mükemmel kılabilecek güçte bir tek tel... Ama eksik. Her şeyin kusursuz ayarlandığı bugün orkestranın en önemli teli koptu, gittik.

Her şeye rağmen orkestram bugün olabilecek en iyi performansı vermek için elinden geleni yapacaktı. Ve sağ elimdeki batonla verdiğim sinyali gören tarihin en inanılmaz orkestrası kusursuz bir müzik şöleni için çalmaya başladı.

Tüyleri diken diken eden bu mükemmel atmosferden ve yüzyıllardır birlikte hazırlandığım bu orkestradan öylesine kötü bir ses çıkmaya başladı ki. Tek bir telin eksikliği yüzünden, duyacakları müziğe kapılıp gözyaşlarına boğulmaya hazırlanan izleyicilerin kulakları tırmalanır oldu birden.

İşte bu benim hikâyemdi. Eksik olan o tel de sen...

Hayatımı kusursuz bir senfoniye dönüştürebilecek kadar güçlü bir tel...

Şimdi burada benimle olman gerekirken, ne yazık ki herhangi bir yerdesin.

100 yıldan fazla süredir hâlâ bitmemiş bu muhteşem yapının önünde ben de hikâyesi bitmemiş bir hayalperesttim.

"Onu sana döndürecek bir söz beklersin herhangi birinden.
Ama aşk çemberinin içi tam sükûnet halidir. Yardım eli pek nadir gelir.
Tüm bunlar insanın en hızlı tekâmülü içindir."
Bir Çemberdir Aşk, 67. Sır

28. Kafe

Barselona ne kadar gezsen de yeni kalmaya devam ediyor. Çünkü birkaç turist durak noktasını gezince bitmiyor şehir. Her sokak, her kafe, her köşe, her balkon o kadar güzel ki.

James ile buluşacağım kafeye erken gidince kendime bir kahve söylemiştim. Düşüncelere etrafa dalınca vakit nasıl geçti anlamadım. James geldi ve masama uğramadan "Selam profesör! Bir kahve de bana söyle o zaman, ellerimi yıkayıp geliyorum" diyerek lavaboya gitti. Öyle görülüyor ki şu el yıkama mevzuunu evdeki herkesin hayatına bayağı bayağı sokmuştum.

"Profesör dürüst olacağım, evde, işyerinde, dışarıda ellerimi yıkamadan masaya oturamıyorum artık ve hepsi kimin suçu biliyor musun?" diye söyleniyordu döndüğünde. Gülmekten kendimi alamıyordum.

"Siz Katalanlar böyle mi teşekkür ediyorsunuz?" dedim. "Bu arada ellerini yıkadığında topraklanma da oluyor yani negatif enerjiyi atıyorsun üzerinden."

"Bravo!" diyerek alkışladı James. "Tam olarak süper bir şey bu. Peki ben senden öğrendiysem sen kimden öğrendin bunu?" diye sordu.

"Kimden mi? Herkesten. Benim ülkemde herkes bunu yapar."

"Peki herkes pozitif ve temiz midir sizde?"

"Pozitif değildir açıkçası, bedenden elektriği atsan da zihinlerde ne gezdiği önemli ama temiz olduğunu söyleyebilirim. Herkes yapar bunu."

"Çok güzel bir alışkanlık, belki sürekli yaptığınız için basit önemsiz geliyor. Ama üç gündür yapan biri olarak ben çok iyi hissediyorum."

"Muhtemelen İslamiyet ile gelmiştir bizim oralara diye düşünüyorum. Duydun mu bilmiyorum İslamiyet'te sürekli abdest alırsın. Temiz olmak ve suyla sık buluşmak çok önemlidir. Bizim topraklara İslamiyet gelince de güzel alışkanlıklarını almışız."

"Sanırım duydum şu dediğin şeyi ama fikrim yok, kültürel bir şey mi?"

"Benim inancımda bir temizlenme ve temiz kalma ritüeli bu. Diğer dinlerde var mı duymadım hiç açıkçası, belki vardır. Allah ile iletişime geçeceğini düşündüğün zamanlarda temiz olman gerekiyor. Ellerini kollarını yıkıyorsun. Aslında sadece bedensel değil zihnen de arınman gerekiyor. Dünyadaki hırslarını, telaşını bir kenara bırakıp iletişime saf olarak hazırlanmış oluyorsun. Yani hem temizlenmiş, hem topraklanmış, hem zihnindeki tortulardan arınmış oluyorsun. Böyle olunca ibadetin içinde konsantrasyon halinde kalmak daha mümkün oluyor."

"Kulağa harika ve çok mantıklı geliyor" dedi James.

"Sizde var mı böyle bir şey James?"

"Sanırım Hıristiyanlarda var mı diye soruyorsun. Öyle bir şey olduğunu sanmıyorum. Ben kendimi bir Hıristiyan gibi de görmem açıkçası."

Çok konuşmak istediğim konular değildi. Aslında düşünmeyi ve yaşamayı sevsem de insanlarla konuşulmaması gereken şeyler olduğunu düşünürdüm.

Bir sessizlik oldu sonra. Kafeye geldiğimden beri gözüme takılmış Paulo Coelho'nun İspanyolca da olsa kapağından anladığım kadarıyla *Simyacı* kitabına uzandım yanımızdaki raftan.

İspanyolca olduğunu düşündüğüm kitabı ona uzatıp "Sanırım bu *Simyacı*, Doğu kültürüne dair çok güzel bir anlatım bulabilirsin burada" dedim.

"Bu Katalanca ama İspanyolcaya benzetmekte haklısın, merak ettim. Bakmalıyım bir ara. Aklında olan bir yer var mı?" dedi James.

Biraz düşündükten sonra "Sanırım şu var aklımda kalan" dedim ve devam ettim.

"Doğu medeniyetinde gezen fakir bir genç bir tüccarın yanına giderek ona yardım edebileceğini, dükkândaki vazoları temizleyebileceğini, karşılığında da sadece aç karnını doyurmak için yemek istediğini söylüyor. Tüccar da gence 'Karnını doyurman için sana bir şey yaptırmama gerek yok, Tanrı aç insanları doyurun der. Sana yemek vermeliyim zaten' der."

James başını sallayarak söylediklerimi onayladı ve "Ne kadar güzel bir jest ve örnek davranış. Dünyada her şey bir alışveriş. Tüm girişimlerin ana sebebi para. İnsan para için yaşıyor. İlginç olan şey parayı icat eden de insan. Yani insan icat ettiği şeye tapıyor" dedi ve galiba kuracağı cümleyi hatırlamaya çalışıp devam etti. "Sanırım şöyle bir söz vardı, insan kendi icat ettiği şeye tapabilen tek canlıdır."

"Aslında sorulması gereken birçok önemli soru varken sadece parayı düşünen bir canlı haline gelmemiz çok tuhaf. Üstelik peşine düştüğümüz daha fazlasına sahip olmalıyım dediğimiz şey sürekli basılan bir şey."

"Nedir sence bu önemli sorular?" diye sordu James.

"Aslında çok soru var insan için önemli olan ama ancak varoluşsal soruları çözdüğümüzde her şey anlamlı hale gelebilir. Oradaki soruları da sanırım 'uyanmış olmak' olarak özetleyebiliriz. Yani uyansak en önemli soruların tamamını yanıtlamış olacağız."

Kaşlarını kaldırarak "Nedir peki uyanmak, yani tam olarak neye uyanmaktan bahsedebiliriz?" diye sordu.

Pek alışık olmadığım bir yere doğru gidiyorduk. Şimdiye kadar onun dışında biriyle konuşmamıştım bunları hiç. İngilizcede dilimin bu konularda neler yapabileceğinden de emin değildim. Ama James'i de kırmak istemedim. Son görüşmemizdi.

"Aslında uyanmak derken insanın kendi varlığına uyanmasından bahsediyorum. Bir tohum toprağın altında uyurken onun uyanmasından bahsettiğimizde filiz olup toprağın üzerine doğmasından bahsederiz. Burada ilk akla gelen şey biz uyuyor muyuz ki uyanalım sorusu olabilir. Aslında uyuduğumuz tartışılmayacak kadar kesin bir gerçek.

İnsan koşullanmalarla yaşar. Yani çevre tarafından koşullandırılmıştır. Ailemiz bize kim olduğumuzu söyler, çevremiz bize kim olmamız gerekiyorsa öyle davranır, eğitim hayatımızda olmamız gereken kişiye dönüştürülmek için eğitiliriz. Aslında sadece bunlar değil dini düşüncelerimiz, kurduğumuz hayaller bile toplumun istediği şekildedir.

Yani kısacası insana 'Sen kimsin?' dendiğinde vereceği cevaplar kendisini değil koşullandırılmış kimliğini gösterir. İnsanın olduğunu düşündüğü kişi olmadığını düşünüyorum. Biz sahip olduğumuz kimliğimiz olmaya inandırılmışız. Kimliğimizin bilgileri bize dünya tarafından verilir. Güçlü bir belleğimiz olduğu için de biriken her anıyla bu daha da kuvvetleniyor."

"İlk kez duyduğum şeyler. Bu bakış açısı sizin kültüre mi ait profesör?"

"Hayır bunlar insanın konuları James, belli bir coğrafyanın, inancın düşünceleri değil. İnsanın olduğu her yerde konuşulmuş şeyler ve aslında bir felsefe, inanış değil. Bunun için adına uyanma denir. Gerçeğe uyanmak."

"Peki uyanmak insana ne sağlayabilir?"

Konuşmak içimi biraz sıkmıştı, yaşı yaşımın iki katı birine karşı sanki ders verir gibi davranmak istemiyordum. Ancak bu konuları ilk kez duyduğunu söylediği için de konuyu kapatmak meraklı bir insanın umutlarını kırmak gibi olacaktı. Bunu yapmak istemezdim.

"İnsan koşullanmış kendini yaşar. Uyanana kadar deneyimlediği şey kendi değildir. İşte uyanmak da tam olarak bunu kavramak anlamına geliyor İnsan koşullanmaları değildir, derinlerde çok daha önemli bir şeydir. Öznellik deneyindeki gibi, insan uyanmanın tanımını entelektüel olarak tarif edebildiğinde uyanmış olmaz. Uyanmayı bireysel olarak kalbinden deneyimlemelidir."

"Peki profesör, diyelim insan çevresinin koşullandırılmış bir hali olduğunu anladı ve uyandı. Uyandığında en büyük sorular dediğin varoluş sorularını nasıl çözmüş olur?"

"Uyanan kişi tüm soruları çözmüş sayılır çünkü en temel soru olan 'Ne için var olduğu' sorusunun cevabını bulmuştur. Bu insana müthiş bir farkındalık verir zaten bu sebeple tek bu soruyu anlamak soruların çoğunun cevabını bulmak gibidir derler. Ne için yaşadığını çözen kişi artık yaşamını da bu cevaba göre yeniden planlayabilir. Aslında daha doğru söylemek gerekirse yeniden doğmuş olur."

"Peki şu öznellik deneyi neydi?"

"Aslında çok basit bir mantığı var. Bir şeyi bilmekle onu deneyimlemiş olmak farklı şeylerdir der. Örneğin yıllarca bisiklet nedir diye bir eğitim alsan, üniversitesini okusan, yıllarca çalışsan bisikleti sürebiliyor olmazsın. Ya da deniz üzerine eğitim alsan, tüm bilgileri öğrensen, ezberlesen bu senin yüzebileceğin anlamına gelmez. Yani bir şeyi bilmek ile o şeye özne olarak şahit olmak farklı şeylerdir der."

"Sanırım anlattıklarının hepsini anladım ama özne olarak tam içine girebildim mi emin değilim. Ama dürüst olmak gerekirse anlattıklarından düşünsel konuları zihninde bir matematik formülü gibi işleyebildiğini görüyorum. Yani hem güzel fikirler hem de çok mantıklı fikirler. İkisini bir araya getirebilmen harika. Sanırım biraz üzerine düşünmem gerekecek."

Başımı sallayarak söylediklerine katıldığımı belirttim. Ardından bir süre sessiz kaldık sanırım konuştuklarımızı anlamamız için.

"Sana hiç bahsetmedim ama aslında benim bir ailem var profesör."

Bunu bilmiyordum. Ve böyle durumlarda nasıl konuşulur ne söylenir hiçbir fikrim yoktu. Şaşırma ifadesi dışında bir şey yapamadım...

"Biliyor musun profesör seninle şu kahveyi bitirene kadar konuştuklarımı karımla konuşamadım. Bütün bunları karımla konuşabilseydim keşke. Gerçekten bunu çok isterdim. O kadar uzaklaştı ki benden sesimi oralara kadar ulaştıramadım" dedi.

İlk kez bana ailesinden söz ediyordu James. Evli olduğunu bilmiyordum. Bir karısı olduğunu ve birazdan da bir çocuğu olduğunu duyacaktım. Epeydir biriktirdiklerini konuşacak kimse bulamamış olacak ki oracıkta bana birçok şey anlattı.

İnsanların özelini merak etmem, soru sormam, konuşulmasından da hoşlanmam açıkçası. Ama James beni hiç rahatsız etmeyecek şekilde uzun süredir içine attıklarını benimle paylaşıyordu.

James'in ailesini geri kazanmak için çabaladığını hissediyordum. Sanki ne yapması gerektiğini bilirse, gidip onlara tekrar kavuşacaktı.

Derin bir nefes çekti. Anlatmaya ihtiyacı olduğunu hissediyordum. Belki de artık yolcu olduğum için sırlarını bana dökmekten çekinmiyordu.

"Güzel bir kadındı Elna..." dedi. "Aşk doluydu, neşeliydi... Dünyanın en hoşgörülü insanıydı. On iki yıl boyunca evliydik. Üç yaşında annesini babasını kaybetmiş bir adam olarak kimsesizliğimi unuttuğum tek limanımdı. Fakat son yıllarda işler değişti. Kiliseye çok sık gitmeye başladı ve orada tanıdığı insanlardan sonra karımı tanıyamaz oldum. Kendini helak edercesine Tanrı'nın hizmetine adadı. Tanrı'nın neden ondan böyle bir şey istediğini bilmiyorum.

İnandığı şeyler zamanla kalbini arındırmak yerine daha da kararttı. Benimle ilişkisini kesti. Gün geçtikçe onu tanıdığım halinden uzaklaştı. Öyle bir karanlıktaydı ki ulaşamıyordum karıma. Her yolu denedim, olmadı. Sonunda kabul ettim ki bu onun kendi yoluydu ve orada bana yer yoktu. Annesinin etkisinde kalan oğlum Kay da uzaklaştı benden. Kalbi bendeydi ama bunun günah olduğuna inandırılmıştı. Vedalaşırken boynuma sımsıkı sarılıp böyle olsun istemezdim baba diye ağladı. Onları nasıl özlediğimi bilemezsin profesör."

En iyi bildiğim şeydi oysa özlem.

Bilmez miyim özlemek ne demek?

"Özlem hep 'keşke' der James..." dedim. "Çünkü özlemek bazen buzdan bir denize düşmek kadar serttir. Bazen çöl sıcağında bir yudum suya hasret kalmak gibidir. Lüzumsuz kalabalıkların içinde o en lazım kişiyi aramaktır, yalnızken tek bir yüze hasret kalmaktır. Zaten tabiatı bile ayrılık üzerine kurmamış mı Tanrı? Yaprak düşer dalından, damla ayrılır buluttan, seviyorum derken bile ayrılır iki dudak birbirinden. Yağmurun ardından ortaya çıkan toprak kokusu gibi özlemek de bir yüreğe düşünce sendeki özü kaldırır yıllardır yatıp durduğu mezardan."

"Bir gün her şeyin yoluna girebileceğini ümit ediyorum. Biliyorum bu imkânsız yani nasıl mümkün olabilir ki? Ama insan sevdiği zaman sevilmeyi istiyor. Bu elimizde olmasa bile."

"Aşk yaratılmış hiçbir canlıyı incitmemiştir.
İnsanın canını yakan şey aşktan beklentileridir."
Bir Çemberdir Aşk, 91. Sır

Sevmek dünyanın en kişisel hissi. Hangi kelime sevginin tanımını kaldırabilir ki ya da hangi akıl bir başkasına sevgiyle ilgili nasihat verebilir ki? Bunu biliyorum ama James'i düşünceli görünce aklımdakileri söylemek istedim.

"Aşkta ayrılıklar yoktur derler. Kalp daima sevdiğiyle birliktedir. Onunkinin nerede olduğunun bir önemi kalmaz. Zaten insanın sahip olduğu kaynak kendi sevgisidir. Karşı tarafın sevgisine karışamaz, müdahale edemez. Sen onun hislerine doğrudan müdahale edemezsin, sen senin sevginden sorumlusun. Sen saf temiz sevgini verdiğin sürece her şey yoluna girecektir. İnsan güzel sevildi mi her hastalığın üstesinden gelebilir. Konuyu bilmiyorum, yanlış bir şeyler söylüyorsam çok özür dillerim ama içimdeki his şunu söylüyor: Sen güzel sev James, birçok şeyin değiştiğini göreceksin..."

"Kiliseye gitmeye devam ettikçe bana karşı yumuşayacağını sanmıyorum" dedi James.

Tanrı'yla iletişimini artırmaya çalışan birinin insanlarla iletişimini bozmasını anlayamamıştım. "İnanç insanı kavga edecek birine dönüştürmemeli. Sevgi yaymayan bir kaynak Tanrı'dan geliyor olamaz. Nefret yeryüzüne bu kadar yayılmışken neden ısrarla insanlar birbirlerini üzüyor bilmiyorum. Bir sarhoşu itip düşürmek kolaydır, erdemli olan düşerken kaldırmaktır. Tanrı böyle düşünür, Tanrı'nın evine giden biri de böyle düşünmeli. Belki o kişiler yanlış yönlendiriyordur. Belki onlardan sıkılınca dönecektir."

James düşünceliydi, söylediklerimi anlıyor ve onaylıyor gibi bir hali vardı. Ona iyi geldiğimi düşününce aklıma gelen bir fikri daha söyleyip az önce konuştuğumuz konuya bağlamak istedim. "Aslında bir de şuradan bakabiliriz" diye sözüme devam ettim.

"Az önce uyanmaktan bahsetmiştik James. İnsanın önüne çıkan zorluklar uykusundan uyanmak için fırsattır derler. Çünkü uykudan uyanmak için alışılmışın dışında bir şeyler lazımdır insana. Her zamanki konfor devam ederse insan neden uyansın? Biraz rahatsızlık, zorluk gerekir. İnsan bazen kendi başına üretir bunu bazen de dünya rahatsız eder insanı uykudan uyandırmak için. Karşımıza çıkan sorunlara da bir gece yarısı bizi uykumuzdan uyandıran sivrisinekler gibi bakabiliriz. Başta kızarız ama bizi gerçeğe uyandırıyorlarsa onlara çok şey borçluyuzdur."

"Yaşından büyüksün profesör..." dedi James, duygulu gözlerle bana bakarken. "Bunlar üzerine düşünülmesi gereken konular sanırım. Belki arada konuşabilseydik harika olurdu."

Kahvesinden bir yudum aldıktan sonra, "Hiç âşık oldun mu hayatında?" dedi.

Yaşadıklarımı bir film şeridi gibi gözümün önünden geçirdikten sonra, "Oldum..." dedim içtenlikle. "Hayatımda sadece bir kez... Bir yıldır da görmüyorum. Son görüştüğümüzde bana, bir gün gidersem ne yaparsın demişti, ben de giderim, peşinden demiştim. Nereye diye sordu, bilmiyorum, belki uzaklara demiştim. O gidince haritayı açtım ve en batıya baktım, İspanya'da Barselona'yı seçtim. Yani buralara gelişimin asıl sebebi oydu."

Az önce onun anlattıklarına nasıl şaşırdıysam, James de benim anlattıklarıma şaşırmıştı.

"Ben de bunu bilmiyordum profesör..." dedi James. "Bir inşaat temeli kazarken kayalık bölgeye indiğimizde bazen makineler işe yaramaz, kayayı olabildiğince çok noktasından deler ve deliklerin içine yüklü dinamitler yerleştirip patlatırız. Bazı parçaları ancak böyle koparabiliriz kayadan. Senin hikâyeni bilmiyorum ama benim kopmam buna benzer oldu. Parçalarımı koparan bir dinamit gibiydi olanlar. Sonrasında nasıl yaşayabildiğimi ise hiç sorma."

"İnsan sevince öyle kalmak istiyor. Sevgi varken neden diğer şeyler de var diyorsun. Birini severken başka bir şeyin varlığının ne önemi kalıyor ki? Hayatımda ilk kez cümlemi tamamlamadan beni anlayan birine rast gelmiştim. Aile olmak, birlikte yaşamak çok daha güçlü bağlanmaktır sanırım. Biz öyle olamadık ama ilk kez biri beni gerçekten anlamıştı. Belki de ona değil ilk kez anlaşılıyor olmaya âşıktım bilmiyorum.

Sonra bir gün gitti. Yok oldu hayatımdan... Hem her yerdeydi hem hiçbir yerdeydi artık. Gelmeyeceğini bile bile bekledim. Beklemenin yersiz olduğunu bile bile bekledim. Beklemek, ıstırabı uzatmaktan başka bir şey değildi oysa. Bekledikçe onu unutmaktan da korktum. Ben yaşadığım hiçbir şeyi unutmak istemiyorum James. Bu yüzden olmam gereken şeye dönüştüm. İnsan aynı bedende aynı gökyüzünün altında kendine yabancılaşabiliyor.

Elindeki iki taştan birini denize atarsan geriye bir taş kalır. İki ağaçtan biri kurursa geriye bir ağaç kalır. Ama âşık olan iki kişiden biri giderse geriye yarım kişi kalır...

Şu koca güneş, ondan haber alamadığım günden beri doğması da doğmaması da umurumda değildi. Aydınlık da karanlık da aynı şeydi benim için.

O gittikten sonra okula da pek uğramaz oldum. Sevdiğim derslere girdim sadece. Koptum hayattan. Öncesinde de sımsıkı bağlı değildim hiçbir şeye ama düşünmekten kendimi alamıyorken kafamı dağıtacak bir şey de istemiyordum hayatımda. Bir sokak lambasının ışığı bile acıklı bir hatırayı kaşır mı hiç insanın içinde? Çok susamak ya da üşümek birini hatırlatır mı sana? Ben susadığımda bile sadece onu düşünüyorum James.

Belki gelir de görürüm diye girdim derslere. Aslında bilgiyi almaya, öğrenmeye çok aç hissediyordum kendimi ama derste öğrendiklerimden çok daha fazlasını öğrenmiştim onunla. Yanımdayken onu bu kadar sevdiğimi bilmiyordum, gidince de bu kadar yaşayabileceğimi düşünmezdim." James yüzüme bakıyordu ama çok daha uzaklarda çok daha derinlerde bir yerleri gözlüyor gibiydi. "Belki de hayat böyle bir şeydir. Denge ve döngüdür. Alır ve verir. Onu aldı ama keşfetmeyi verdi. Yeni rastlantıları verdi. Yolu verdi. Mevlana'nın kadim dostu Şems'in çok güzel bir sözü var. Hatırladığım kadarıyla şöyleydi: Düzenim bozulur, hayatımın altı üstüne gelir diye endişe etme. Nereden biliyorsun hayatın altının üstünden daha iyi olmayacağını?"

"Tam olarak bu işte..." dedi. "Daha iyi anlatılamazdı profesör. Elna gittiğinden beri onlarca harika insanla tanıştım. İhtiyacı olan gezginlere evimi açtım. Gençlerden gerçekten çok şey öğreniyorum ve bana çok iyi geliyorlar. Dedemin saat atölye masasıyla terapiye başladım. Bak üç gün önce de seninle tanıştık."

Öyleydi gerçekten de. Yaşamın karşımıza ne çıkaracağını bilmiyoruz. Olmaması için her şeyi yaparım dediklerimiz bal gibi de oluyor. Gitmemesi gerekenler dinamitle kayalardan kopan parçalar gibi ayrılıp gidiyorlar.

"Bakalım kitap ne diyecek bize, izin verirsen açayım bir sayfasını."

"Lütfen" dedi. Kitabın bir bölümünü açıp cümle cümle içimden okuyup olabildiğince İngilizceye çevirmeye başladım...

"Sorunları görmezlikten gelmek meziyet değil, sorunların içinden geçip gidebilmektir bütün mesele... Sorunları görmeyenin de sorunları görüp çözmeyenin de sevgisi gerçek değildir. Çare bulmak, çözüm olmak bir sevgi işidir."

Bir Çemberdir Aşk, 27. Sır

"Çok güzelmiş" dedi.

"Yaşam her yerde mücadeleyi tavsiye ediyor..." dedim. "Beton kaldırımların çatlaklarından taşıp büyüyen çiçeklerin mücadelesini düşün mesela. Pes etse ne olur? Ya toz olur ya toprak. Ama o betonu delen bir papatya olmayı tercih ediyor. Doğadaki çiçekleri sulayanlar var mı? Yok tabii ki... Aslında vardır ama... Çiçeklere bir bakan var, yakınlara da uzaklara da bir bakan var, için için ağlayanlara dert yananlara bir bakan var. Yağmur her yere yağıyor ayırt etmeden. Kimi çiçekler insan ayağı değmemiş ormanlarda açıyor kimi betonların çatlaklarında... Ama ikisi de aynı güneşe bakarak büyüyor sonuçta.

Keşke üzülmek olmasa... Üzülüyoruz ama üzülmek de sevdaya dahil. Özlemenin de bir sebebi var. Buralarda böyle güzel bir insana rast geleceğimi düşünemezdim. Hem çok iyisin hem annesiz babasız büyümüşsün ve her şeye rağmen bu kadar sevgi dolusun. Senin ve senin gibiler için Tanrı'nın harika planları olduğuna eminim." Ortamın ciddiyetini yumuşatmak adına da cümlemi tamamladım. "Böyle bir dünyada hem iyi kalabilmiş hem de matematiği seven biri için kötü bir plan olabilir mi?"

"Sevgili dostum kesinlikle haklısın" dedi gülerek.

Bilmiyorum yersiz miydi espri ama James'i neşelendirmişti.

Hüzün belki güzeldi ama çok uzun sürmemeliydi. Keşke hep kısa süreli hüzünlerimiz olsa ama öyle değil işte. James'in tebessüm ettiğini görünce sevindim.

"Demek matematik sevenler kulübü ha?" dedi.

Tadına doyamadığım bir sohbetti ama vakit daralmıştı artık iyice. Paris trenine yetişmem gerekiyordu. Hiç istemesem de toparlanıp kalkmam gerekiyordu artık.

İyi ki tanımıştım onu. Bu karşılaşmadan dolayı çok memnundum gerçekten. Büyük sırt çantamı almak için eve uğrayıp oradan tren garına geçecektim ki sanki telaşımı hissetmiş gibi James hiç beklemediğim bir şey söyledi.

"Dilediğin kadar kalabilirsin evde profesör. Üç gün sınırı yüzünden program yapmak zorunda hissediyorsan, kaygılanma lütfen. Bunu daha önce hiçbir misafirime söylemedim. Ama seninle konuştuklarımı da kimseyle konuşmamıştım. Evdeki davranışlarından da bana terapi gibi gelen bu sohbetlerinden de çok memnunum. İyi geldin bana sevgili dostum. Eğer yenileyebileceğin bir rotan varsa Barselona turunu uzatabilirsin. Çok da memnun olurum bundan."

Kolundaki eski saate dalmıştı bakışlarım. Zamanımın giderek tükendiğini düşündüğümü, artık vedalaşma zamanının geldiğini içimden geçirdiğimi hissetmiş gibi saati kolundan çıkarıp bana uzattı.

"Büyükbabamın saatiydi..." dedi. "Geçmişimin tek mirası. Oğluma verecektim büyüdüğünde. Beni anlamaya başladığında. Ama sana vermek isterim profesör. Üç gündür oğlumun varlığını hissettiriyorsun bana. Aileme karşı düşüncelerimi yumuşattın ve içime bir umut doğdu sayende."

Çok duygulanmıştım. Çok kıymetliydi söyledikleri. Ve hediyesini kabul etmeli miyim bilmiyordum. Sadece üç günlük bir arkadaşlık için böyle bir hediyeyi almalı mıydım üstelik benim ona bir hediyem yokken?

"Bence bunu oğluna vermelisin. Oğlunun daha çok ihtiyacı vardır ve ona daha iyi gelecektir. Senden ona harika bir hediye olur bu saat. Belki de istediğin gibi olmanız için zamanı tam olması gerektiği gibi ayarlar."

Biraz düşündükten sonra güzel bir ifadeyle "Aynen öyle yapıyorum o halde" dedi.

Bazen birlikte büyüdüğünüz insanla bile aynı dili konuşamazken dilini bilmediğiniz bir yabancıyla anlaşabilirsiniz işte böyle. Belki de gerçektir birbirini anlayabilecek insanların birbirinden uzak yaratılmaları. Arayıp da bulmaya cesareti olana hazırlanmış büyük bir ödüldür dostların birbirlerinden uzak yaratılmaları.

Şu çıktığım yolculuk hayatımda verdiğim en doğru kararlardan biriydi ama ilginçtir ki bu doğru kararı alabilmek için canımı çok acıtan bir hayat tecrübesinin içinden geçmem gerekmişti. Hayatımın en doğru kararına hayatımın en acı olayı sebep olmuştu. Nereye doğru gittiğini bilmiyorum ama her şey güzel ve doğru ilerliyordu.

Trende tanıştığım amcanın sözleri gelmişti aklıma.

"Önemli olan varacağın yer değil, oraya nasıl gittiğindir."

"Yaşam âşık olmak için değil, 'aşk olmak' için vardır."

Bir Çemberdir Aşk, 97. Sır

29. İnanmak ve Tanıklık

Merhaba, ben James. Size anlatmak istediğim birkaç şey var ve Girona'da kolejdeyken öğretmenimden öğrendiğim bir hikâye ile başlamak istiyorum. Çünkü bu hikâye şu an içinde bulunduğum psikolojiyi çok iyi yansıtıyor.

Günün birinde bir öğretmen doğa, insan, farkında olmak hakkında ders anlatmak üzere sınıfa girmiş. Tam derse başlayacağı sırada çok güzel bir kuş, aralık duran pencerenin denizliğine konmuş ve bir şarkı gibi ötüşü sebebiyle de bütün sınıfın dikkatini çekmiş. Öğretmen ve sınıftaki bütün öğrenciler dersin başlamak üzere olduğunu unutmuşçasına adeta tek başına bir gösteri sunan kuşu izlemişler. Rengârenk tüyleriyle büyüleyici ötüşüyle kuş bir süre daha şovuna devam ettikten sonra uçup gitmiş. Bütün sınıf kuşun tatlı hareketleri ve güzel sesinin etkisindeyken öğretmen sözü almış ve sınıfın hiç beklemediği bir şey söylemiş. "Bu sabahki dersimiz sona erdi çocuklar."

Bazen kelimelerden fazlasına ihtiyaç duyuyordu insan. Çünkü kelimeler her zaman yetmiyordu bazı hisleri ve tecrübeleri ifade etmeye. İnsanın içindeki deneyimler, sözlerden çok daha etkili oluyor.

İki yıldır evimi yabancı yolculara misafirhane olarak açmıştım. Çok güzel gençlerle tanıştım ama geçenlerde evimde misafir ettiğim bir genç, anlattığım hikâyedeki kuşun verdiği gibi bir ders vermişti bana.

Ailemden ayrıldığımdan beri hayatım evdeki misafirler dışında tekdüze devam ediyor. Evet gençler gerçekten de bana yaşam veriyor. Yeni fikirler yeni kültürler insanı genç tutuyor. Hayatımdaki bu rengi birkaç dezavantajına rağmen tutmaya devam ediyorum. İşten eve döndüğümde bana ailemin yokluğunu hatırlatan o boş eve dönmemek, gençleri görmek bana iyi geliyor.

Hafta içi birkaç gün saatçi dükkânına uğrayıp günlük terapimi yaptıktan sonra eve geçerim. Her gün yarım saatim eve gelen gidenlerle ilgilenmekle geçiyor. Akşam yemeğini balkonda yiyip geceye doğru da odama çekiliyorum.

Cumartesi akşamları başka işim yoksa kafa dengi birkaç gençle bir şehir turu yaparız. Burada ve genellikle her seferinde dikkatimi çeken bir şey oluyor. Hemen herkes sahip olduğum ev ve araba sebebiyle bana işimin tam olarak ne olduğunu soruyorlar. Burada ince bir çizgi var, mesleği sormak ile nasıl para kazandığını ve hatta bazen ne kadar kazandığın detayını sormak farklı şeyler.

O genç paramla ve ne iş yaptığımla ilgili bir şey sormadı. Evime arabama dair hiç konuşmadık. Ona sadece inşaat mühendisi olduğumu söylemiştim, nasıl bir şirkette çalışıyorum, hangi pozisyonda çalışıyorum bunları hiç konuşmadık. İnsanların her seferinde arabanızı, evinizi, paranızı gördükten sonra hitap şekillerinin değişmesini, normalin üzerinde bir saygı gösterme çabalarına o kadar alıştım ki. Bu konuda karşı taraftan bir özen görmemek beni mutlu etti. Evimde evi incelediğini, aracımda aracımı incelediğini, konuşmalarımız sırasında paramla ilgili merakını hiç görmedim. Onunla iletişim halindeyken yerçekiminin azaldığını hissediyorum. Tam olarak arkadaşım, dostum gibi hissediyorum. Üstelik sadece yedi sekiz gündür tanımama rağmen ve yaşını ikiye katlamış olmama rağmen.

İnsanlar başkalarının özel hayatını merak eder. Özellikle de merak ettikleri, zengin gördükleri, ilgilerini çeken insanların özel hayatlarını. Bunu kötü oldukları için yaparlar demek istemiyorum, insanın kendinde olan belki masum sayılabilecek bir içgüdüdür bu. Ama profesörde bu yoktu, ailemle yaşadıklarımı ona açmama rağmen bana hiç soru sormadı. Özel hayatımla ilgili hiçbir şeyi merak etmedi. Şimdiye kadar hiç kimseyle Elna'yı, Kay'ı ve olanları bu kadar rahat konuşamamıştım.

Profesör karşısındaki insandan hiçbir talebi olmayan, hatta böyle bir düşünce bile üretmeyen biri. Onunla konuştuğumda yaşı yarım kadar bile olsa dünyanın her oluşumuna şahitlik etmiş dev bir okyanusun karşısındaymışım gibi hissediyorum. Hiçbir şeye ihtiyacı yok gibi, hiç kimseden bir talebi yok. Hiçbir şey ispatlama çabası yok, okşamaya ihtiyaç duyduğu bir egosu yok. Yaptığı şeyleri anlatma çabası yok.

Üstelik bu olgunluğunu yaşamı öğrenmeye açlığıyla o kadar güzel harmanlamış ki. Çok şey öğrenmek istiyor, çok şeyi merak ediyor, insanlarla konuşmak istiyor. Ama bunu tam saf haliyle istiyor ve tam saf haliyle kalbini insanlara açıyor.

Gelelim şu kumbara meselesine. Profesörü tanıdığım bir hafta boyunca yaptığı inceliği ben yapabilir miydim ya da başka biri yapabilir miydi emin değilim.

Her pazar günü kumbarayı açar içinden çıkan paralarla tekrar mutfaktaki birkaç parça yiyecek içeceği yerine koyarım. Kumbarayı her açışımda mutlaka yüzde 10-15 gibi bir miktar eksik çıkar. Açıkçası konaklayan yolculardan elde ettiğim kazanımlarla kıyasladığımda hiç önemli değil. Şimdiye dek hiç dile getirmedim bu durumu. Ancak bu pazar ilk kez kumbaradan nerdeyse tam para çıktı. 20-30 euro eksik olmasını beklerken sadece 1-2 euro eksikti. Akşam kamerada kayıtlara bakmak istedim. Ve çok ilginç bir şey gördüm. Profesör nerdeyse her gün mutfaktan hiçbir şey tüketmemesine rağmen kumbaraya para atıyordu. O an aklıma geldi. Sahiden de profesörün mutfaktan yediğini içtiğini hiç görmemiştim. Kendi aldıklarını ve masada hep birlikte kurduğumuz sofradan yerdi sadece.

Ertesi gün açık duran mutfak camının aynalaması sayesinde bir olaya şahit oldum. Birkaç kez atıştırmalık almasına rağmen kumbaraya para atmadığına şahit olduğum bir genç mutfaktan çıktıktan hemen sonra profesör içeri girmiş ve kumbaraya sesinden anladığım kadarıyla birkaç parça bozuk para atmıştı.

O an neler olduğunu anladım. Profesör kumbaraya para atmadan atıştırmalık alanların yerine para atıyordu. Ancak burada bu fedakârlıktan çok daha saygı duyulması gereken bir şey vardı. Profesör bu yaptığından bana hiç bahsetmemişti. Bir kere bile. Tek bir imada bile bulunmamıştı. Az önce bahsettiğim kendi başına yetebilen ve tüm ispat çabalarından arınmışlık hali sanırım tam olarak budur. Çok az insan birinin yerine kumbaraya para atar ama bunu ev sahibine söyleme ihtiyacı bile duymamak... Bu o kadar kolay ve rastlanılabilecek bir şey değildir işte. Profesörün yaptığı şey bir iyilik sanatıydı.

Evin bir eksiğini gördüğünde tamamlaması, kendi cebinden eve aldığı tuvalet kâğıtları bunların hepsini biliyordum. Profesör bunların hepsini mütemadiyen yapıyordu ancak asla hiçbirinden bahsetmiyordu. Sanıyorum ki çok zengin bir aileden gelmemişti çünkü bana bu seyahati için kışın birkaç ay çalıştığını söylemişti.

Tanrı'yla iletişimim sevdiklerimi elimden almasıyla mı koptu yoksa zaten hiç aramız olmadığı için mi sevdiklerimi aldı bilmiyorum. Açıkçası bu durumu Elna dışında konuşabileceğim biri olmamıştı hayatımda. O bu konularda eğitim almasına rağmen Tanrı'yla iletişimi mesleği olarak görür, akademik makaleleri araştırır, sınava girer, işini yapar ve normal hayatına geri dönerdi. Bana benzerdi diyebilirim Tanrı'yla iletişimi.

Son yıllarda bambaşka bir insana dönüşmüştü. Benimle, insanlarla, Tanrı'yla iletişimi değişmişti. Herkesten uzaklaşmış ama Tanrı'ya yakınlaşmış olduğunu söylüyordu. Bir insanı kötüye dönüştüren bir tanrı neden vardır ki? Bir tanrı varsa eğer olabilecek tek ihtimal iletişime geçtiği herkesi iyileştirmesi olmalıydı.

Çok bilmediğim konularda konuşmak istemiyorum açıkçası, zaten yaşamım boyunca Tanrı'ya dair bildiğim tek cümleyi büyükannem söylemişti. "Tanrı'nın güzel insanlar için güzel planları vardır evlat." Yaşadıklarıma baktığımda ya güzel bir insan değildim ya da bir tanrı yoktu...

Profesör inançlar konusunda pek konuşmazdı. Onun işi insanla, sevgiyle, Tanrı'yı aramakla ilgiliydi.

Bir keresinde ona "Tanrı'ya olan inancı nasıl tarif edersin?" diye sormuştum. Cevabını çok merak etmiyordum açıkçası ve beni de ilgilendirmiyordu ama profesörün nasıl karşılık vereceğini öğrenmek istedim. Barselona'dan çok farklı bir kültürde yetişmişti, bu konuda ondan bir şey öğrenebileceğimi düşünmüştüm.

"Bu konularda pek bilgili olduğumu söyleyemem ama kendi düşüncemi merak ediyorsan anlatabilirim" demişti ve ben de buna çok sevineceğimi söylemiştim.

"Ben kendimi 'inanıyorum' diye tanımlayamam. Yani kelimelerin net karşılıklarını düşünürsek ben Tanrı'ya inanmıyorum diyebilirim" demişti.

Durdum bir an. Bu cevabı beklemiyordum. Bir İslam ülkesinden geliyordu. Konuşmalarımızda verdiği örnekler ve anlam üzerine söyledikleri bir tanrıya inandığını düşündürmüştü. Yüzüne baktığımda ciddi gibi görünüyordu. Şaşkınlığımı fark edince devam etti açıklamaya: "İnanmıyorum" dedi, bu konuda gayet net olduğunu ifade ederek... Başımı eğip işime döndüm tekrar. O sırada hayatımda duyduğum en güzel Tanrı betimlemesini yapmaya başladı profesör:

"Tanrı'ya inanmıyorum çünkü olmayan bir şeye hayal gücünü kullanarak inanmaya çalışırsın..." dedi. "Üniversiteye gideceğine inanabilirsin mesela. Bir gün zengin olacağına inanabilirsin. Messi ile bir kahve içeceğine, Amerikan başkanıyla tanışacağına inanabilirsin. Farklı bir geleceğinin olacağına, eksik yanını tamamlayan kişinin bir gün hayatına gireceğine inanabilirsin. Belki insan bir tanrının da olabileceğine inanır. Ve buna inanarak yaşar.

İnanmak, hayal kurmakla ilgilidir biraz. Zihnini ikna etmeye çalışırsın yani. Tanrı ona inanmamızı değil, ona tanıklık edilmesini ister. Kâinatta olan bitenleri görmemizi ve kendisine şahitlik etmemizi ister.

Onun insanlardan istediği şey kendisine inanmaları değil evrendeki varlığına tanıklık etmeleri. Bir dine girmek için gereken şey Allah'a inanmak değil şahitlik etmektir. Şahitlik görmekle ilgilidir, yalnızca gözle görmek aklına gelmesin. Sezgiler, akıl, deneyimler, hisler, gözlemler tüm bunlarla bir şeyin var olduğu ya da olmadığını çözümleyebiliriz.

Kutsal kitaplar insanoğlunu dışarıdaki belirtilere bakmaya yönlendirir. Bakın ve görün der. Araştırın ve görün der. Ben doğruyum bana inanın demez. Bakın, aklınızı kullanın, anlayın, arayın, keşfedin der.

Kimse yerçekimine inanıyorum demez. Görmediği halde var olduğuna emindir ve o bilinçle yaşar. Deneyimleyerek bildiği için de daima yerçekimiyle yaşar. Yerçekiminin istediği de budur zaten. Varlığına inanılıp yerçekimsiz gibi yaşanmasını istemez.

Açıkçası çok teknik bilgimin olmadığı şeyler Tanrı ve din konuları ama bu yaşıma kadar anladığım şey şu ki bu mesele bilgiyle, teknikle alakalı değil. Bilirsin bizim mühendislik alanında işe yarar formüller, yöntemler, metotlar.

Annem babam bana hiçbir eğitim vermedi. Kendim keşfettim bu konuları. Sanırım tırnaklarıyla kazıdığı yollar insan için daha değerli oluyor. Bu sebeple az bilirim ama yaşadığım şeydir onlar.

Tanrı beni ne kadar sever hiçbir fikrim yok. Benim hakkımda ne düşünüyor ya da onun için ne yapabiliyorum bilmiyorum ama o benim için her yerde ve daima."

Uzun uzun dinledim anlattıklarını. Hiç kimseden, hiçbir yerden duymadığım bir bakış açısıydı. Mükemmel bir şekilde insanı pamuklarla hazırlanmış bulutların üzerinde yürüyormuş gibi hissettiriyordu. Sadece sevgi sadece huzur üzerine kurulmuştu cümleler.

Profesörün Tanrı anlatımı ile Elna'nın anlatımı arasında bir benzerlik yoktu. Aramızda bu konuşma yaşanmasaydı Tanrı'nın hakkında katiyen konuşulmayan, mecburen sorgulamadan inanılan, baskıcı bir sistem olduğunu düşünürdüm. En azından şimdiye kadar böyle düşünmüştüm. 43 yaşıma kadar Tanrı'yla ilgili hiçbir konuşmanın içinde yer almak istemezken profesöre bir şeyler sormak geliyordu içimden. Bir çocuğun babasına heyecanla yönelttiği sorular birikiyordu zihnimde.

Dinsel inançlar çoğunlukla ritüellerle alakalıdır ve çok da mantıklı olmayı gerektirmez. Hatta genellikle dini kuralların çeliştiklerini ve anlamsız olduklarını düşünürdüm. Ama profesörün anlattığı bakış açısı hem mantıklı hem duygusal açıdan tutarlılığı yüksekti. İnsanı iyi hissettirmek için kurulmuş kelimeler değil yüksek zekâya sahip bir bakış açısıyla ortaya konulan prensiplerdi.

Daha önce hiç tatmadığınız bir şey yersiniz ve mutlu olursunuz, ilk kez gittiğiniz bir yer sizi mutlu hissettirebilir, bazen de yeni tanıştığınız birinden güzel elektrik alırsınız. Profesörün bahsettiği şeyler insanın ruhuna iyi geliyordu, reddedilecek, anlamsız olan, insana ters gelen hiçbir anlatım yoktu.

"Düşüncelerini çok sevdim" dedim ona bir gün. "Eminim Tanrı da senin gibi akıllı ve iyi bir genci seviyordur."

Gülerek "İşte ondan çok emin değilim" demişti bana. Ne zaman mesele derinleşse ya da konu onun üzerinde yoğunlaştığında fazla konuşmaktan çekinir, şakalarla dağıtmak isterdi havayı.

"Matematikte gerek ya da yeter şartlar vardır..." dedi. "Sosyal hayatta sevginin herhangi bir şeyi yapmak için gerek şart olduğunu düşünürüm. İnsan heyecan duymalı ki ayağa kalksın, sevmeli ki hareket etsin ilerlesin."

Çok güzel seviyordu Tanrı'sını ve bence onu kumbaraya başkalarının borçlarını ödemek için para atmaya yönelten refleks de tam olarak bu sevgiden kaynaklanıyordu. Beni en çok etkileyen konu ise bundan bana bahsetmemesi olmuştu. Bunun altında yatan matematik ise profesörün bir inanan değil her yerde Tanrı'nın var olduğunu bilerek yaşamasıyla ilgiliydi. Bu genç adama saygı duyuyordum. Evren bana arkadaşlık yapabileceğim bir evlat göndermişti sanki.

Her ne kadar sakin bir insan gibi görünsem de sevdiklerimin birer birer elimden alınmasından dolayı fazlasıyla kızgın ve kırgındım. Oysa profesör âşık olduğu kız gitti diye sitemli bile değildi, yalnızca arayıştaydı. Belki bir gün gelir beklentisi içinde umut doluydu. Onun böylesine sevgi dolu olması beni etkiliyor ve düşündürüyordu. Eğer bir gün benim de hayatımda bir tanrı olacaksa, inanmak değil, tıpkı profesörün yaptığı gibi o tanrıyı görmek ve bilmek isterim. Tüm hayatımı sorulara cevap bulmakla, formüllerle, hesaplarla, problemleri çözmekle geçirmiş biri olarak benim tanrım zekâ ve sevgi dolu olmalıydı. Çünkü yapabildiğim en iyi şey matematik, ihtiyacım olan en büyük şey ise sevgiydi.

30. Terazi

James'in davetini kabul etmiştim. Barselona'ya gelene kadar garların lavabolarında, sahillerde duş kabinlerinde temizleniyordum. Yazın ortasında her gün birkaç defa terleyerek bu şekilde devam etmek çok zordu. Tabii ki devam edecektim ama burada olmak hem geceleri rahat bir uyku ve temizlik sağlıyor hem de yeni insanlarla, sokaklarla tanışmamı sağlıyordu. Bir süre daha Barselona'da kalacaktım. Belki bir hafta daha...

Yol belli ki başka bir kader çiziyordu bana. Zorlamamın anlamı yoktu. Hislerimin konuştuğu dili anlayabiliyordum artık. Biraz daha kalmak istedim James'in evinde. Sonra devam ederdim nasılsa yoluma.

Tam ayrılacağım günün akşamında James ile konuştuğumuz konular ve bana ailesinden bahsetmesi arkadaşlığımızı başka bir seviyeye taşımıştı. Gündüzleri Barselona'yı geziyor, akşamları ise ya saatçisinde, ya yerel insanların bildiği bir kafede, ya da evin balkonunda sohbet ediyorduk.

Çok yabancıyım dediği felsefi konulara karşı yüksek bir merakı vardı. Bir insanla dost olduğunuzu ne zaman anlarsınız? Dünyanın en derin meselelerini de havadan sudan konuları konuşabiliyorsunuzdur. Katalan arkadaşımla bu frekansı yakalamıştık.

James'le bölgeye özgü tropik sebzelerin ve meyvelerin sergilendiği "Mercat de La Boqueria" isimli pazara gittik bir defasında birlikte. Daha önce hiç görmediğim meyve sebzelerle karşılaştım burada. Hayat ne tuhaf değil mi? Bir sokakta doğuyorsun ve dünyayı o sokaktaki insanlar, o sokağa gelen meyve sebzeler sanıyorsun. Dünya çok büyük ama insanın dünyası düşünebildiği ve görebildiği kadar büyük.

James bir tezgâhın önünde hayli uzun süre kalmıştı. Poşetlere sürekli bir şeyler atıp duruyordu. Onu merakla izlediğimi fark edince "Akşam yeni misafirler var..." dedi. "Bu meyveleri bildiklerini sanmıyorum, onlar için alıyorum, bakma öyle."

"Eyvallah..." dedim. Bu kelimeyi ilk kez kullanmıştım tüm yolculuğumda, nasıl oldu anlamadım gayriihtiyari çıkmıştı ağzımdan.

"O ne demek?"

"İşte şimdi yandık!" dedim içimden. Eyvallah kelimesini İngilizce nasıl anlatacaktım ben? Türkçe karşılığını bile tam olarak bilmiyorum ki üstelik. Her insanın içinde, duygularında, ruhunda saklı kalmış anlamları olan bir kelime...

En büyük anlamı da böyle kelimeler taşımaz mı zaten? Söylediklerimizden çok sustuklarımız vardır insanın içinde.

"Bir çeşit 'tamam' demek ama içinde çok güçlü bir farkındalık vardır. Sevgi de vardır. Bazen kötü bir şey olduğunda da bunu kullanırsın. Bu kötü gibi gözüken durumun farkındayım ve bu durumu da sevgiyle karşılıyorum dersin" diye yanıtladım. Kaşlarını kaldırıp başını anladım der gibi sallamaya başladı. "Biraz karışık olabilir, biz Türkler bile anlamını bilmeyiz açıkçası, öyle her yerde kullanırız ama basitçe 'tamam, kabul' olarak bilsen yeterli" diyerek biraz daha netleştirmeye çalıştım. Eliyle onay işareti yaparak anladığını gösterdi ve doldurduğu poşetlerin birkaçını alarak devam ettik.

Pazarda olmak bana İstanbul'un semt pazarlarını hatırlatmıştı. Tezgâhlar, kalabalıklar, havada uçuşan bozuk paralar, tatlı pazarlıklar. Ayrıca şu ince tahtalardan çatılmış meyve kasaları dünyanın ortak dili bence. Sanırım her memleketin pazarındaki meyve sebzeler aynı kasalara emanet.

***

Ben liseye geçene kadar apartmanımıza doğalgaz gelmemişti, o vakte kadar sobalı bir evde yaşadık ailemle. Evimizin karşı sokağında kurulan salı pazarından akşam saatlerinde sokağa atılmış meyve kasalarını toplayıp yakardık çoğunlukla. Toplardık derken sadece ben toplardım, babam çıkıp da pazardan kasa toplamayı yediremezdi kendine, annemin taşımasına da ben razı olmazdım. Sadece ben giderdim kasa toplamaya. Hiç utanmadım yaptığım şeyden. Her salı gecesi pazaryeri dağılırken karşı sokakta artık beni tanıyan pazarcıların ayırdığı kasaları toplar evin arka balkonuna getirirdim. Bazen on tur, on beş tur attığım olurdu. Mecburdum, yazın meyve kasası toplayıp istiflemesem, kışın yeterince ısınamazdık çünkü...

Neyse, güzel şeylerden söz ederken sobayla ısındığımız soğuk geceleri hatırlayarak canınızı sıkmayayım şimdi.

Tezgâhlardan birinde daha önce hiç görmediğim bir meyve çıktı karşıma. Elime alıp tartarak James'e gösterdim, ne olduğunu sordum.

James ismini söyledi ama anlamadım. Aklımda tutamadım. Pazarcı da araya girip meyveyi anlatmaya başladı hemen. Kendileri üretiyormuş meğer. Satıcı bana bir şeyler sormuştu ama dilini bilmediğim için karşılık veremedim. Anlamaya çalışarak James'e baktım. "Kaç kilo istediğini soruyor" dedi. Tam olarak alacağım dememişken ne kadar alacağımı sormuştu bana. Biraz rahatsız eder gibi oldu bu durum beni ama nerden çıktıysa güzel de bir oyun gelmişti aklıma.

Tezgâhta bizim pazarlarımızda da kullanılan ağırlıklı terazilerden vardı. Ve teraziyi işaret ederek James'e dönüp "James, pazarcı beyefendiye sorar mısın lütfen ne kadar ağırlığı var acaba?" dedim.

James, soruyu yöneltti pazarcıya. Adam normal olarak şaşkınlıkla karşıladı soruyu ve cevap verdi. İspanyolca 10 ne demek bildiğim için James'in tercümesine ihtiyaç duymamıştım.

"Elinde ne kadar ağırlık varsa o kadar ürün tartabilirsin. 10 kiloluk ağırlığı olan satıcı 11 kiloluk ürün tartamaz. 5 kiloluk ağırlığı olan, 6 kiloyu tartamaz. Dört kiloyu tartmanın yolunu bulur ama fazlasını tartamaz.

Dün konuştuğumuz şey vardı ya James, herkesin farklıdır tanrısı diye... Her insan aklı ve sevgisi ne kadarsa o kadarını anlar. Bu yüzden herkesin tanrısı hem aynıdır hem de farklı... Çünkü herkes içinde kendi kapasitesi kadar tanrıyı taşıyabilir. Herkesin aklı farklı olduğu için herkes kendince farklı bir tanrı idrak eder."

James beni çok dikkatli dinlemiş ve söylediklerimi anlamadan bizi dinleyen pazarcıya İspanyolca olarak konuşmamı aktarmıştı. Adam da bize katılıp gülümsemeye başladı. Poşete incelediğim meyvelerden üç tanesini koyup hediye etti bize. Anlattığım bu keyifli bilginin karşılığı olarak kabul etmemizi rica etti.

Eve döndüğümüzde nefis bir meyve tabağı hazırladık balkona. Yeni misafirlerin tamamı öğrenci, yaz tatillerini Barselona'da geçirmek istemişler. Sanırım tatillerinin ortasına da bir Barselona maçını denk getirip karşılıksız olarak evini onlara açan James için de maça bir bilet almışlar. Bu sürprizi öğrenen James onlara katılmak ister miyim diye bana sordu. Daha önce hiç stada gitmemiştim ve ilk tecrübemi dünyanın en büyük takımlarından birinin devasa stadyumunda yaşamıştım. Biletim Barselona'da yaşayan bir dostumun hediyesiydi. Hayat karşıma sürprizler çıkarmaya devam ediyordu...

Akşamın sürprizi de sarışın bir siyahiydi. Saçlarını sarıya boyamış bir Senegalli genç. Çocuk inanılmaz komik biriydi. O akşam kimse dışarıya eğlenmeye gitmedi. Genç o kadar renkli bir karakterdi ki şehir eğlenmek için bize gelebilirdi.

Gayet sıradan bir olayı bile inanılmaz tatlı İngilizcesiyle komik hale getirebiliyordu. Ertesi gün sanki aylar sonra spor yapmışım gibi karnım ağrımıştı.

Afrika'dan çok ilginç kültürel ritüeller anlattı. Senegal'de bol köpüklü meşhur bir çay varmış. Ataaya. Evdeki kimsenin daha önce duymadığını öğrenince balkona tezgâhı kurdu. James de dışarıdaki çocuklardan birine eksik malzemeleri aldırınca başladı çayı hazırlamaya. Tam iki saat sürdü, çay demlikte pişiyor biz de gülmekten yerlere seriliyorduk.

Güzel ortamlarda muhabbeti ağırdan almak için tercih ediyorlarmış hazırlanması bu kadar uzun süren çayı.

"Tatlı bir muhabbet için iki saatlik emek ne ki?" dedi. Öyle ya, selamlaşmaların bile birkaç harflik anlamsız kelimelere dönüştüğü şu hız çağında, sırf acele ettiğimiz için ve hep çabuktan aldığımız için ıskalandığımız ne çok değer, ne çok insan, ne çok ilham ve fikir var ama değil mi?

Senegalli çok konuştu o akşam ama unutulmaz bir şölene dönmüştü gecemiz. Her şey harikaydı ve herkes köşesine çekildiğinde her zamanki gibi geceyi iki âşık karşılamıştı.

James ile harika bir dostluk kurmuştuk. Sanki Allah bana arkadaşlık yapabileceğim bir baba göndermişti.

Ara ara dalıp gitmelerim, canım sıkkın gibi gözükmelerim James'in dikkatini çekiyordu. Bir gün yine böyle bir halimi yakalayıp "Harika düşüncelerin var ama yaşam enerjini asla düşürme. İkisini birlikte yapabilirsin..." demişti.

"Hem düşünceli hem enerjik olmak, bunun altından nasıl kalkabilirim bilmiyorum" dedim.

"Bu soruyu çözse çözse bir profesör çözebilir, belki çevrende vardır ona sorarsın" deyip beni güldürmüştü.

Buralarda her şey güzel gidiyor ama döndüğümde beni büyük bir boş vermişlik bekleyeceğe benziyor. Büyük bir psikolojik yıkımdan şu hayatta sevebildiğim ve anlaşabildiğim tek insanı, geleceğimi kaybettikten sonra her şeye tekrar dönmek beni korkutsa da bunu başarmak zorunda olduğum fikri de ağır basmaya başlamıştı.

Bunu James'e borçluydum diyebilirim. Sık sık beni başarmam konusunda ikna etmeye çalışırdı. "Hayata tutunmak gerekiyor sevgili dostum. Hayatı çözümlemeye çalışmak harika bir şey ama heyecanını kaybedersen küstüğünü sanacak. Küs olduğun hayat sana kendini açmaz ve onu çözümleyemezsin. Bana maceralarını anlatıyorsun çünkü şu an hayatla barışıksın ve o da sana harika şeyler anlatıyor. Eminim ki İstanbul'da başaracak harika şeylerin vardır. Döndüğünde lütfen onlara devam et. Kendini gerçekleştirmek için hayatı başarmak zorundasın."

Böyle bir konuşmayı bana babamın yapmasını o kadar isterdim ki...

"İnsanın aklının kalitesi hata yaptığında
ya da canı yandığında ortaya çıkar.
Elinde keskin bir baltayı sallayarak ormana dalan
insan ormanı bitirmez aksine ağaçları daha da gürleştirir.
Dertler artar, ormanın etrafını sarar ve hareket edemez.
Dertlerin üstesinden ancak kaliteli akıllar gelebilir."
Bir Çemberdir Aşk, 43. Sır

31. Kabuk

Ne için vardım şu hayatta ve ne uğruna yaşayıp gitmeliydim bundan sonra?

Cevabı doğru verebilmek için kim olduğundan emin olmalıydı insan bence. "Kimim ben?" sorusu lise düzeyindeki felsefe derslerinin bile ilk sorusudur aslında. Her şey insanın kendine "Kimim ben?" diye sormasıyla başlar.

Soru basit, klasik, hatta sıkıcı biliyorum...

Ama cevap yok!

Cevaplar karışık, üstünkörü, gelişigüzel çünkü... Kimse bilmiyor ki kim olduğunu. Yaşayıp gidiyoruz işte bir şekilde, ne demekmiş ben kimim, ne için varım ve ne uğruna yaşayacağım bundan sonra? İnsanın kendine nitelikli sorular sorup cevaplar aramaya çalışması lüzumsuz bir akıl karışıklığı gibi geliyor.

Ancak benim için bu kaçınılmaz bir arayış. Çünkü formüllerle çalışmaya alışmış aklım yaşamaya başlayabilmek için bana formülü hazırlamam gerektiğini söylüyor. Büyük soru ise şu ben kimim ve tüm bunlar ne için?

Formül bana çok net bir şey anlatıyor. Ne için var olduğumdan emin olduğum an, hayatımın geri kalanını doğru bir şekilde inşa edebilirdim.

James'in kim olduğunu bilmekle daha doğrusu kim olduğunu unutmakla ilgili anlattığı bir hikâye geliyor aklıma. İzin verirseniz size de aktarayım...

"Doğup büyüdüğüm Girona'da büyükannemin vefatından sonra beni büyüten Benjamin, bana bir kartal hikâyesi anlatmıştı, hiç unutmam."

"Çok merak ettim anlatsana" demiştim. "Yeni hikâyelere bayılırım."

Başını sallayıp gülümsedi James. Beni anladığından emin olduğum, güven veren bir tavırla başladı anlatmaya.

"Bir gün civcivler bahçede oynarlarken bir kartal yumurtası bulurlar ve kimseye haber vermeden kümeslerine taşırlar. Buldukları yumurta tavuk yumurtalarından büyüktür. Görenler bunun büyük bir tavuğa ait olabileceğini düşünürler, peşine düşmezler. Tavuklar yumurtaların üzerine kuluçkaya yatarken büyük yumurtayı da sahiplenirler. Gün gelir diğer yumurtalarla birlikte büyük yumurta da kırılır ve içinden bir civciv çıkar. Ne var ki bu civciv diğerlerine hiç benzemez. Siyah tüylü, irice bir şeydir. Tavuklar farklı bir civcivin dünyaya geldiğini düşünerek onu da diğerleriyle birlikte koruyup beslerler. Aradan zaman geçtikçe kara civciv daha da değişir. Tüyleri uzar, bedeni genişler.

Kara civciv ne kadar farklı görünse de halini yadırgamaz. Sonuçta hepsiyle aynı hayatı, düzen içinde yaşar. Bir gün avluda dolaşırlarken havada süzülen geniş kanatlı bir kartal görür ve hayran kalır. Çok etkilenmiştir heybetinden, hızından ve gücünden.

Kara civciv dayanamayıp annesine döner ve 'Anne bu ne?' diye sorar.

'O bir kartal yavrum...' der anne. 'Kuşların en güçlüsüdür.'

'Ben de onun gibi uçabilir miyim anne?'

'Hayır, sen bir tavuksun yavrum. Senden önce de çok tavuk kartal gibi uçmayı denedi ama başaramadı. Başaramayacağın hayallerin peşinden gitme' der anne...

Kendini tavuk sanan kartal, annesinin nasihatini sorgulamadan kabul eder. Ne zaman gökyüzünde uçan bir kartal görse kanatlarını açıp uçmaya çalışmak ister ama annesinin sözünden çıkmamak için üstüne gitmez. Sonunda bir kartal olarak doğduğu hayatı, bir tavuk olarak terk eder."

Çocukken de bu hikâyeyi bir yerde duyduğumu anımsadım. Çok güzel bir hikâyeydi sahiden. Kendini tavuk zanneden kartal... Ne acıklı bir hikâye aslında ama değil mi? Kim olduğunu ve kanatlarının ne büyüklükte olduğunu hiç açmaya ve denemeye cesaret edemediği için hayatı boyunca öğrenemeyen ne çok insan var dünyada. Güçsüz, âciz ve uçamıyor olduğumuzu kabullenmek kanatları açıp yüksekten atlama riskine girmekten daha güvenli geliyor çünkü bize. Yere çakılmaktansa zaten halihazırda yerdeyken yaşamaya devam etmek en akıllıcası gibi geliyor ama öyle değil işte... Bir kartal, kartal gibi yaşamalı ve kartal gibi ölmelidir. Çünkü bir kartal ne için varsa, onun için yaşaması gerektiğini bilmelidir.

"George Orwell'ın *Hayvan Çiftliği*'ni okudun mu? Çok güzel bir kitaptır ve bu konuyla çok ilgilidir..." dedim.

"Her hayvan eşittir ama bazı hayvanlar daha eşittir" dedi gülümseyerek. "Kolejdeyken İspanyolcasını, üniversitede de Katalancasını okudum. Haklısın harika bir kitaptır.

Konu konuyu açıyor profesör, bak aklıma ne geldi. Senin yaşadıklarına da benziyor. Bizim şirkete yeni mezun olmuş, başarılı öğrencileri aldığımızda çoğu işe alışmakta çok zorlanıyor. Hep en başarılı öğrencileri alıyoruz ama beklediğimiz kadar başarılı olamıyorlar. Bu konuştuklarımızdan yola çıkarak sanki geleneksel insanlarla, yenilikçi insanlar iletişim kurmakta zorlanabiliyorlar. Şirketteki ekip, müdürler çok yetenekli ama gelen başarılı öğrenciler çok vizyonlu. Bu gençlere çok temel işler verdiğinde kafeslenmiş gibi hissediyorlar."

Biraz bulutlara doğru baktıktan sonra devam etti. "Evet neden bunu daha önce düşünmedim ki? Şirket gelenekselci yeteneklerle dolu ve bunlara ayak uydurabilenleri işe alıyoruz.

Sanırım bu sistemi değiştirmeli ve yenilikçi yetenekler üzerine inşa etmeliyiz şirketi ve bu sisteme ayak uydurabilen gelenekselci yetenekleri almalıyız. Umarım şirkete gelen birçok kartal yavrusunu civciv diye köreltmemişizdir."

"İnsan bir şeyi anlatırken anlayabiliyor James..." dedim. "Sanırım bana anlattığın kartal hikâyesiyle şirketin büyük bir sorununu çözdün az önce ve bunu sadece Granja'da kahve içerken yaptık. Bu süperdi."

"Aslında sen de farklısın biliyor musun profesör? Ama sen kabuğunu kırmış ve kanatlarını keşfetmişsin."

"Sence kabuğumu kırmış mıyımdır?"

"Ailenden hiç kimsenin görmediği, bilmediği bu yerlere geldiğine göre, evet. Hatta bunu duymak canını yakar mı bilmiyorum ama kabuğunu kırıp buralara gelmene cesaret veren o kıza teşekkür bile etmelisin. Senin gibi birini bırakıp gitmesi bir kartalın kanatlarını keşfetmesini sağladı."

Dilimin ucuna geldi ama nedense söylemek istemedim neden gittiğini. Asıl canımı yakacak olan şey o cümleyi kurmak olacaktı. Gelen düşüncelerin sıkıntısını bir süre yaşayıp "Hep olması gereken olur sevgili dostum. Büyükannenin dediği gibi, belki Tanrı'nın güzel insanlar için güzel planları vardır..." dedim.

"İnsanın çözmesi gereken her zorluk birbirine geçen halkalara benzer.
Düğüm çözmek hem kolay hem zordur. Çözümün sonucu
hem iyi hem kötüdür. Her halka hem ilk hem sondur.
Tüm bunları anlamak hem mümkün hem de imkânsızdır.
Her şey düğüme nasıl baktığınla ilgilidir."

Bir Çemberdir Aşk, 24. Sır

32. Veda

James, üç günlük misafirlik kuralını benimle bozmuş, üç günlük konaklama karşılığında başlayan tanışıklığımız iki haftada ömürlük bir dostluğa dönüşmüştü. Bu çocuk yürekli koca adamı hayatım boyunca bir daha hiç göremeyecek bile olsam, zihnimde açtığı yeni pencerelerle, içimde yaktığı sayısız ışıkla yolumu da yönümü de değiştirmişti.

Yola çıkarken kendi acısından kaçan bir gençtim, oysa şimdi yolu sevmiş, bir anlamda da yola dönüşmüş bir gezgindim... Dünün acılarını bugün yola döşediğim taşlara çevirmeye başlamıştım.

Eve dönmeye 10 gün kalmıştı. Onun beni nerede beklediğini biliyordum.

Orada...

İstanbul'da...

Rüzgârlı bir tepede...

Onun bana gelmesini bekleyerek ne büyük haksızlık ettim ne büyük ıstırap çektirdim ikimize... Oysa benim kalkıp gitmem gerekiyordu ona. Ne var ki bunu yapacak kadar olgun, sakin ve güçlü değildim. Gittiği için çok yalnız hissediyordum.

Şimdi bir an evvel yola çıkmak istiyorum. Ona kavuşmak istiyorum. Beni hâlâ aynı yerde bekliyordu, sonsuza dek beklemeye devam edecekti biliyordum.

Barselona'nın göğünü, balkonlarından sarkan çiçeklerini, kuşlarını ve bana kimsesizliğimi unutturan yaz rüzgârını arkama alıyorum. İçimdeki aşk yarasını sarıp sarmalayan, benliğimi güzelliklerle besleyen bu şehirle, başıma gelenlerle, yoluma çıkanlarla vedalaşma zamanı artık. Yola devam edip başladığım yere geri dönerek tamamlayacağım bu çemberi. Benden gidene geri döneceğim...

Eşsiz bir dost da kazanmıştım üstelik... Olur da bir gün yolum yeniden Barselona'ya düşerse ki bu düşük bir ihtimaldi, çalacağım ilk kapı elbette James'inki olacaktı. Keşke babamdan duyabilseydim, dediğim birçok şey konuşmuştuk onunla. İster baba, ister ağabey deyin, hepsinin karşısına ismini yazabileceğim bir adamdı artık o benim için.

Kurtulmak, kaçmak için çıktığım bu yol, bana yaşamanın inceliklerini öğretti. Yıllardır onlarca sınav, birçok okul, yaşamın odak noktası yaptığımız eğitimin bana öğretmediklerini 20 günlük seyahatimde öğrenmiştim. Önümde 10 günlük büyük bir bilinmezlik vardı, kim bilir neler çıkacaktı karşıma. Döndüğümde üniversitedeki hocalarımı karşıma alıp "Siz bize dört yılda ne öğretiyorsunuz yahu?" diye sormak bile geçiyor içimden.

James'e sözüm var, üniversitede yapacaklarımın listesi uzun. Bu sayfalara sığdıramam artık hırsımı.

Gezmeye de devam edeceğim tabii ki ama bu dünyada çok şey başarmaya kararlıydım artık. Çünkü ben yol için varım ve yolda büyümeye devam etmek için yaşayacağım bundan sonra...

James'in de yardımıyla vize süremin bitişine kadar kalan 10 günüm için sıkıştırılmış bir rota belirledik birlikte. Lyon, Paris, Brüksel, Amsterdam, Berlin, Lihtenştayn ve Zürih. Evet yolculuk Zürih'te bitecekti çünkü James Zürih-İstanbul arası inanılmaz ucuz bir uçak bileti bularak olası tren dönüşü için harcayacağım 2-3 günü bana kazandırmıştı.

James'le sarılarak vedalaştık. Beni tren garına bırakırken ikimiz de üzgün değildik. İçimiz heyecan doluydu. Çünkü ikimiz de bundan sonra ne yapmamız gerektiğini biliyorduk. Bir amacımız vardı. Bir tutkumuz, bir gayemiz...

Onun ailesiyle ilgili umutları vardı ve bana oğluyla arkadaş olmak için elinden geleni yapacağına söz verdi. Ben de hedeflerimi bir bir gerçekleştirecek ve çok başarılı bir mühendis olacaktım.

"Kitaptan bir sözle vedalaşalım sevgili dostum" dedi bana. Çantamdan kitabımı çıkarıp okuduğum cümleler belki bir daha hiç görmeyeceğim dostumla aramızdaki son diyalog olmuştu...

"Her insan kaderi boyunca neler
olup biteceğine kendi karar verir.
İnsanın kendiyle kavgası ancak
bu rotayı keşfettiğinde biter..."
Bir Çemberdir Aşk, 52. Sır

33. Raylar

Rayların üzerinde acı çığlıklar atan bir demir yığınının içinde, hiç bitmeyecekmiş gibi uzanan şeritler boyunca akıp gidiyordum saatlerdir.

Yol aldıkça sadece duraklar değil, insanlar da hikâyeler de değişiyordu aslında. Her durakta başka insanlar... İnenler, binenler, bekleyenler, arayanlar, bulanlar, bulamayanlar, sarılanlar, koşturanlar, ağlayanlar, gülüşenler, voltalayanlar, gecikenler, gelmeyecek birini bekleyenler ve benim gibi ne yapacağını bilmeden sadece gidenler...

Sayısız hikâye... Tarifsiz duygular, yaşanmışlıklar, yaşanamamışlıklar... Herkesin başka sebepleri var bir yolda ya da bir durakta bulunmak için.

Tüm bunlar ancak deneyimlerle anlaşılabiliyor. Tabii ki kitaplardan haritalardan ülkelere bakabilir, ülkelerin insanlarıyla ilgili cümleler okuyabilirsiniz. Bunu yaptığınızda oraları gezmiş ve o insanları tanımış olur musunuz peki?

Bilgi ile anlamak birbirinden çok farklı şeyler. Bir bardak suyu elinize alıp bu su benim diyebilirsiniz. Ama değildir, o sadece bilgidir. Ancak o suyu içtiğinizde o suyu anlamış olursunuz. İnsanın susuzluğunu sadece içtiği su giderebilir, tuttuğu değil. Bu sebeple insanın ihtiyacı olan şey bilmek değil anlamaktır.

Bu macera benim için basit bir yola çıkma hikâyesi değildi artık. Ben başkalarına benzemeyi reddetme yolculuğuna çıkmıştım. Ortaokulda öğretmenimin bana bağırdığını hatırlıyorum

"Hey, diğerleri gibi olmak bu kadar zor mu gerçekten?" O gün veremediğim cevap şu an beni ben yapan kahramandı. Bugün karşımda olsa ona söyleyeceğim şeyi biliyordum: "Evet, farklı olmayı öğrenmiş birinin onlara dönüşmesi çok zordur, evet onlar gibi değilsen onlara dönüşmek bu kadar zordur öğretmenim."

Gözlerimi kısıp tren camından görebildiğim kadar ileriye bakmayı seviyorum. Demir rayların üzerinde binlerce kilometre mesafe kat etmiş ve onlarca farklı insanın düşüncelerini tatmıştım. Yani anlaya anlaya ilerlemiştim attığım adımlarımla. Önümde maceranın kalan kısmı ve yaklaşık 10 gün vardı. Fransa, Belçika, Hollanda, Almanya, Lihtenştayn ve İsviçre şimdilik planladığım ülkelerdi. Şu ana kadar öyle sürprizler yaşadım ki planlarımı akışına bırakıyorum ve "şimdilik" diyorum.

Fransa ucu bucağı gözükmeyen üzüm bağlarından boş kalan yerlere kurulmuş bir ülke gibiydi. Trendeki kondüktör ya da herhangi bir görevliye İngilizce sorduğumda Fransızca cevaplar alıyordum. Her defasında aynı şey oldu ama yaşıtlarımla anlaşabiliyordum ve hiçbir sorun olmadan yardımcı oluyorlardı. Dünyanın tüm halkları iyiyken neden bizi yönetenleri kötülerden seçiyoruz gerçekten anlamıyorum.

On gün boyunca Yunanistan ve İtalya'da yaptığım gibi gündüzleri gezmeyle geceleri de tren yolculuklarıyla geçti. Harika yerler gördüm, harika insanlarla tanıştım.

Paris-Brüksel trenindeki komik anımı hiç unutmayacağım. Her zamanki gibi trene binmeden önce bir sandviç ve muz almış, koltuğumda dinlendikten sonra tren rayların üzerinde kayarken yemeğe başlamıştım. Aramızda sadece koridor olan dörtlülü oturma grubunda ise dört kişilik bir aile vardı. Konuşmalarından Türk olduklarını anladım ve ben yemeğe başlayınca sohbetlerinde "O sandviç bozulmamış mıdır bu sıcağın altında, kokusu buraya geldi, şuna bak nasıl da yiyor!" gibi şeyler geçince hiç bozuntuya vermeden keyfimi de bozmadan camdan dışarıyı izlemeye devam ettim. Ailenin delikanlısı "Baksanıza, bir muz daha var önünde, onu da mı yiyecek yani bana verse ya çok acıktım..." deyince yüzümde bir tebessümle çocuğa döndüm ve muzu uzatarak "Afiyet olsun" dedim. "Aa siz Türk müydünüz?" çığlıklarıyla renkli bir sohbete başladık. Eskişehir'den Belçika'ya göç hikâyelerini anlattılar bana.

Hollanda tam olarak bir bisiklet cennetiydi. Avrupa'da İstanbul'da göremeyeceğimiz bir bisiklet kültürü var ama Amsterdam tam olarak bu kültürün başkenti. Özel yolları, işaretleri, ışıkları, kuralları. Nerdeyse Amsterdam'da bisiklet kullanabilmek için ehliyete ihtiyacınız var diyebilirim. Su seviyesinin altına kurulmuş bir ülke ve ekilmemiş tek bir karış toprak görmedim.

Berlin'de trenden iner inmez Alman turistlerle dolu bir Türk şehrine geldiğimi hissettim. Herhangi bir yerde yürürken kulağınızı verirseniz rahatlıkla Türkçe konuşmalar duyabiliyorsunuz. Berline gelene kadar uzun tren yolculuğumda dev bir sanayi ülkesine geldiğimi anlamıştım. Dev fabrikalar, tesisler, ülkeye sıkı bir örümcek ağı gibi kurulmuş tren istasyonları. Her şeyiyle dev bir ülkeydi.

Zürih'e gelene kadar bu kadar küçük bir ülke nasıl olur merakımdan dolayı yolumu bir saatimi alacak bir aktarma yaparak Lihtenştayn'a çevirip orayı da görmüş oldum. İsviçre iki şeyiyle ünlüdür, doğası ve bankaları. Bir otele bile ayıracak param yokken ikincisi beni hiç ilgilendirmiyordu. İstanbul'a dönüş için bir günlük vaktim vardı ve bunu ülkenin en büyük şehrinde geçirmek istedim. Maalesef doğasını keşfedecek imkânım yoktu. Zürih sanki *Harry Potter* filmini çekmek için hazırlanmış bir şehre benziyor. Omuz omuza sıkışmış binalar, duvarlarında tarihteki ünlü düşünürlerin ziyaretleri sırasında çekilen fotoğraflarının asıldığı kafeler, kendinizi tarihin içinde gezdiğinizi hissettiğiniz ara sokaklar... Çok kalabalık, çok pahalı ama inanılmaz tatlı bir şehirdi Zürih.

Nereye gidersem gideyim, yolculuğum istikametimiz bir çemberin başlangıç noktasına yepyeni biri olarak varabilmek gibiydi. Bir eğrinin içinden doğru olarak çıkabilmek içindi. Yola çıkarken beklentim bu değildi belki ama tüm yaşadıklarımdan öğrendiğim buydu. Belki de tüm sınav buydu, iki nokta arasındaki en uzun yolun insanın kendi olduğunu anlamak...

Benim yolculuğum, sessiz bir şarkının keşfedilmemiş, gizli bir notasıydı. Bana şarkı söylemeyi öğretti bu yol.

Forrest Gump'ın dediği gibi:

"Hayata devam edebilmek için geçmişi arkada bırakmak gerekir." Benim yolculuğum da bununla ilgiliydi sanırım. 32 gün boyunca 11 farklı ülkede hiçbir otelde kalmadan, yanımda doğru düzgün para olmadan yürümeye, keşfetmeye devam ettim. Hayatımın en güzel macerasında, hayatımın en güzel dostluklarını kurmuştum. Tam bir yıl sonra hayatımın en inanılmaz olayına şahit olacağımı ise henüz bilmiyordum...

"Hayat en nihayetinde bir yolculuktur,
Allah'tan başlayıp Allah'a giden..."
Bir Çemberdir Aşk, 65. Sır

IV. KISIM

"Ne için varsan, onun için yaşa."

34. Misina

Gezmeye bile koşarak, kan ter içinde, canhıraş bir çabayla giden yurdum insanının artık karakterinden bir parçaya dönüşmüş tez canlılığını hem hasretle hem tarifsiz bir buruklukla izliyordum. Sanki hayat köşe bucak kaçıyordu da yakalayamayacakları korkusuyla birbirinin üzerine basıp geçerek yaşıyordu herkes ömrünün geri kalanını...

Kimsenin durup da neler olduğunu düşünmeye vakti yok. Kimse karşısındakinin göz rengini hatırlamıyor, hangi kitabı okuduğunu görmüyor, yüzündeki ifadeyle ilgilenmiyor. Herkesin acelesi var, hepsi çok meşgul, hayat geçiyor, ömür kısa, yakalamak lazım ve erken kalkan yol alıyor, kalkamayan kaderine yanıyor. Yavaşlarsan tükenirsin, yok olursun, bitersin. Hiç durma, hep koş ve daima koş... Hep bir şeylere yetişmeye çalış, hep yorul, hep terle, hep öfkelen ama yine de avuçlarının arasından kayıp gitsin yaşam...

Bir söz vardır ya "Taşıdığın yük ettiğin hamallığa değsin" diye, ne taşıdığımız yük işimize yarıyor ne hamallığımıza biri bir ödül veriyor.

Sizce de bu işte bir tuhaflık yok mu? Ne kadar hızlı yaşarsak o kadar geç kaldığımız belli değil mi artık? Günün sonunda bir zafer ipi olmamasına rağmen hangi ipi göğüslemeye çalışıyoruz?

Kim kandırdı bize böyle? Kim ikna etti hızlı olanın kazanacağına bizi? Bu hız çağı insanca olan ne varsa alıp götürdü bizden.

İnsan sevince her şeyiyle severmiş ya, Eminönü Rıhtımı'nın balık ve iyot kokan kalabalığına karışıp delice bir hengâmeyle itiş kakış vapura binmeyi öyle özlemişim ki vardığım ilk günün yarısı vapurlarda geçti. Geldiğimi haber vermek istedim her kıyıya.

Etrafımda hızla akıp giden kalabalığa inat, dışarıda bir sıraya oturup verdim yüzümü denizin serin esintisine. Dalgaların öfkeli sesleri gelip gelip vurdular içimin kıyısına. Ah ne çok özlemişim seni İstanbul... Dünyanın hangi şehrine gidersem gideyim, sana geri dönecek olmanın mutluluğu ve huzuru paha biçilemez. Evet bu dev nüfusa, evet bu karışıklığa, evet gözümü aklımı yoran, hiçbir mantığı olmayan karmakarışık şehir düzenine rağmen.

Genç bir adam gökten zembil indirir gibi kocaman askılı tepsiyi yanaştırdı burnumun dibine, ne olduğunu anlamadım önce, boş bulundum, korktum.

Korkum tatlı bir keyif vermiş olacak ki genç adama gülümsedi halime.

"Çay?" dedi fiyakalı bir bakışla.

"Olur..." dedim. "Elinize sağlık."

En açığına uzanıp şekerini ve kaşığını tepsiye bırakarak aldım bir tane. Cebimdeki bozuklukları bıraktım tepsinin üzerine...

Kesif, kekremsi bir tat sardı damağımı daha ilk yudumda. Memleketimin vapurdaki çayını, dünyanın hiçbir havalı içeceğine değişmem. Ne çok zaman olmuş meğer böyle mis kokulu, demli bir Karadeniz çayı içmeyeli... Keyfim yerine gelmişti iyice.

Ne olursa olsun vapura her bindiğinde bir tane de martılar için simit satın alan güzel insanların yaşadığı bir ülkenin evladıydım ben. Kime zararı olurdu ki bu insanların? Birine kötülük yapabilirler mi mesela?

Hayır, hiç inanmıyorum. Hatta biliyor musunuz belki de bütün kötülüklerin sebebi, bir martının karnını doyurma inceliğini yitirmiş insanlar bile olabilir gibi geliyor bana.

İçimde tarifsiz bir coşku. Bir bayram çocuğu kadar heyecanlı, heves ve hayal doluyum. Bu bir kavuşmanın kutlaması. Hem de uzun süren bir ayrılıktan sonra kalbimin ait olduğu limana yeniden sığınacak olmasının verdiği çocukça bir şenlik. Onunla bindiğim vapurlar bunlar, onunla simitlerimizi paylaştığımız martılar bunlar, onunla kokladığım hava, onunla izlediğim gökyüzü, onunla içinde kaybolduğum derya...

"Balık denizi anlamaz, yerini sorsan tarif edemez. Ancak bir oltanın ucunda karada kıvranırken anlar varlığından bile haberdar olmadığı yerde yaşadığını..."

Bir Çemberdir Aşk, 29. Sır

Zaman bir başka akıyor artık benim için. Ne gecikiyorum bir yerlere ne de erken davrandığımı hissediyorum. Her şey olması gerektiği zaman olması gerektiği haline zaten kavuşuyormuş gibi...

Şehrimden kilometrelerce uzakta bir Yunan genç bana evini açtı, kitap okumalarını dinlediğim bir sanatçı bana taksi ısmarladı, göçmen bir Yunan ailesi benimle ekmeklerini paylaştı, İtalya'da tanıştığım harika insanlar, Meksikalı çiftin anlattığı rehberin hikâyesi, Brüksel trenindeki vaktimi kahkahalarla geçirmemi sağlayan şirin aile ve tabii ki Barselona'da bana evini 15 gün açan artık ağabeyim, dostum olarak gördüğüm James... Sanki 32 günüm bir masal kitabında geçmişti.

Bir saat tamircisi, bana sahip olduğum en değerli şeyin zaman olduğunu ve başarmam gereken çok şey olduğunu öğretmişti. Sıkkın canım üniversiteyle ilgili beni motive etmezken artık çok güzel planlarım vardı. Başkalarına göstermek için değil kendi potansiyelimi merak ettiğim için olabilecek son noktayı zorlayacaktım.

Ne için var olduğumu öğrenme yolculuğumda bu seyahat çok iyi gelmişti bana. Seyahat diyorum ama belki de okul demeliyim. Belki de üniversite. 32 günlük tamamen deneyim üzerine dersler veren bir üniversite...

Eylülün yağmurlu gündüzlerinden biri olacağa benziyor. Tatlı bir yağmur başladı bile şimdiden... Denizin üzerinde oynaşan su perilerinin dans gösterisiydi adeta bu izlediğim manzara. Burgazada'da bir kır kahvesinde bekledim yağmurun dinmesini. Ahşap sandalyelerden birine oturup Kaşık Adası'nı seyrettim uzun uzun... Gözümün görebildiği en geniş uzaklıklara baktım.

Yağmurdan sonra balıkçılarla sohbet ettim biraz. Sevdiler beni, "Bir aydır çok gezdim, İstanbul'u çok özlemişim" deyince "Misina tutmasını bilir misin?" dediler. "Mezgit mi bekleyeceğiz, istavrit mi yoklayacağız, yoksa palamut mu çektireceğiz?" deyince "Ooo delikanlı hadi atla bakalım" deyip üç kayıktan birine aldılar beni. Sandallarla açıldık denize doğru. Bir yerde durup avlanmaya başladık uzun, sessiz ve sabırlı bir bekleyişle...

Durmak, yavaşlamak ve yaşamak mı demiştiniz? İşte size zamanın durduğu anlardan biri...

Denizin ortasında, elinizde incecik bir misinayı mavi derinliklere salıp öylece beklemeye başladığınızda, dünyanın bütün saatleri, dakikaları, saniyeleri bonkörce dökülüyordu kucağınıza.

Dönüşte Kadıköy'de indim vapurdan. Sahildeki dükkânları dolaştım ağır ağır... Karnımı doyurabileceğim bir yer aradım. Aklımı başımdan alan bir ızgara köfte kokusunun peşine takılıp gittim sonra.

"Bir ayran, bir de yarım ekmek köfte lütfen."

"Eyvallah ağabey, hemen geliyor."

Yurdum insanının bu cana yakınlığını Avrupa'nın hiçbir yerinde görmedim. Nereye giderseniz gidin yüzünü ilk kez gördüğünüz birinin ağabeyi olabilme samimiyetini ancak bu memlekette deneyimleyebilirsiniz. İstanbul'u sahiden çok özlemişim.

Şimdi anlıyorum ki hasret aradaki mesafelerle ilgili değil, yakınlıkla ilgili... En yakınlık duyduğunun hasretiyle yanıyordu için. Anladım ki insan gittiği her şehre sevdiği şehri de götürürmüş. Tabii bir de tanıştığı yeni insanlarda sevdiğini görürmüş.

Kiminle konuşsam hep sevdiğimin yüzüne bakmışım, sevdiğimi yaşamışım insanların sohbetlerinde.

32 günde 11 farklı şehirde uyudum seyahatim boyunca. Her uykumun içine meğer yine hep onu hapsetmişim. Yürüdüğüm her sokakta karşıma çıkacağının hayaliyle dolanıp durmuşum diyar diyar. "Nerede kaldın, ben de seni bekliyordum" demesini dilemiş, dualar etmişim. Hislerim ne kadar gerçek de olsa, bekleyişim beyhudeymiş işte.

Geldim işte sevgili! Hoş buldum sana! Hoş geldim sana!

Senin bir yarın gökyüzüyse diğer yarın İstanbul'dur sevgilim.

Doğu da sensin, batı da... Anlam da sensin yaşam da... Ölüm de sensin, nefes de...

Ilık bir yorgan gibi serilmişsin bu şehrin üzerine. Ne yana baksam gözlerin, her vapurda senin sesin, her çarşıda neşen, her sokakta gizemin, her esintide kokun, her ağaçta saçların, her çiçekte ellerin, her martıda çığlığın, çocukluğumun sokaklarında sobe, her dolmuşta "Bir Kadıköy lütfen", her durakta "Merhaba", her sokak lambasının altında tatlı bir iyi gecelersin sen... Tepeden tırnağa benim İstanbul'umsun sen...

Dilini bilmediğim şehirlere anlattım seni uzun uzun. Duydular ama anlamadılar sevdiğim. Baktılar ama göremediler bendeki seni... Bende yaşayan bu ölümsüz şehri...

Ayranımdan son yudumu aldım ve bir tiryaki gibi elim çantamdaki kitaba gitti. İlk fırsatta Sirkeci Garı'nın karşısındaki sahafa uğrayıp kitabın hikâyesini öğrenmeli ve böyle bir kitabı bana verdiği için teşekkür etmeliyim diye düşündüm.

"Aşkı dinleyerek, okuyarak, gezerek bilemezsin. Aşkı ancak âşık olanlar bilebilir. O halde ben de âşık olmak istiyorum demek ise cesaret ister çünkü aşk insanı değiştirir, âşık olmak tanıdığın senin ölümü demektir."

Bir Çemberdir Aşk, 45. Sır

James de bana kardeşten öte kardeşliği, dostluğu, yakınlığı, ağabeyliği dokunmuş insanlardandı işte. Ne güzel adamdı, ne güzel dost ve ne güzel bir ağabeydi. Tanımadığı insanlara kapısını açmış, her birine peşin peşin güvenmiş, yaşayabileceği her türlü hayal kırıklığını göze almış, hayata karşı güvensizliğini terbiye etmek için hep çabalamış, kendinden başka kimseyle dalaşmamış yapayalnız bir adam. Etrafı insanlarla dolu belki ama çok yalnız.

Onun içindeki bitmek bilmeyen gurbeti gördüm ben. Gözlerinin dolduğunu gördüm mesela... Size bir şey itiraf edeyim mi? Hayatımda hiçbir erkeğin ağladığını görmemiştim ama James'in gözlerine yürüyen keder yüklü yaşları gördüm...

Sevdiği kadını kaybetmiş, tutamamış kollarının arasında. Canının yarısı oğlu, gözlerinin önünde bir yabancıya dönüşmüş de, durduramamış onu. Hayatım boyunca dua edecektim onun için. Kaybettiklerini telafi edebilme imkânı versin ona hayat. Dilerim her şey su gibi yumuşar ve serilir önüne. Tüm zorluklar kuvvetini kaybedip teslim olurlar James'e. Hiçbir karşılık beklemeden hayatım boyunca muhtemelen bir daha görmeyeceğim bu adam için kalpten ettiğim dualar umarım gerçekleşir.

Yollarımız bir gün bir yerde yeniden kesişir mi bilemem. Onu bıraktığım yerde bıraktığım gibi bulur muyum bilmiyorum ama dedim ya mesafelerin bir önemi yok... O uzun boylu, kederli bakışlı adamla ilgili her zaman iyi şeyler düşünüp hakkında hep iyi dileklerde bulunacağım, onu hep özleyeceğim ve bir gün karşılaşırsak ona kocaman sarılacağım.

"Hak edersen gerçek bir sevdayı yakını uzak, uzağı yakın kılabilirsin. Sesini duymasan da onunla muhabbete dalabilirsin. Gözünden ırak kalmışsa da gönlünde taptaze yaşatabilirsin..."

Bir Çemberdir Aşk, 55. Sır

Hava kararmaya başlamış, son vapuru kaçırmadan Ayazağa Kampüsü'ndeki yurda dönüş yolu bana görünmüştü. Evet henüz eve gitmedim. Geldiğimi bizimkilere haber verdim ve projelerden dolayı bir süre yurtta kalmam gerektiğini söyledim. Yalan değildi, üzerine çalışmam gereken proje bendim.

Yurda gidince de aklımda James'e bir mail yazmak vardı, tembihlemişti bana, kalan 10 günün nasıl geçtiğini, kendimi nasıl hissettiğimi ve üniversiteyle ilgili yeni planlarımı anlatmamı bekleyecekti.

Haldun Taner Tiyatrosu'nun önünden geçerken tiyatronun önündeki seçmelere katılmış gibi performans sergileyen iki çocuk ve yemci ablayı izlemeye daldım. Üç kişilik bir sokak tiyatrosundandı sanki diyaloglar.

İki çocuk, yem satan teyzeyi ikna etmeye çalışıyorlardı yem versin diye. Biri elini öpüp başına koyuyor, diğeri dizlerinin üzerine çökmüş yalvarıyordu. Yaşlı teyze Nuh diyor peygamber demiyor ama. Belli ki çocuklar oraların müdavimlerinden ama cepleri de hep boş. Sonunda canından bezmiş bir tavırla koca kâseyi ağzına kadar doldurup verdi çocuklara. Güvercinlerden çok, o iki afacan bayram etmiş gibi görünüyordu...

Güldüm hallerine. İçimde benimle yaşayan bir çocuk vardı sanki. Birlikte bakıyorduk hayata, milyonlarca insanın koşar adım geçtiği bu meydanda ikimiz de durmuş hayatın güzel bir anını yakalamıştık. Hayat bu değil mi zaten? Nereye vardığın değil o yolculuğu nasıl yaptığın. Bir yolculukta ise en büyük neşemiz içimizde henüz ölmemiş olan bir çocuk...

Ben ve çocuk ikimiz de aynı anda başımızı kaldırıp İstanbul'un en güzel yerinde durmuş beni bekleyen sevdiğime çevirdim yüzümü. "Ben geldim" dedim içimden. Gözlerimle selamladım güzel yüzünü... Ona yolculuğumu, başıma gelenleri, tanıştığım insanları, gördüğüm şehirleri, yolları, dükkânları, içimde yaşattığım özlemi, kederi, umudu ve coşkuyu anlatacaktım uzun uzun.

35. James

Merhaba, ben James. Bir şeyi defalarca söylerseniz, o şeyin gerçekliğini onaylamış olurmuşsunuz. Karım ve oğlum, onların inandığı değerlere onlar gibi sorgusuzca inanıp bağlanamadığım için günahkâr olduğumu öylesine çok tekrarlamışlar ki benim kafam da karışmaya başlamıştı artık.

Onların ellerimin arasından kayıp gitmelerine engel olamadığım için en çok kendimi suçluyordum galiba.

Oysa sonrasında tam tersi bir inanış daha doğdu bende. Kim olduğunu bilmediğim, tanımadığım, nereden nasıl geldiğini hiç sorgulamadığım genç bir adam, bana o kadar çok "Sen iyi bir adamsın" dedi ki sanırım artık iyi biri olduğuma ikna olmaya başladım. Çünkü o Tanrı'nın beni sevdiğinden son derece emindi.

Profesör karşıma çıkmasaydı eğer, bu suçluluk duygusuyla geçirebilirdim hayatımın geri kalanını... Âcizlik içinde boyun eğebilirdim başıma gelenlere. Karıma ve oğluma gelecekteki ilişkimiz için emek vermek zorunda olduğumu içten içe bildiğim halde, yakınıp kurban rolü oynamayı sanırım daha konforlu bulmuştum.

Ancak o genç adam, içine düştüğüm suçluluk çukurundan çekip çıkardı beni... Ne yapmam gerektiğini söylemedi belki ama nasıl bir insana dönüşmem gerektiğini gördüm onda. Ailemle olan iletişimimin denklemini onun anlattığı bir örnek çözmüştü:

"Bir kedi bir iplik yumağıyla oynarken onu elinden almaya kalkarsan seni tırmalar. Sana zarar verebilir. Çok sevdiği sahibi bile olsan heyecanla yumakla oynayan bir kedinin önünden o yumağı almamalısın. Bunun yerine bırak kedi oynasın, sen hayatını güzelleştirmeye devam et. O kedi yumaktan sıkılınca yine sana geri gelecektir. Yapman gereken tek şey bu o yumaktan sıkılınca çalacağı kapı olmak." Ona hak verdim.

Geri istediğim ailem için beklemek dışında hiç ama hiçbir şey yapma şansım yoktu. Ancak onları sakince ve daima bekleyeceğimi de göstermem gerekiyordu.

Profesörü uğurladıktan sonra Elna'yı aradım, oğlumla görüşmek istediğimi söyledim. Hiçbir şeyi çözmeye çalışmayacağımı, sadece arkadaş gibi konuşmak istediğimi söyledim. Rahat ve ısrarsız konuştuğumu görünce olumlu karşıladı.

Acele etmeyecektim. Çünkü ne kadar hızlı hareket edersem sevdiklerimi belki de hiç istemeyecekleri şeylere zorlamış olacaktım, belki ürkütecektim onları, huzursuz hissettirecektim. Artık kararım çok netti, beklemek, ama bunu çok doğru şekilde yapmak.

Uzun zaman sonra oğlumu göreceğim için hem çok heyecanlıydım hem çok mutluydum. Her şeye yeniden başlamak için her zaman bir şansın olduğuna kendimi ikna etmeye çalışıyordum.

Sıcak bir eylül gününde buluştuk Kay ile. Her şey yolunda olsaydı farklı şeylerden konuşurduk belki ama görüşmemiz biraz resmi gibiydi. Derslerini, okulunu sordum ona. Derslerinin iyi olduğunu, okulunun gayet iyi gittiğini söyledi.

Sessizliklerin aleyhime olduğu fikrini kafamdan atmaya çalıştım. Hiç zorlamadım Kay'ı. Sorularla bıktırmadım, onu sevdiğimi defalarca anlatmaya çalışmadım. Her gün görüştüğüm bir arkadaş gibi hissetmeye çalıştım ve onun bana vereceği ödül de aynısını hissetmek olurdu.

Biraz havadan, biraz turistlerden konuştuk.

Bizimle, ailemizle ilgili olmayan şeylerden konuştukça onu daha rahat hissettirdiğimi fark ettim. Onunla babası gibi değil de arkadaşı gibi konuştum o gün, konuştukça açıldı ve arkadaşlığımı kabul eder gibi oldu.

Artık anlayışla ve sevgiyle hep yanında olacaktım. Onu hiçbir konuda zorlamayacaktım. O zekâsı ve sezgileriyle zaten kendi doğru yolunu bulmayı, ben de ona güvenmeyi öğrenecektim.

"Senin eski sınıf arkadaşın bizim öğretmenimiz oldu" dedi. İsmini söyleyince hatırlamıştım evet... Bu rastlantı beni oğlumun kahramanı gibi hissettirdi.

"Kilisedeki arkadaşlarınla aran nasıl?" diye sordum, dayanamadım. Tehlikeli bir soruydu biliyorum. Zaten sorar sormaz pişman olmuştum ama neyse ki korktuğum gibi olmadı.

"Güzel" dedi Kay. Kakaosundan birkaç yudum daha içip devam etti anlatmaya. Gözü ara sıra kolundaki saate kayıyordu. Annesine belli bir saate kadar döneceğine söz vermiş olmalı. "Çok şey öğreniyoruz..." diye devam etti. "Öğrendikçe, öğrenmek gereken şeyler artıyor. Bilmiyorum insanlara belki kolay geliyordur bu meslek ama doktorlar, mühendisler gibi çalışıyoruz."

"Peki bunları ders olarak mı öğreniyorsunuz yoksa hayatınıza aktarabileceğiniz şeyler mi?"

"Belli bir seviyeye gelmek için geçmemiz gereken sınavlar oluyor. Yoğun dersler de bu sınava hazırlık. Metin ezberleri de var tabii, en çok oralarda zorlanıyorum sanırım. Hayata pek katılacak konular değil aslında, sadece bilmemiz gereken şeyler."

Oğlumla konuşmak istemediğim ama o an profesör yanımda olsaydı onunla konuşmayı çok isteyeceğim bir şey geçti aklımdan "Tanrı'nın öğretileri üzerine yapılan bir akademik derste öğrenilenler nasıl hayata uyarlanmaz? Hayata uyarlanmayacaksa onları neden öğreniyoruz? Ya da Tanrı bir insanın hayatında işe yaramayacak bir şeyleri neden insanların öğrenmesini ister?" Aklımdan hızlıca geçen temel sorular ve bu sorulara cevap bulamamak Tanrı'yla aramdaki en büyük duvar olmaya devam ediyor. Belki profesörün tanrısının buna vereceği cevabı vardı ama profesör burada değildi.

Oğluma öğrenmenin ne kadar güzel bir şey olduğuna katıldığımı gösterecek bir atasözünü söyledim o an.

"A la cama no te iras sin saber una cosa mas[4] derler bilirsin. Öğrenmek harika bir şey, keyfini çıkar. Ama her bilgiyi de kullanmaya çalış. Geçenlerde tanıştığım bir genç arkadaşım söylemişti, kullanmadığımız bilgiler zihnimize yük olur ve bizi yorarmış, onları taşımamak için onları hayatımızın içine almalıymışız."

Anlamamış gözlerle baktı bana Kay, sonra biraz katılıyorum der gibi başını salladı.

Güzel geçtiğini söyleyebileceğim bir görüşmenin ardından bunu daha sık yapabilmeyi dileyerek oğlumla vedalaştım. "Baba" demedi henüz. Eğer bir gün oğlunuz size baba demezse bunu öylece ve kolayca kimseye anlatamazsınız. Yapabileceğiniz tek şey elinizde kalan bir avuç mutluluğu bütün gece pay etmek ve sonrasında da sabaha kadar ağlamak...

Ben iyiyim ama. Her şey yolunda. Karımı, oğlumu seviyorum. Ben kötü bir insan değilim ve umarım bir gün gördükleriyle değil olduğum halime bakacaklar. Evet o zamana kadar saklayabilirim gözyaşlarımı. Belki sevinçten dökerim bu defa kim bilir...

Onların kahramanı olmak için elimden geleni yapmaya devam edecektim. Bana kattıklarından dolayı profesöre min-

4 Yeni bir şey öğrenmeden yatağa girme.

nettardım. Öyle çok ihtiyacım varmış ki sorgulamaya, sebeplerin ve sonuçların peşine düşmeye. Yıllar sonra güneşe, suya kavuşabilmiş, kurumaya yüz tutmuş bir ağaç gibi hissediyordum kendimi. Yeniden can buluyordu köklerim, yeniden hayat doluyordu dallarım, yapraklarım. Bunun için profesöre çok şey borçluydum.

Hayatımda çok iyi insanlar gördüm, çok bilgili, entelektüel insanlar tanıdım. Sanatçı arkadaşlarım oldu ancak burada çok önemli bir nokta var ki doğru anlaşılması çok değerli benim için...

Bilgi çok etkili bir güç kabul ediyorum. Özellikle çağımızda bilginin ekonomik karşılığının da çok yüksek olduğunu düşünürsek bilgi gerçekten ayrıcalık. Ancak bilgiyi değerli kılan kaç para ettiği değil, kimin işine nasıl yaradığıdır. İşte profesörün hayatımdaki farkı burada ortaya çıkıyor. O genç adamdan daha yaşlı ve bilgili dindarlar tanıdım ben, çok çeşit insan misafir oldu evimde. O genç adamdan daha entelektüel, daha tecrübeli dostlarım, arkadaşlarım oldu hayatımda. Hepsi bilgili ve bilgilerinden dolayı da güçlü insanlardı. Ne var ki sahip olduğu bilgiyi bu kadar verimli kullanan birini görmedim.

O herkesten akıllı değildi ama kimse içinde onun içinde keşfettiği gibi bir coğrafya keşfetmemişti.

Bilgiyi iyilikle, şefkatle, sevgiyle, temiz bir kalple bonkörce kullanmıyorsan, değerlendirmiyorsan ve başkalarının faydasına açmıyorsan hiçbir anlamı yoktu bildiğin şeyin ne kadar önemli olduğunun ve kaç para ettiğinin.

İnsanın bilgiye olan talebi kendisini bir kütüphaneye dönüştürmek için olmamalı, daha güzel bir insana dönüştürmek için olmalı.

Profesörde farklı olan ve hayatımda da fark yaratan şey onun saflığı, iyiliği ve sevgi dolu oluşuydu... Muazzam işleyen bir adalet terazisi taşıyordu kalbinin üzerinde. Yemediği yiyeceklerin parasını atıyordu kumbaraya, saygıyla dinliyordu dilini kültürünü bilmediği insanları, hepsine karşı hoşgörülü, anlayışlı ve içtendi. Kendi dışında bir şeyle ilgilenmezdi, kimsenin özel hayatını merak etmez parasına ilgi duymazdı.

Bildiği şey her ne ise bunu başkalarının da faydası için kullanabilmekten yanaydı, bilgi cimriliği yoktu, para cimriliği yoktu, sevgi cimriliği yoktu. Arkasına geçip güven duyacağı bir şeye sahip değil gibi gözükmesine rağmen hiçbir şeyden korkmuyordu. Yalnız, başına ne geleceğini nerede kalacağını bilmeden atmıştı kendini yollara. Aradığını söylüyordu ama bence benim kaçırdığım birçok şeyi daha o yaşta bulmuştu.

Lekesiz, tertemiz bir saflık vardı üzerinde.

İnsanı kendine hayran bırakan bir saflık...

Sanırım Batı'da erken yaşlarda yitirdiğimiz şeylerden biri de bu. Hayatın içinde hıza kapılıp akmaya başlayınca ve özgürlüklerimizin sınırlarını alabildiğine genişlettikçe kaybetmeye başladık saflığı...

Özgürleştikçe yalanı, ihaneti, hadsizliği, ölesiye rekabeti, öldüresiye yarışmayı öğrendik. Bütün bunları kişisel özgürlüklerimiz, serbest rekabet hakkımızla yaptık üstelik. Başarının formülü olarak kabul ettik, benimsedik hepsini. Başarılı olmak, sevilmek ve onaylanmak istiyorsak sahip olduğumuz bilgiyle, kültürle, yeteneklerimizle ve özgürlüklerimizle başkalarının üzerinden silindir gibi geçme hakkını bulduk kendimizde.

Oysa insan etrafını yakıp yıkarak, başkalarını kırıp yok ederek, inciterek, haksızlık ederek, kandırarak hedeflediği noktaya ulaştığında kendini mutlu hissedemezmiş, bunu da iş işten geçtikten sonra öğrendik ya da öğreneceğiz. İşte bu yüzden sahip olduğumuz birçok şeye rağmen mutsuzuz, kayıp hissediyoruz, tatmin olacak cevaplara sahip değiliz. Bir tartışmadan haklı çıkmak yerine mutlu çıkmayı düşünmüyoruz bile.

Bu yüzden evimde ağırladığım misafirlerimle yakından ilgilenmeyi severim. Onlar sayesinde pek çok farklı kültürle tanıştım, pek çok farklı vizyonla, edebiyatla, sanatla ve felsefeyle tanıştım.

Batı'da insanlar arasında pek konuşulmaz felsefi konular. Kimsenin buna ayıracak vakti yoktur. Ya işi ya da bir eğlencesi vardır kafa yoracak konuları ertelemek için. Açıkçası o kadar gençle tanışmama, konuşmama rağmen bana bile henüz denk geldi bu konular.

Giderek bencilleşen bir dünyada komşusunu da düşünmeyi kendine bir sorumluluk sayan, bunu insani bir kural olarak benimseyen, çok eski ve önemli bir kültürden gelen profesörden öğrenmiştim birçok şeyi.

"Komşun açken tok yatamazsın" diye bir prensipten söz etmişti bana. Kimsenin kimseyi tanımadığı, kendi maaşlarımızla kendi faturalarımızı ödediğimiz bir ülkede büyümüş biri olarak anladığım ama içselleştiremediğim bir bilgiydi bu. "Nasıl yani?" diyordum kendi kendime.

Sonuçta ben çalışıyorum, ben kazanıyorum, ben hak ediyorum bu parayı. Benim gibi çalışmayan, kazanmayan ve hak etmeyen birine neden harcayayım ki? O da okusun, öğrensin, çalışsın, başarsın. Bana ne? Ayrıca bir değil, iki değil, üç değil, beş değil... Milyonlarca insan var ve her birinin derdine ben tek başıma yetişemem. Niye böyle bir sorumluluğum olsun ki? Ben sevdiklerimin geçiminden sorumluyum sonuçta.

"Hayır..." demişti bana. "Hepimiz birbirimizden sorumluyuz. Henüz tanışmadığın kişinin sevgini sakınman gereken biri olması gerekmez. İnsanlar kardeş olmak için birbirleriyle aynı evde doğmak zorundalar mı?"

Meğer kimseyi sevmemişim ben hayatımda. Kendimi kandırmışım hep. Bencilce bir duyguyla sevilmeyi arzulamışım hep... Sadece kendi listeme aldıklarımı sever gibi kabul etmişim dünyama. Fena aldatmışım kendimi. Büyük çelme takmışım kendime. Hiç kolay olmamıştı bununla yüzleşmem.

Karıma ve oğluma karşı beslediğim hisleri sorguladım gece gündüz. Değiştikleri an terk edip gittim onları. Her halleriyle kabullenip sevmedim. Ben uzaklaşmalarına, sonra beni evden göndermek istemelerine bir fırsat gibi baktım belki de içten içe. İsabet olmuştu sanki benimle aynı evde yaşamak istememeleri. Onları geri isterken bile, egomla savaşıyordum muhtemelen. Oysa saf sevgi, koşulsuz sevgi böyle bir şey değildir. Karşılık beklemez. Sevilmek için sevmez.

Etrafındaki insanları mutlu etmeyi beceremediysen kendin için mutluluk dileyemezsin ki! Hayatında kimsenin ihtiyaçlarıyla ilgilenmediysen kendi ihtiyaçlarının karşılanmasını nasıl beklersin? Başkasına destek olmadıysan, başkasının sorununu dinlemediysen, kimseye bir bardak su kadar faydan dokunmadıysa, açın karnını doyurmadıysan, birinin zor işini kolaylaştırmadıysan hayat sana neden yardım etsin ki? Sistemi kandıramazsın.

Şunu anlıyorum ki bilgi her ne kadar insana aktarılabilen, öğretilebilen bir şeyse de bilgelik aktarılamaz, öğretilemez, anlatılamaz, ezberletilmez. İnsan ancak içindeki deniz kadar derinleşebilir, bilgeleşebilir ve bunu da ancak yolda deneyimleyebilir.

Profesör ne olursa olsun çok genç bir adam. Saflığında müthiş bir olgunluk ve bilgelik de olsa, hayatın henüz çok başında bir genç o. Çok uzun yollar, belki büyük acılar, büyük mutluluklar, kayıplar, kazançlar, nice sevdalar var önünde. Bir daha görüşmeyiz belki ama hayatımda iz bırakmıştı iki haftalık arkadaşlığıyla.

Ve beni ikna etmişti, ben değişmeye başlayınca her şey değişmeye başlayacaktı hayatımda. Büyükannemin dediği gibi belki de gerçekten güzel insanlar için Tanrı'nın güzel planları vardır ve belki o tanrı sonunda beni hatırlayacaktır.

Profesör zihnimde birçok yol keşfettirmişti bana ama bir o kadar da soru işaretiyle baş başa bırakmıştı beni. Öyledir ya insan keşfettiği her cevap yeni sorular doğurur.

Eğer gerçekten bir tanrı varsa benim kiliseye gitmemi bekliyor olamazdı. Evrendeki mucizevi matematiğin arkasında gerçekten bir zekâ varsa, o zekânın benim kilise kapısından girmeme ihtiyacı olamazdı.

İlginç olan şey tanrısıyla yaşadığını iddia eden profesör, inanmayan benim düşündüğüm gibi düşünüyordu. Ona göre de Tanrı'nın bunların hiçbirine ihtiyacı yoktu. Tam da bu noktada şaşkınlık yaşıyordum profesörle ilgili çünkü o da bana tamamen katılıyordu.

Onun kendi tanrısıyla kurduğu iletişim bir çocukla annesinin iletişimi kadar samimi ve içtendi.

Profesör dua etmenin Tanrı'ya teşekkür etmek anlamına geldiğini, Müslümanların kıldıkları namazın ise Tanrı'yla buluşmak anlamına geldiğini söylerdi.

"Peki madem seviyorlar ve ona teşekkür edip onunla her gün buluşmak istiyorlar, o halde neden korkuyorlar Tanrı'dan? Neden insanlar Tanrı'dan korkar?" diye sordum onu köşeye sıkıştırdığımı düşünerek. Bana verdiği cevap ancak saf aklın kabul edebileceği türdendi:

"Senin sorduğun soruların daha fazlasını soruyorum ben..." demişti. "Gerçekten neden korkuyorlar? Bunu ben de bilmiyorum çünkü ben korkmuyorum. Tanrı iyilikten başka bir şey değildir. Eğer bir korkuyu konuşacaksak onun beni sevmiyor olma ihtimali olabilir bu ancak. Onu üzmekten korkabilirim, onun beklentisini boşa çıkarmaktan korkabilirim, ellerimi ona açtığımda yaptığım kötülüklerden dolayı bana kırgın olup beni dinlememesinden korkarım. Benim korkum ondan değil kendimden, ondan değil onsuzluktan olur..." demişti.

İkimizin de hayata bakışı yakındı aslında, ikimiz de gayet rasyonel insanlardık. Önümüze çıkan seçenekte doğru olan neyse o seçimi yapmalıydık çünkü formüller değişkenleri doğru seçtiğinde çözülebilir, aksi halde kaos daima devam eder.

Ancak profesör bana hayatımın en büyük ve ilk formülünü atladığımı hatırlattı. Yaşamım boyunca önüme çıkan engeli aşmak için zekâmı sonuna kadar kullandım, peki yaşamımda karşıma çıkan ilk şey? Yani "yaşamak" bununla ilgili sorularım cevaplarım olmuş muydu? Belki çok az.

Felsefi gibi gözüken ama insanın en basit en temel soruları. İşte bu konu gözümden kaçmıştı. Bilirsiniz insanlar sorumluluktan kaçmak adına sokakta gördüğü insanlara benzemeye çalışırlar. Özellikle kaçmadım bu sorulardan. Barselona'da insanlar nasıl yaşıyorlarsa ben de öyle yaşıyordum. Ancak bunlar su gibi, hava gibi insanın tabiatının en temelinde olan sorulardı.

Örneğin neden varız? Nereye gidiyoruz? Bu kadar canlının içinde evreni düşünebilen tek canlının insan olmasının altındaki sebep nedir? Yaşamı yalnızca para kazanmaya, eğlenmeye indirgeyemeyecek kadar zihinsel olanaklarımız var. Birbirimizle yarış halinde yaşamanın sahip olduğumuz üstün yeteneklerin çok altında kalan bir amaç olduğunu anlamak için kaç hayat daha yaşamamız gerekecek? Belki de Hindular yanılıyordur ve reenkarnasyon yoktur ve bu ilk ve son denememizdir. Tek bir şansın varsa en önemli soruları yanıtlamak daha mantıklı değil mi? Tek bir final sınavı varsa en önemli konuları bilmek çok temel bir kabul değil mi?

Profesörle tanışmadan önce bana uzak ve tanıdık gelmeyen bu konuları bir çocuk heyecanıyla konuşabiliyorduk. Profesörle birkaç haftadır binlerce kilometre gezmişti, ben çok uzaklara gitmesem de fikirlerim beynimin içinde milyonlarca kilometre yol kat etmişti.

Onun gibi baktığında güzeldi dünya, her şey yerli yerindeydi. Her sorunun güzel bir cevabı, yaptığı her şeyin mantıklı bir açıklaması vardı. Çok güzel bir insan tarifi vardı, bulutları ve yıldızları çok güzel anlatırdı. O her neden bahsediyorsa muhakkak severdiniz o şeyi. O çok güzel bir ayna gibiydi, aktarmak istediğini güzel yansıtırdı. Ve bunu kendinden bir şey katmadan, olduğu gibi duru yalın yapardı.

Onu çok özleyeceğim. Umarım yolu açık olur, umarım büyükannemin dediği şey en azından onun için geçerli olur...

36. Mesajlar

Böyle bir dünyada, iyi bir insana rast gelmek şans gerçekten de. Ama ayrılmak da hayatın bir gerçeği. Barselona'da bir jonglörün elinden fırlayan topların sayesinde tanıştığım James ile dostluğum da İstanbul'a dönüşümle birlikte bitmişti. Bir daha görüşebileceğimizi pek sanmıyordum ama aramızda bir söz vardı. Bir şeyleri yoluna koymaya başladığımda ona yazacaktım.

O gün üniversiteden yurda döndüğümde kendime bir kahve yaptım. Pencerenin kenarına geçtim ve dizüstü bilgisayarımda binlerce kilometre uzaktaki dostuma bir mail yazdım. O maille başlayan muhabbetimiz ara ara, söyleyecek şeyler biriktikçe devam etti. Bazen haftada bir, bazen ayda birdi ama muhabbetimiz hiç kesilmedi...

1 Ekim 2006

Sevgili James,

İstanbul'dan Barselona'ya kucak dolusu sevgiler. Bu mesajı aldığına göre burada okulumu, çalışmalarımı, hedeflerimi oturttuğumu düşünüyorsun. Evet her şey sana söz verdiğim gibi ilerliyor.

Üniversite başladı. Yeni bir meydan okumaya başladığında sürekli yaptığı şeyler bile sanki bir ilkmiş gibi geliyor insana. Henüz birkaç hafta oldu ama hiç almadığım kadar lezzet alıyorum kampüste yaptığım her şeyden. Arkadaşlarım değişimin farkında ama pek fırsat olmadı, anlatamadım olanları ve seni.

Bana verdiğin motivasyon için teşekkür ederim. Aslında buna motivasyon yerine ikna demeliyiz çünkü motivasyonlar geçer ama birini bir şey yapmaya ikna edersen o kalır. Sen beni çok güzel ikna etmişsin dostum.

Hayatın anlamının peşinden gitmek başka, bedeni ve aklı eğitmek başka. İkisinden birini seçmek zorunda değilim. Dünyada hem anlamın hem de maddenin aynı anda var olmasının sebebi sanırım ikisinden birini seçmek değil, onları birlikte kullanabilmek. Pencereden baktığımda gördüğüm şu martının, mesafeleri kat edebilmek için iki kanadını da kullanması gerekiyor.

İnsanoğlunun ilk dersi de bu değil miydi zaten? Tanrı bizi su ya da topraktan değil, ikisinin birleşiminden yarattı.

Artık buna ikna olmuş şekilde devam ediyorum yoluma. Bu sene de üniversitenin kütüphanesi en sevdiğim yer olacağa benziyor. Derslerden sonra hava kararana kadar oradayım. Felsefe ve satranç kulübüne katıldım. Ayrıca bir de kulüp kurmak istiyorum, "güzel insanlar" olsa ismi. Sosyal sorumluluk projeleri üretip gerçekleştirsek, üniversitedeki yıllarımızda hayatımız boyunca unutamayacağımız güzel anılar biriktirsek diyorum...

Bu arada evdekiler benden sonra tatile gittikleri için yokluğumu hissetmemişler bile. Çok zayıflamışım, çok yanmışım ve büyümüşüm öyle dediler, onun dışında da pek konuşmadık açıkçası. Sağlıklı iletişim kuramasak da beni sevdiklerini biliyorum.

Çok uzatmak istemiyorum, buralarda her şey yolunda. Verdiğim sözleri tutuyorum ve aynı şekilde senin de tuttuğuna eminim. Hatırla lütfen bana Katalan sözü vermiştin. Bir Katalan verdiği her sözü ne pahasına olursa olsun tutar. Onlara karşı o kadar değiş ki seni yeniden tanımak zorunda kalsınlar...

Benimle evini paylaştığın için, harika dostluğun için tekrar tekrar teşekkür ederim.

Sevgilerimle. *İstanbul'daki kardeşin...*

4 Ekim 2006

Sevgili Profesör,

Mailini gördüğüme çok sevindim. Her şeyin yoluna gireceğine zaten emindim. Orada neler başarabileceğini görebiliyorum. Kulüpler kulağa çok iyi geliyor ve şu güzel insanlar ismi ne kadar pozitif bir fikir. Çok güzel şeyler başaracağına ve başardıkça da çevrendeki birçok insana iyi geleceğine eminim. Çünkü bana ne kadar iyi geldiğine bizzat şahidim.

Evdeki düzen aynı, gezginler gelip giderken ilginç hikâyeler birikmeye devam ediyor. Sen döndükten sonra oğlumla görüştük.

Biliyor musun ne? Hayatta birçok şeye farklı bakıyorum artık. Onları bir şeye zorlamıyorum, sadece onları ne kadar sevdiğimi gösteriyorum. Konuştuğumuz gibi hiçbir baskı, zorlama yok, kendi alanımda sevgimi beslemeye devam ediyorum. Sonuç ne olur bilmiyorum, belki senin yaşadığını yaşarım ben de, göremeyeceğim kadar uzaklara giderler ama gitseler de ben sevgimden vazgeçmeyeceğim. Söz. Hem de Katalan sözü...

Bu arada derslerinden vakit çalmayacağımı düşünürsem bazen başını ağrıtacak mailler atabilirim. Çünkü bana hiç bilmediğim yerler keşfettirdin ve şimdi o yeni topraklarda yeni sorular bitmeye başladı. Sorularımın çözümü, bakımı da yine sana kaldı gibi gözüküyor. Senin ev sahipliğinde bu fikirlerin misafiriyim.

Bu arada eğer İstanbul'da herkes seninle kurcaladığımız konuları konuşuyorsa orası dünyanın en güzel en felsefi yeri olmalı. Çünkü bir insan bir kez bu soruları ve cevapları tattı mı bir daha duymamış, yaşamamış, anlamamış gibi hayatına devam edemez gibi geliyor bana.

İlginç olan ne biliyor musun profesör, sen benden çok uzak bir şey anlatmadın aslında. Herkeste olanı ve buna rağmen unutulanı hatırlattın. Birlikte konuşurken öğrendiğim her şey bana çok yeniydi evet ama o kadar insani, o kadar gerçek, o kadar akıllıcaydı ki insan hemen hazmediyor ve değişiyor. Aslında yeni bir şeye dönüşmüyor, kendinin orijinal halini hatırlıyor. Şehirlerin koşullandırmadığı halini...

Bu sanki şuna benziyor, herkes denizde yüzüyor ama kimse denizin altındaki dünyayı hiç merak etmiyor. Yüzen biri için denizin altı aslında çok yakındır çünkü aynı suda bulunuyor ancak başını daldırmazsa da ömür boyu yanı başındaki şeyi göremez. Ve ben 40 yaşına kadar başımı eğip de bakmamışım derinlerde ne olduğuna. Ve sadece filozofların, bunun üzerine eğitim almış insanların felsefi konularda konuştuğunu, konuşabileceğini düşünürdüm. Ve bu disiplinin gerçek hayatta bir karşılığı olmadığını, ancak kitapların dünyasında geçerliliği olduğunu düşünürdüm.

Bir mühendis olarak genç bir mühendis adayının yalın dili ve bu konuların yaşamda karşılığının olduğunu göstermesi ufkumu açtı. Öğrendiğim kadarıyla derinlerdeki dünyayı da gözlemlemeye çalışıyorum genç dostum. Oradaki hayata, fikirlere ve oradaki bilgeliğe bakıyorum.

Yeni şeyler öğrenmek ne kadar muhteşem bir duygu değil mi? Gelişme ihtiyacını kabul etmek eksik olduğumuz anlamına gelmemeli. Bir mühendis arazlı bir bina gördüğünde üzülmez. Önce arazı tespit eder, kâğıt üzerinde çözümlerini üretir, projeyi çizer ve uygulamaya geçirir. Böylece onarılmış yeni binada hava açıkken Barselona'dan İbiza'yı bile görebilirsin.

Sanırım çok uzattım, vakit buldukça yazman beni çok memnun eder. Kendine iyi bak ve çok çalış. *Dostun James...*

17 Ekim 2006

Sevgili James,

Benim için büyük keyif seninle konuşmak, ne zaman istersen yazabilirsin. Bildiğimden değil ama aklına gelen her şeyi sorabilirsin. Cevap veremesem de en azından bana bilmediğimi öğretmiş olursun. Yani iki türlü de birimiz yeni bir şey öğreniriz.

Haklısın insan kendine en yakına yabancı kalabiliyor. Hatta şöyle bir söz vardır: "Bazen en yakındaki en uzak olur, en uzaktaki de en yakın gibidir. İnsanın en bilmediği kendisine en yakın olandır, en bildiğini sandığı da en uzaklardakidir."

İnsanı bıraksan Ay'a sahip olmayı hedefler ama oturduğu yerde kendine dönüp de düşünmez nedir bu olanlar ve ne için varlar? Aslında sakince düşündüğümüzde sorulabilecek en temel ve basit soru değil midir "Ben kimim?" ve "Ne için varım?" soruları. Ama bu kadar temel soruları kimse kendine sormaz. Hatta bir amaç için yaşadığını iddia eden din sahibi insanlar bile araç olması gereken şeyleri amaç edindikleri için bu temel soruları sormazlar.

Matematikte 0, 1, 2 rakamlarını bilmeden türevlere, fonksiyonlara geçmeye benziyor bu soruları es geçmek.

Az önce gönüllü girdiğim felsefe dersinden çıktığım için biraz başını şişirebilirim ama öyle değil midir? İnsan kendi anlamını bulamazsa yaptığı her şey sıfırla çarpılmış gibi olmaz mı? İnsanı anlamlandıramazsak başka neyin anlamı kalır ki?

Ders çıkışı bir incir ağacının altından geçiyordum, mevsimi geçtiğinde meyvelerini dökmüş, dökülenler bile kurumuştu. İçlerinden son kalanlar da karıncaların ziyafetine dönüşüyorlardı. Bir karınca kendisine yakın boyda bir incir çekirdeğini sırtlanmış giderken aklıma ne geldi.

İncirin içinde belki kendisini yemeye çalışan karınca kadar küçücük bir çekirdek toprakla buluşsa belki de kocaman bir incir ağacı olacak. Tablodaki en büyük ürünü üreten şey en küçük detay. Dev incir ağacı en küçük çekirdekten çıkıyor.

O halde bir incir çekirdeğinde bir ağaç, dallar, kökler, meyveler ve yapraklar vardır diyebiliriz. İnsan da üzerinde yüzdüğü bu koca okyanusun zihinsel olarak en ilerideki meyvesi. Kendini, evreni düşünebilen, düşündüğünün farkındalığına sahip tek canlısı. Aslında insan evrenin hem meyvesi hem de kendisi gibi değil mi?

"Hasta bir insan yediği ve içtiği şeylerden tat alamaz. Çevresinde olup biten mucizelerin farkına varamaz. Yara dilindeyse tat almak için tedavi olmalı, yara gönlündeyse yaşamaya başlamak için âşık olmalısın."

Bir Çemberdir Aşk, 4. Sır

Uzaklardaki yakın dostun profesör...

***

Merhaba, ben James. Çalışma odamı düzenlerken eski fotoğraf albümündeki anılarıma bakınca eskilere gittim bugün. Yirmili yaşlarımın başındaydım. Hayat benim için sonsuz olasılıklar içinde gürül gürül çağlayan bir nehirdi adeta. Çevremde henüz yeni tanıdığım bir kalabalık var. Fakat beni iyi tanıyan biri gözlerimdeki belli belirsiz dalgınlığı hissedebilirdi.

Anne baba sevgisinin ne demek olduğunu bilmiyordum. Yaşasaydılar nasıl bir hayatım olurdu onu da bilmiyorum. Dedemden sonra üçüncü babam Benjamin'in bana öğrettiği bir şey vardı:

"Güzel şeyler başarmaya çalış ama asla bir şeylerin peşinden koşma. Eğer bu kontrolü sağlayamazsan bir gün kendine baktığında yalnızca koşan bir adam görürsün. Nereye gittiğini bilmiyor, neden koştuğunu bilmiyor, yalnızca koşuyor olduğunu görürsün..."

Bu yüzden yaptığım iş her ne ise onu en iyi yapan kişi olmak için çalıştım. Arkasında hırs değil daima iyi olanı seçmek vardı. Ne kadar iyi bir insan olacağımı seçemem ama önüme gelen her soruya iyi olan cevabı vermeliydim.

Mühendislik fakültesini birincilikle bitirdim. Çok iyi bir firmada işe girdim, sekiz yıl çalıştıktan sonra kendi mimarlık şirketimi kurdum. Kimsenin cesaret edemediği ihalelere giren, aldığı işi en ince ayrıntısına kadar mükemmel şekilde hesaplayan, yapan ve teslim eden bir adamım. Çalıştığım projelerin üzerine her yıl yenileri eklenir.

İş hayatım hep yolunda gitti ama karımın değişen yaşam tarzı yüzünden birbirimizden kopmamız kocaman bir kara delik açmıştı içimde.

Sevgi.

Sahip olamadığım tek şey sevgiydi. Bu hayatta elde edemediğim tek şey buydu. Kapısını açamadığım tek sığınak sevgiyle ilgiliydi.

Zaten bu sebeple peşine düştüğüm şey asla varlıkla ilgili olmamıştı. Benim aradığım şey sevgiydi. Evimi gezginlere açmam, saat tamiri yapmam... Hepsi arayışımla ilgiliydi ve hepsi daha önceden vardı. Ama profesörle tanıştıktan sonra arayışıma başka bir yerden devam ettim. Dışarıda aradıklarımı içeride aramaya başladım. Ve biliyor musunuz içeriyi dışarıdan daha fazla sevdim...

Beni kendimle tanıştıran kişi de profesördü ve bu sebeple Barselona'daki misafirliği bittikten sonra bir yıla yakın internetten mailleştik. O bana kazandırdıklarının, ben dönüşeceğim kişinin farkında değildim...

***

3 Kasım 2006

Sevgili Profesör,

Birkaç gündür kendi kendime konuştuğum bir konu var.

Korku ve sevgisizlik...

Senin yollara düşmen, benim evimi yolculara açmam tam da dediğin gibi sevgisizlik ve korkuyla baş etme çabası değil miydi? Çünkü anlamak, bilmek, öğrenmek, sevmek istiyoruz, nefret etmek ya da korkmak yerine.

Dediğin gibi inanmak diye bir şey yok aslında. Bilmek var. Görmek var. Tanımak var. Öğrenmek var. Anlamak ve emin olmak var. İnsan bildiği ve emin olduğu şeye güven duyar, ondan korkmaz.

Korkunun temelinde ise belirsizlik ve bilgisizlik var. İnsan bilmediğinden korkuyor, bilmediğine nefret duyuyor. Korktuğu şeyi de sevemiyor.

Sever gibi görünmek zorunda kalır bazen, çünkü sürünün dışında olmak istemez. Çünkü yanlış da olsa sürüye dahil olmak insanı güvende hissettirir.

Hayatta pek bir şeyden korktuğumu söyleyemem ama umarım sevgiye kavuşurum. Özellikle de bir zamanlar beni sevdiklerini düşündüğüm ailemin sevgisine. Biliyorsun ben anne ve babamı tanımadım nerdeyse. Bu sebeple de bundan daha büyük bir açlık, daha kutsal bir şey bilmiyorum.

Bu arada Kay ile ayda 1-2 kez görüşmeye devam ediyoruz... Her şey güzel olacak genç dostum, buna inanıyorum, sen beni buna inandırdın. Her ne kadar önümde çabayla ve mücadeleyle geçecek çok günler varmış gibi görünse de...

Elna benimle görüşmek istemiyor. Olmasını istediğim kişiye dönüşemediğimden hâlâ günahkâr sayılıyorum gözünde. Hayır, hayır üzülme. Çünkü ben hiç umutsuzluğa kapılmıyorum artık...

Elna'ya da kızgın değilim. İnsan her hapishaneden kaçabilir belki ama önyargı hapishanesinin demirlerini asla bükemez. Karım belki hemen kabul etmeyecek, hemen anlamayacak ve her şey hemen yoluna girmeyecek ama ben güzel şeyler biriktirmek için güzel şeyler yapmaya devam edeceğim. Ve bir gün beni yeniden tanımak isteyecek.

Dediğin gibi hiçbirimiz başkasının gözünde nasıl göründüğümüze müdahale edemeyiz. Bu onun tasarrufu... Hepimiz olduğumuzun en iyi versiyonu olma gayretiyle yaşamalıyız sadece.

Sana her şey için teşekkür ederim. Görünmeyene bakmaya çalışmanın, hayatı anlamaya çalışmanın beni bu kadar içine çekeceğini tahmin etmemiştim. Bana keşfettirdiğin yıldız sadece uyumak için kullandığım gecelerde, düşünmemi sağladı.

Bu değişimde payın çok. *Katalan dostun James...*

***

İnsanın genlerinde anlatmak, iletişim kurmak var. Binlerce yıl önce henüz yazı bulunmamışken insanlar mağaraların duvarlarına ok ve geyik çiziyorlardı. O gün mağaradaki adamın motivasyonu avlandığını anlatmak, bugün James ile benim motivasyonum ise böyle bir dünyada iletişim kurabildiğin bir dost bulmuş olmaktı. Ben sözlerimin raporlarını vermeye, o merak dolu sorularını sormaya devam etti. Ekseriyetle her hafta sıra kimdeyse mail atıyordu.

Hayatımın en büyük macerasının ardından nerdeyse 6 ay geçmişti. Sıkıştırılmış bir eğitim gibi geçen bir ay beni güçlendirmiş, hayata daha olgun bir pencereden bakmamı sağlamıştı. Zaman zaman üzerime çöken hüzün duygusu Paulo Coelho'nun dediği gibi ileriye gönderilmek istenen bir okun geri çekilme hareketiydi. Belki önceki sene değil ama şimdi iyi geliyordu hayat bana. Üniversitede derslerim harika gidiyor, kulüplerde görevler alıyordum. James'e söylediğim *güzel insanlar* kulübünü de kurup henüz ilk aylarında üniversite öğrencileri olarak güzel hikâyeler biriktirmeye başlamıştık hayatımızda.

Her başlangıç insan için bir fırsattır. Pazartesi iyi bir haftaya başlamanın, yılbaşı güzel bir yıl geçirmenin harika bir adımıdır. Her ne kadar unutmuş olsam da bugün benim için özel bir gündü. Güzel şeylere başlamanın, kendime güzel sözler vermenin bir fırsatı.

***

10 Şubat 2007

Sevgili James,

Bu sabah diğer günlerden farklı olmayacağını düşünerek yine aynı saatte kalktım. Sabah rutinlerimden sonra telefonumun uçak modunu kaldırır kaldırmaz birkaç mesaj birden düştü. Tahmin et bakalım neymiş? Evet, bugün benim doğum günümmüş ve sadece benim haberim yok sanırım.

Sanırım bir kitaptan öğrendiğim ve hayatımda yalnızca onunla konuşabildiğim bir konu var. Şöyle diyordu yazar: "Bir insanın gerçek doğum günü bu dünyaya geldiği gün değil, bu dünyaya neden geldiğini anladığı gündür."

Bu cümlede benim gördüğüm rakamları, muazzam formülü ve harika çözümlemeyi görebiliyor musun? Ne kadar güzel bir anlatım.

İnsan fikir üretemiyorsa, soramıyorsa, sormadığı için de anlayamıyorsa doğmuş sayılır mı? Bir insan dünyaya geldiğinde uyumaya başlasa ve 80 yaşına kadar uykuda vakit geçirse, sonra da ölse. Bu insan yaşamış mıdır? Bu sözün bana hissettirdiği şey şu, bu insan dünyaya gelmiştir ama gerçeğe doğamamıştır. Gerçeğe hiç doğmadan da ölmüştür.

Bu insanın gerçek doğum günü de rüyadan uyandığı gündür.

Hatırlıyor musun? İnsan yeryüzündeki yüksek amacının ne olduğunu bulamazsa, yeryüzünde dilediği servete de sahip olsa, kalabalık bir hayat da yaşasa, zenginlik ve rahatlık içinde de olsa katiyen mutlu ve değerli bir yaşam sürmüş gibi hissetmez kendini diye konuşmuştuk. Dışarıya baktığımda ve evet senin tabirinle felsefe şehri İstanbul'da bile insanlar şans oyunundan numara çeker gibi kendilerine yaşam amacı arıyorlar.

İnançlı olduğunu söyleyen insanlar bile derin sorularla ilgilenmiyor. Bunun temelinde de yaptıklarını inançlarının gereği olduğu için değil öyle alıştıkları için yapmaları yatıyor. Sosyal hayatları, inanç dünyaları, ticaretleri olması gerektiği gibi değil onlara öğretildiği gibi.

İnsan çevre tarafından koşullandırılma kafesini kırıp gerçeği keşfetmeye çalışmazsa çevresinin ürünü olmaktan kurtulamaz. Davranışlarımız da gerçek oldukları için değil topluma uyumlu oldukları için yapılır.

Bu insanı yanlış eğitmeye benziyor. Doğru bir ahlaki eğitimden geçen biri kendine tavizsiz olurken dışarıya hoşgörülü olur, yanlış bir kültürün içinden çıkan insan ise kendine karşı toleranslı ve umursamazken dışarıya karşı kindar ve agresif olur. İnancın insanı güzelleştirmesi gerekliliğinin temeli bence budur. Agresif, kindar, kötü konuşan, insanları ötekileştiren, toplumu bölen insanlar manevi sistemlerin değil yozlaşmış kültürlerin ürünüdür. Bir insanın yaşamını tesadüflerin oyuncağı olarak kabul etmesi mantıklı mı?

"Dünya üzerinde çok insan yaşadı ve birkaçının ismi dışında kimseyi tanımadın. Seni de tanımayacaklar ve ismini belki birkaçı hatırlayacak. Bu gerçeği fark ettiğinde yaşaman için bir sebebin olmalı. Bu sebebi bulduğunda ise sebepsiz bir hayata tekrar geri dönemezsin."

Bir Çemberdir Aşk, 50. Sır

Bu sebeple kaderimizi doğduğumuz toplumun elinde şansa bırakmamak için bu dünyaya neden geldiğimizi anlamalıyız. Hepimizin ortak özelliği istemediğimiz hayatları yaşamaya mecbur bırakılmak. Yavaşlayıp neyin içinde olduğumuza, nereye doğru yürüdüğümüze bakmaya ihtiyacımız var. Dünyanın hızına yetişmek insanın fabrika ayarlarını bozuyor.

Son mesajında değişimlerden arayışlardan bahsetmiştin. Teşekkürünü üzerime almıyorum çünkü konu benimle değil seninle ilgili. Bir denize taş atarsan doğrudan dibe gider. Taş yerçekimini kullanarak hiç oyalanmadan doğrudan amacına gider. Seninle konuştuklarımızı o kadar güzel yorumluyor ve doğrudan olması gerektiği gibi zihninde ağırlıyorsun ki teşekkür etmen gereken biri varsa o da aynada göreceğin o çocuk kalpli adamdır.

Bu arada biliyor musun Japoncada meşgul kelimesi kalp ve kaybetmek karakterlerinin birleşiminden oluşur. Yani meşgul olan insanın kalbini ve duygularını kaybedeceğine atfedilir. Kendimizi günlük koşturmalara kaptırdığımızda bir kalbimiz olduğunu ve bizi biz yapan şeyin de bunlar olduğunu unutuyoruz. Maddeyle meşguliyet insana kalbini unutturuyor.

12 Şubat 2007

Sevgili Profesör,

Yeni yaşını içtenlikle kutlarım. Sağlıklı, sevgi dolu ve değerli bir ömür dilerim sana. Çok genç bir adam olmana rağmen hassasiyetlerini, entelektüel çabanı, derinlikli düşüncelerini keyifle dinliyor ve senden çok şey öğreniyorum. İnsanı insan iyileştirir profesör.

Doğum günü tarifin senin şaşkınlığından daha fazla sarsmış olabilir beni. Çünkü sen biraz o havalara aşinasın. Bu ihtiyara her şey yeni ve daha önce hiç tatmadığı lezzetler.

Okuduğum bir kitapta ilginç bir söz vardı, hatırladığım kadarıyla şöyle diyordu: "Bu gece rüyamda bir kelebek olduğumu gördüm ve rüyamın içinde uyandım, bu sefer de kendimi insan olduğunu düşleyen bir kelebek sandım."

Hayat sadece yemek, içmek, eğlenmek ve çiftleşmek için olamazdı. Nasıl ki insanın düşünebilme yeteneğiyle dünyada derin bir anlamı olması gibi hayatın da uzayda önemli kayda değer bir anlamı olması gerekti.

Sevgili dostum nasıl çıkacağız bu işin içinden bilmiyorum ama çözülmesi gereken bir formülün içine attın bizi. Ama Einstein'ın dediği gibi en karışık problemlerin çok basit çözümleri vardır. Bunun da çözümü bir o kadar kolaydır belki de. Sadece birkaç kelime...

Ne için varsan onun için yaşa... *Dostun James...*

***

Ben ona ne öğrettim bilmiyorum ama James bana şimdiye kadar duyduğum en yoğun cümleyi öğretmişti. Her biri sade ve yalın birkaç kelime. Tıpkı küçük bir incir çekirdeği gibi ama doğru bir kalbin içinde kocaman bir incir ağacına dönüşebilirdi.

"Hakikat basittir, karışık olan onu arayanlar."
Bir Çemberdir Aşk, 48. Sır

Evet bir şeyi sevebilmek için onun var olduğunu bilmeye ihtiyacınız var ama ondan sonra bilgiden çok sevgiye ihtiyacınız var. Yıllardır inançlı olduğu iddiasındaki insanların coğrafyasında yaşamama rağmen kimseden duymadığım yoğunlukta bir cümleyi daha önce hiçbir felsefi konuları tatmamış birisinden duymamın başka bir açıklaması yok. Gerçeği görmek için saf kalplere ihtiyacımız var.

Bu cümle artık benim için bir atomun çekirdeğiydi. Her şeyin merkeziydi. Kalanların etrafında döndüğü nokta bu cümleydi. Kişi neye hazırsa okuduğunda ona dönüştüren bir cümleydi bu.

15 Mayıs 2007

Sevgili Profesör,

Sanırım yazdığım mailler arasında bu en kısası olacak... Çünkü konuşmak istediğim her şeyi İstanbul'a saklıyorum. Evet, finallerinin bittiği gün 7 Haziran'da bir haftalığına İstanbul'a gelmek istiyorum. Tabii eğer başka bir planın yoksa ve bu ihtiyara rehberlik etmek istersen...

37. İstanbul

Merhaba, ben James.

Uçak yolculuklarında hep cam kenarında oturmayı tercih ederim. Çünkü daha geniş bir açıdan bakamazsınız dünyaya başka türlü. Şanslıyım ki hava gökyüzüne yükselmek için son derece sakin ve açık. Belli belirsiz bulutlar çocukların uykudan önce saydığı koyunlardan daha sakin ve daha beyaz...

Uçak yükseldikçe içinde yaşadığım kocaman şehrin giderek bir oyuncak kadar küçüldüğünü izliyorum. Koskoca kâinattaki varlığım denizdeki bir kum tanesi kadar bile ediyor mudur acaba?

Dünyanın en eski şehirlerinden biri İstanbul... Önce Roma İmparatorluğu, sonra sırasıyla Bizans İmparatorluğu, Latin İmparatorluğu, sonra tekrar Bizans İmparatorluğu ve Osmanlı İmparatorluğu'na başkentlik yapmış çok kıymetli bir şehre gittiğimin fakrındaydım elbette. Tarihi, otantikliği düşündükçe daha da heyecan duyuyordum. Göreceğim her yerde karşıma yüzlerce yıllık bir tarih çıkacağından emindim. Ayrıca benim için çok kıymetli bir dost da orada yaşıyordu.

Göremediğim havayı kollarının altına alarak indi uçak Avrupa'nın en büyük şehrine. Profesörden öğrendiğim gibi, görmek sadece bir duyu, uçabilmek ise havanın kanıtı. Uçabilen her şey havanın varlığına tanıklık ediyordu.

Profesörü bir yıl sonra gördüğüm için nasıl da mutluydum. Gerçek bir dosta içtenlikle sarılmanın insanda yol açtığı güveni, huzuru ve anlamı tarif edemem.

Baştan aşağı dikkatle inceledim profesörü.

"Senin boyun mu uzamış evlat?" diye takıldım.

"Hayır o kadar genç değilim artık" dedi gülerek.

"Sen genç değilsen umarım konu benim ihtiyarlığımdan açılmaz."

"Hayır, hayır beni maniple edemezsin..." dedi valizime uzanarak. "Hiç tanımadığın bir şehre, elinde küçük bir valizle gelip burada kendine bir hikâye yazma cesaretini bulabiliyorsan içinde, kesinlikle genç bir adamsın sen."

"Eyvallah!"

"Eyvallah ha!" dedi omzuma dostça vurarak. "Hazır mısın o halde?"

"Neye?"

"İstanbul'u karış karış gezmeye..."

"Hazırım profesör, yeni tecrübelere ve yeni kararlara hiç olmadığı kadar hazırım."

Profesörün canlılığı, güler yüzü ve heyecanı dikkatimden kaçmamıştı. Bir başkalık vardı bu çocukta. Karakterinin bir parçasına dönüşmüş gibi görünen o keder perdesi kalkmıştı sanki üzerinden. Yüzü daha aydınlık, daha hayat dolu geliyordu bana. Ayrıca olgunlaşmış, büyümüştü de. Yol insanı değiştirmiyorsa yürümenin hiçbir anlamı yoktur derler ya, bizim profesörün kat ettiği yollar ona yaramış, geçen bir yılda da kocaman adam olmuş.

Ben de bir dönüşümün eşiğinde gibi hissediyordum kendimi ama genç dostum farkında değildi henüz. Belki ben de neler olduğunun farkında değildim. Neyse önce İstanbul'u yaşama vakti dedim kendime.

Fransız şair Lamartine'in "Dünyaya son kere bakacaksın deseler bu bakışı İstanbul'un Çamlıca'sından isterdim" dediği büyülü şehir. Batı'yla Doğu'nun en güzel buluşma noktası... Tarihiyle, kültürüyle, terbiyesiyle, felsefesiyle eşsiz bir yer... Dünyanın başkenti olmayı fazlasıyla hak eden bir şehir...

Önümüzdeki bir hafta buradaydım ve profesör adına yakışır bir plan yapmıştı. Her güne bir büyük yapı gezintisi koymuş, akşam beşten sonrayı da her seferinde İstanbul'un farklı bir yerinde kahve ve sohbete ayırmıştı.

Ailesi yaz tatili sebebiyle şehirden ayrıldığı için evinde beni misafir edebileceğini söylemişti. Açıkçası lüks bir otel yerine merak ettiğim kültürde yaşayan bir ailenin evinde kalmak benim için harika bir haberdi. Profesöre rahatsızlık vermek istemediğimi söylesem de tabii ki bırakmadı beni. Üniversitesi de tatilde olduğu için önümüzdeki iki hafta birlikteydik.

Eşyaları eve bırakıp maceraya bir kıtanın bitip diğerinin başladığı İstanbul Boğazı ile başladık. Bu doğa harikasını gördüğümde nefesim kesilmişti. Gördüğümden, öğrendiğimden, okuduğumdan, düşündüğümden ve düşlediğimden çok ama çok daha güzel bir manzaraydı. Evet Avrupa'da su kanallarına çok alışıktık ama hepsini toplasan İstanbul Boğazı etmezdi.

Beşiktaş'ta başlayan yürüyüşümüze Ortaköy'de hayatımda gördüğüm en büyük patatesleri yemek için ara verdik. İçine her şey konulmuş dev bir patates. Ne müthiş bir yiyecekti o öyle! Satıcı bana içine ne istersiniz dediğinde "Şu an gördüğüm her şeyi koyabilirsin" demiştim.

Avrupa'da karnımızı doyururken manzaramız Asya'ydı. İstanbul'da olduğuma inanamıyordum.

Eve gelen gezginleri sordu. Tuhaf, gizemli, komik misafirlerimi anlattım ona. O ev hayatımın en büyük rengiydi, dünyanın dört bir yanından gelen renklerin uyum içinde oluşturduğu bir tabloydu. Özlemiştim gerçekten bu genç akıllı dostumla konuşmayı, birlikte güldük eğlendik.

***

"Geçen yıl yaptığın şey büyük cesaretti profesör. Tek başına Avrupa'da bir ay geçirdin. Üstelik otel kullanmayıp sadece dışarıda kalarak, bu gerçekten hem zor hem de müthiş bir fikir."

"İnsanı hayallerinden alıkoyan en büyük etken etrafındaki iyiliğini isteyen ama bakış açısı sabit insanlardır. Bir genç kendisini bir yarış için yaşadığı psikolojisine büründürmeye çalışan yakınlarına direnebiliyorsa her şeye direnebilir bana göre.

Geçen yıl verdiğim o karar benim dünyaya bakışımı değiştirdi James. Özgür düşünmeyi, hayaller kurmayı severdim ama anlamakla sevmek farklı şeylermiş. Her mesleğin, her idealin dünya vizyonu olması gerektiğini düşünüyorum artık. Örneğin dünyayı gezmemiş, dünyanın bir şehrinde yaşamamış bir siyasetçinin bir şehrin yönetimine talip olması çok anlamsız. Dünyayı gezmemiş, endemik bitkileri araştırmamış, farklı kültürlerin hastalarını ve o kültürlerin çözüm yollarını görmemiş birinin doktor olabilmesini anlamsız. Dünyadaki diğer eğitim sistemlerini bilmeyen, o tedrisattan haberi olmayan bir öğretmen nasıl olur da bir genci dünyaya yetiştirebilir? Coğrafyasını ziyaret etmediği bir millete karşı nefret duyan ya da nefret duydurulan kitleler var. Bir din eğitmeni diğer inançlardaki insanları tanımadan, onların inanma motivasyonunu bilmeden bir zümreye nasıl eğitim verebilir?"

Başımla onayladım söylediklerini ve ekledim. "Kendi kabuğunu kıramamış, kendini tamamlama yolculuğuna çıkamamış her insan kendine atılan yemlerle bir kafesin içinde beslenen kuşa benziyor. Gökyüzünü, özgürlüğü birkaç kanat çırpma mesafesi kadar sanıyor. Halbuki bütün dünya insanlar için, bütün insanlar birbirleri için varlar...

Hatta din insanlarını da buna dahil edebiliriz. 40 yıldır Girona'da ya da Barselona'da hiçbir papazın konuşmasını dinlemek istemedim. Çünkü insanla, insanın ihtiyaçlarıyla, bugünle, bugünün yaşam anlayışıyla, bir gençle ilgilenmiyorlar. Bilmiyorum belki bana öyle geliyor, konuştukları şeyler insanı kötü hissettiren ve hep bir günahla tehdit eden bir mitoloji.

Seninle çok kez varoluşla, Tanrı'yla ilgili konuştuk profesör ama hepsi bugün de geçerli olan, sevgiyle ilgili olan ve aklın tamamen kabul ettiği konulardı. Bu çelişki din anlatıcılarının hiçbir dil bilmeden, bir kültürü tanımadan, mahallelerinde doğup yetişip yine mahallelerindeki insanlara bildiklerini anlatmasından kaynaklanıyor sanırım. Jack London'ın çok güzel bir sözü var: '*Yoğun ve umarsız biçimde cahili oldukları çok daha büyük bir şey vardı: hayat.*'

Benim gibi insanlar da bu profillerden dinlediği savları kendine yakın bulamıyor. Yakın bulamayınca da kaynaklarını araştırmak istemiyor.

Bizim sektörümüzde bir söz vardır: 'En iyi inşaat projesi bile iyi bir sunum dosyasıyla satılabilir.' Çok iyi bir iş çıkar ama bunu yanlış anlatırsan işin bir önemi kalmaz. Bu dünyada her ne yapıyorsan ambalajı güzel olmalı. Açıkçası felsefi soruları senden dinlemeseydim bana korkutucu ve soğuk gelmeye devam edecekti. Anlatılacak şey her neyse bunu vizyonlu, rasyonel ve iyi kalpli bir insan yapmalı."

"Bilgiyi ve fikri doğru sentezlemek gerekiyor. İnsan aklı ve duygularını birlikte kullanabildiğinde diğer canlılardan üstün olabilir. Dogmalarla yaşayan insanların öz bilinçleri yoktur. Özlerinde düşünce üretmekte zorlanırlar, onları hareket ettiren şey duygularıdır. Kültür ve farkındalık olarak kendisini yetiştirememiş toplumlar sadece duygularıyla hareket ederler.

Duygu ilaç acıysa çocuğuna vermez, bu sebeple çocuğunu iyileştiremez. Akıl ise ilaç acı olsa da ilacı çocuğuna verir. İnsan sadece duygu ile bir şey yapamaz ama akıl varsa orada her şeyi yetiştirebilir. Din de buna dahildir. Dindar olduğunu belirten toplumların her konuda geri kalması aklı terk etmeleridir bence. İronik olan ise din için aklı terk ettiğini söyleyen etnik grupların en çok uzaklaştıkları şeyin Tanrı olmasıdır."

Profesörün basit bir konuyu insanın beyin hücrelerini harekete geçiren sosyal çözümlemelere bağlamasına hayrandım. Belki de herkesin zihninin derinlerinde cevap bulmayı beklettiği soruları bir matematik probleminde adım adım ilerler gibi anlatıyordu.

Sorduğum soruyu hatırlamış olacak ki kaşlarını kaldırıp devam etti: "Evet kulağa korkutucu geliyor, belki ben de ileride bunu nasıl yapabildiğimi düşüneceğim ama gerçekleşti işte. Belki de kaybedecek bir şeyin olmaması insana güç veriyordur."

"Sanırım bu kaybedecek bir şeyin olmamasını açmalısın."

"Sahip olduğumuz bazı şeyler bize güven verir. Örneğin çok paran vardır ve güçlü hissedersin. Ondan vazgeçmek seni korkutur. Böyle olunca insanın kendisi sahip olduklarıyla iç içe girmeye başlıyor. Yani sen parandan vazgeçemediğini söylediğinde para senin bir parçana dönüşmüş oluyor aslında. Eşya, güç, alkışlanmak insana bunu hissettirebilir ve bu esarettir.

Kendilerini gerçekleştirememiş yöneticiler ve kültürlerin uzantıları olan ritüeller yaşamayı hak eden insanların yaşama, düşünme özgürlüğünü ellerinden alıyor. Ve bunu çok yavaşça, kimseyi uyandırmadan, kusursuz bir doğallıkla yapıyorlar. Başını kendi iradesiyle kaldırmayanlar, sistemin içinde tüm eşyası ve eylemsizliğiyle birlikte bir köleye dönüşüyor. Üstelik sahiplerini savunan hatta seçen kölelere.

Benim düşünceme göre insan kendini bitecek, ölecek, sonu gelecek bir şeyle güçlü saymamalı. Çünkü adı üstünde bitecekler. Sahip olduğum her şeyden vazgeçebilme hissini seviyorum. Hayatın aldıklarından da verdiklerinden de korkmayan insan özgürdür. Özgür olan insan da kaybetmekten korkmaz çünkü kaybettiği şeyler sadece sahip olduklarıdır, kendinden bir parça değil.

Çoğu insan şımarık çocuklar gibi kaybettiği her şeyin depresyonunu yaşatıyor kendine. Sarsılıyor. Toparlayamıyor kendini.

Aslında konunun şu an bana hatırlattığı şey şu, insan sadece felsefi olarak güçlenebilir. Çünkü düşünceler bizde kalıyor ve fikirlerimizle ölümsüz ya da ölümlü olabiliyoruz. En büyük değişiklikleri beynimizin içinde aldığımız kararlarla yapabiliyoruz.

Böyle düşünen biri bir seyahate çıktığında geride bir şey bırakmaz çünkü sahip olduğu en değerli şey yanındadır. Zihni, farkındalığı, inancı."

Profesör anlattıkça sahip olduğum şeyler gözümün önünden geçiyordu. Barselona'da 50 kişinin çalıştığı bir inşaat şirketinin sahibiydim. Büyük bir evim ve birçok insanın sahip olmak isteyeceği bir banka hesabım vardı. Bu yaz istediğim yere tatile gidebilirdim. Hiçbir şeyden mahrum kalmadan eğlenebilirdim. Ama buradaydım ve sanırım sebebi sahip olduğum en değerli şeyin zihnim ve farkındalığım olduğuna beni ikna eden profesördü. Tatilimi fiziki doyumuma değil zihnimin doyumuna ayırmıştım.

"O halde sahip olduklarımız bize zarar mı veriyor profesör?"

"Onlara sahip olduğumuzu unutup, onlara dönüşmemiz zarar veriyor diyebiliriz. Yani sorun sahip olmak değil sahiplik yerine dönüşmek. Bunu da çok beceremediğimiz için insan eşyaya sahip oldukça eşyaya bağlanır diye bir genelleme yapabiliriz. Hatta şöyle bir söz vardır, kır zincirlerini, ne zamana kadar altın ve eşyanın peşinde koşacaksın?

Sahip olduklarımızı bizim bir parçamız saymaktan kurtulmadan, keşfetmeyi, keşfetmeye cesaret etmeyi başaramayacağız."

Hızlı anlattığı için anlamını kaçırmış olabileceğimi düşünüp "Son söylediğini tekrarlar mısın?" dedim.

"Kır zincirlerini, ne zamana kadar altın ve eşyanın peşinde koşacaksın?"

***

Önümüzdeki kumpiri bitirmiş yürüyüşe hazırlanırken üzerinde düşünebileceğim harika bir cümleye sahiptim artık. Bir İstanbul akşamında kardeşim gibi sevdiğim bir dostumla harika vakit geçiriyorduk. Üstelik hiçbir şey yapmadan. İşte bu konuştuklarımızın doğruluğunu ispatlıyordu. Akşamı harika yapan şey sahip olduğumuz en harika şey olan zihinlerimizde yarattığımız dünyalardı. Daha ne kadar altın ve eşyanın peşinden koşacaksın, kır zincirlerini...

"Vaaoov" dedim. "Bu öylesine üzerinden geçilecek bir cümle değil. Bu bir insanın duyduğunda duymamış gibi yapabileceği bir cümle değil."

Tüm bunları konuşurken dünyanın en güzel deniz kenarında İstanbul'u fetheden Fatih Sultan Mehmet'in adını taşıyan ışıklı köprüye doğru yürüyorduk.

Belki de beni kendime getirmek için söze girmiş, "İlk günden seni çok yürüttüm galiba" demişti profesör. Gülümsedim. "Hayır, her şey harika şu an."

Farkında bile değildim aslında o kadar yürüdüğümüzün. Yeni bir yeri görmenin verdiği heyecan insana yorgunluğu unutturuyor.

Ayrıca daha önce hiç karşıma çıkmayan konularda profesörle birlikte konuşmak zamanın nasıl geçtiğini unutturuyordu. Ben Barselona'da ve oranın atmosferinde büyümüş biriyim, Doğu'da insanlar için normal olan bir felsefi konuşma benim için bir başka insana dönüşmek kadar sarsıcı olabiliyor. Profesörün anlattığı her şey benim için yeni, belki Doğu kültüründen beslenmiş bir insanın dizine gelmeyen su benim boyumu aşıyor, nefesimi kesiyor.

Ve bugün tam da bu duyguların ortasındaydım, yaşamım boyunca hiç yüzmediğim sularda, varlığını bile bilmediğim denizlerde yüzmeye çalıştığımı hissediyordum İstanbul'da.

Geçen yaz onun yaptığı gibi ben de bir yolculuğun içindeydim aslında. O bilmediği yerlere gitmiş bense bilmediğim yerde bir dostu ziyaret etmiştim. O yola çıktıktan sonra beni tanımıştı, bense onu tanıdığım için yola çıkmıştım. Şimdiye dek hep güzel şeylere tesadüf etmişti aramızdaki dostluk. Oğlumun doyasıya yaşamama izin vermediği evlat sevgisini bile içinde barındıran bir dostluktu bu...

Ona kafamın içindekileri nasıl söyleyeceğimi bilmiyordum. Belki aylar önce aldığım, belki almak üzere olduğum, belki de henüz alamadığım o kararın ağırlığını ne kadar taşıyabilirdim bilmiyorum. Kendime bile net olarak izah edememiştim ki profesöre nasıl anlatayım?

O benim yeni hayatımın mühendisiydi. Anlattıklarıyla, anlatmadan öğrettikleriyle benim için harika bir öğretmen, terapist ve yaşam profesörüm olmuştu. O benim yeniden doğacağım dünyaya davetiyemdi.

***

Her gün yeni bir tarihi zenginliği gezip görüyor, akşamına ise iple çektiğim harika bir ortamda çay kahve keyfi yaparak sohbet ediyorduk. Anlamı aramak ne güzel bir şeymiş. Bu modern insanın ıskaladığı en büyük değer...

Düşündükçe işin içinden çıkamayacak gibi hissettiğim konularda profesöre baktığımda, onun anlattıklarını dinlediğimde kendimi duru sularda buluyordum. En karışık problemlerin kilidi birkaç değişkenli basit bir formüldü. Einstein'ın tarihin en gizemli denklemini $E=mc^2$ olarak özetlemesi gibiydi konuştuklarımız.

Keşfettiğim tabloda bana aykırı tek bir renk yoktu, gördüğüm manzara beni eve çağırıyordu. Bu tablolarla dolu bir evde büyüyen belki benim duyduklarıma hissizleşmiş olabilir ama benim tattığım her lezzet bana bir ilk olduğundan beynimde daha önce hiç dokunulmamış, el sürülmemiş nöronlara ulaştığı için konuştuklarımızı her zerremde hissediyordum.

Hayatımın en güzel günleriydi, yeni hayatımın da ilk günleri olacaktı...

Aslında ikimizin diğer gezenlerden tek farkı gerçekten kim olduğumuzu aramaya çalışmamızdı. Bunun farkında olarak geziyor ve konuşuyorduk. Profesör bunu kabul etmese de arayış yolculuğunda ben onun öğrencisiydim. Gençliğimdeki gibi yine fena iş çıkarmıyordum ve yine iyi bir öğretmene denk gelmiştim.

Dinlemeye, öğrenmeye doyamayacağım yerler gezdik sevgili dostumla. Ayasofya'nın neden bu kadar gizemli ve önemli olduğunu gezdiğimde daha iyi anladım. Mozaiklerini, duvarlarındaki motifleri hayranlıkla izledim. Yüzyılların en görkemli masalını anlatıyordu insanlığa adeta. Bir varoluş mücadelesi dilleniyordu Ayasofya'nın kubbesinde. Bu mücadeleyi anlamak dünyayı anlamak gibi sahiden...

İstanbul'da hem felsefe hem masal vardır. Bu ikisinin bir arada başka hiçbir yerde bulunabileceğini sanmıyorum. Saraylar, meydanlar, camiler, kiliseler...

Profesörün "Altı minare görürsen orası Sultanahmet Camii'dir" dediği, turistlerin ise içindeki mavi mozaikler sebebiyle "Mavi Cami" olarak bildiği insanın ruhunu iyileştiren muhteşem yapıyı gezdik.

Boğaz'ın en güzel manzarasına uzanmış ihtişamlı Topkapı Sarayı'na su tedarik eden Yerebatan Sarnıcı'nın karanlık kıvrımlı dehlizlerini gezerken kendimi Sean Connery gibi hissettim. Keşfettiklerim ise eserlerdeki değil kendi içimdeki sırlar oluyordu her defasında.

Birine dokunsan diğerleri de peşinden devrilecekmiş gibi görünen Rum mimarisinin izlerini taşıyan dar pencereli, cumbalı evleriyle Balat'ı dolaştık. Taş döşeli dar sokaklarında yürüdük. Yahudilere, Ermenilere ve Rumlara ev sahipliği yapmış bu bölgenin kozmopolit tarihi bana dönem filmlerinde olduğumu hissettiriyordu. Kariye'nin altın renkli mozaikleri ve renkli freskleri büyüleyiciydi.

Hisarları, Anadolu Kavağı'nı, Karadeniz kıyılarını gezdik profesörle. Bir koca günümüzü de üniversitesini gezmeye ayırmıştık. İstanbul Teknik Üniversitesi'ni görünce buranın hakkını vermesi konusunda tekrar konuştuk. Çok güzel fikirleri vardı ve bu yıl olduğu gibi harika işler yapmaya devam edecekti. Bu arada anlattığı kadar varmış İnşaat Fakültesi'nin önündeki kartpostallık yol.

Bir hafta boyunca karış karış gezdik binlerce yıllık tarihe şahit olmuş bu şehri. Ancak ne gezilecek yerleri azaltabilmiş ne de paylaşacak fikirlerimizi bitirebilmiştik. Gündüzleri gezilerimizi yapıyor, hava kararmaya yakın da hayal dünyasında keşiflere çıkmaya devam ediyorduk.

Bir haftalık tatilim birkaç saat gibi geçmişti. Henüz tam olarak kafamdakileri toparlayamamam ve profesöre anlatamamamdan dolayı bir süre daha kalmaya karar verdim. Profesörün samimi sevincini gördüğüm için de ona zahmet vermediğimden emin oldum. Bu yaşıma kadar Barselona dışında geçireceğim en uzun süre olacaktı bu. İki hafta daha uzattım tatilimi ve bu süre boyunca unutamayacağım iki büyük olay yaşayacağımdan habersizdim henüz. İlkinde beynimden vurulmuşa dönecek, diğerinde kalbim yeni hayatım için atmaya başlayacaktı...

***

O gün sabahın erken saatlerinde Boğaz'ı gören şirin bir kafede yaptık kahvaltımızı. İlk kez İstanbul'da bu ince belli cam bardaklardan çay içmiştim. Şehrin tarihine o kadar yakışıyor ki bu bardaklar. Sabah kahvaltısında dört bardak çay içip masada simit ve peynirin de bulunduğu, nefis ev reçelleriyle rengârenk döşenmiş, sahanda sucukların arasında parlayan iki göz yumurtayla taçlanan bir sofrada doyurduk karnımızı.

Karşımda serin bir mavi çarşaf gibi yayılıp genişleyen denizi izleyerek sohbet ettik.

Hemen arkamızda yol kenarından Boğaz manzarasını kucaklamış köşkü göstererek "Bizim sohbet etmeye geldiğimiz bu manzaraya sahip şu evde oturanlar çok şanslılar" dedim.

Ondan beklenmedik cevaplar almaya alışmıştım. "Manzaraları var ama ya sohbetleri yoksa, belki konuşacak kimseleri yoktur. Belki de konuşsalar anlaşabilecek kimseleri yoktur."

"Haklısın" dedim başımı sallayarak ve sonra devam etti...

"Hiç böyle şeylerde gözüm olmuyor James. Tabii ki yaşamak için para lazım ama para insana kendini keşfettiremez. Hatta tam tersini yapar genellikle. Şu konağın sahibi ne kadar zengindir kim bilir... Çok şeye sahip olmanın anlamlı olabilmesi için onlarla özgür olmayı öğrenmeliler. Yani sahip olduklarını özgürce kullanabilecek zihin yapısına sahip olmalılar. Bunu yapamazlarsa onların mı eşyalara yoksa eşyaların mı onlara sahip olduğunu uzun uzun tartışabiliriz..."

Söylediklerinin hepsi hislerinin ürünüydü. Genellikle bir yerde okuduğu ya da öğrendiği için değil öyle hissettiği için öyle söylerdi. Bu sebeple de anlatımları çok insancıldı.

Aklıma gelen ilk şeyi sordum. "Peki insanlar neden anlattığın gibi yaşamıyorlar? Özellikle İstanbul'da? Belki de çok konuşulduğu için kanıksıyorlar artık bu düşünceleri?"

Ne demesi gerektiğini biraz düşündükten ve kafasında toparladıktan sonra devam etti konuşmasına. "İnsanların eksiği bilgi değil bence. Algılama ya da işlemci eksikliği yaşadıklarını düşünüyorum. Etraflarında dönen süreçleri muhakeme edemiyorlar. Bir bilgisayarda sadece harddisk varsa o bilgisayar sadece veri depolamaya yarar. Orada bir hareket, üretim ya da yenilik olmaz. İnsanları da doktrin harddisklerine dönüştürüyorlar. Herkes her şeyi biliyor ama o bilgiyi işleyemiyor.

Özellikle Avrupa turumdan sonra fark ettim ki bilgiyi işlemek yerine harddisklerinde durağan olarak tutmayı tercih eden toplumların bireyleri zayıf olur. Zayıf insanlar da kendilerini gruplara ait hissederler ve öyle tanımlarlar. Böyle coğrafyalarda örgütler, kitlesel oluşumlar çokça çıkar ve insanlar kitlesel olarak mutsuz olabilirler. Yani bu toplumlarda ya kitlesel huzur ya da kitlesel huzursuzluk vardır.

Algılama ve muhakemeye daha çok önem veren toplumlarda ise insan güçlü bir bireydir ve kendini bir grup üzerinden tanımlamaz. İnsanlar kitlesel olarak mutsuzluğa sürüklenmezler.

Ben kendi başıma değerlendirilmeyi, birey olmayı seviyorum. Bu sebeple de kafamı çalıştırmam ve kendi çözümlerimi üretmem gerekiyor. Az nice sorduğun 'Peki insanlar neden bildiklerini yaşamıyorlar?' sorusunun cevabı bu işte, birçok toplumda insanlar birey olamamış ve düşünmüyorlar, sadece kalabalığı takip ediyorlar."

***

Profesörü tanıdığımdan beri dalıp giden gözlerini yakalardım. Yine aynısı oldu işte, yine gözleri uzaklara bakıyordu. Sanırım anlamıştım ne düşündüğünü. Hiç bahsetmiyor olmasından belliydi aklının nerede olduğu.

"Neden anlatmıyorsun profesör?" diye sordum, belki de sorulmaması gereken özel bir soruyu.

"Neyi?" diye döndü bana daldığı uzaklardan.

"Onu. Yani ne olduğunu, iki yıl olmasına rağmen neden düşündüğünü?"

Ondan her söz açıldığında konuyu değiştirmek istercesine yüzü biraz düşer gözlerini kaçırırdı. Yine aynısı olmuştu.

Gözleri dolar gibi olunca pişman olmuştum sorduğum sorudan. Keşke bir geri dönüşü olsaydı.

Ama sonra "Aslında bir sorun yok, o kavuştu" dedi yumuşacık, şefkatli bir tebessümle. Beni sevindirmesi gereken bu kelime neden şüphelendirmişti acaba anlamadım. Bekledim, bekledim ama arkası gelmedi.

"Kavuştu mu?" diye sordum daha yüksek bir şaşkınlıkla ve merakla.

"Kavuştuk..." dedi." Geçen yıl çıktığım yol, onun bana bir daha gelemeyeceğini anlattı, öğretti, kabul ettirdi. Benim ona gitmem gerekiyordu, döndüğümde öyle de yaptım. Şükür kavuştuk artık. Meğer hiç ayrılmamışız. Hem buluşmak başka şey kavuşmak başka şeymiş...

Biri eylem biçimi, diğeriyse bir olma hali... Ben birine âşık olmayla başlayan bir yolculukta aşkı tanıdım. Âşık oldum mu ve bunun hakkını verebildim mi bilmiyorum ama aşk her neyse onu anladım. O da bana hiç âşık olmuş muydu bilmiyorum ama o aşk oldu artık.

Onunlayken iki kişiydik, o gidince ben yalnız kaldığımı sandım. Dönüşmüşüm. İmkânsız bir sevgi beni ikimize dönüştürdü. Düalite ortadan kalktı, her şey bir gibi oldu. Olması gereken oldu sevgili dostum.

Senin motivasyonunla üniversiteye sarılmam, hayata sarılmam bana çok iyi geldi. Madde ve mana arasında bir seçim zorunluluğunda gibi hissediyordum kendimi ve bu dünyada âşık olduğum tek insanı kaybedince neyi seçeceğim çok belliydi. Fikirlerim değişti. İkisini birlikte yapmam gerektiğini gördüm. Madde ve manayı ayırmamam gerektiğini gördüm. Düşünmezsem görmenin, görmezsem düşünmenin anlamsız olduğunu keşfettim.

Artık anladım ki ayrılıklar yok James... Ayrılıklar sadece bir illüzyon. Bir kurgu ve aldatmaca. Kalpler hep birlikte, aynı kaynaktan aynı sona doğru bir akışın içinde. Ayrılmakla birleşmek, maddeyle mana aynı şey.

O kavuştu çünkü zaten hep birlikteydi, biz kavuştuk çünkü hiç ayrı değilmişiz. Aynı şeyi düşünen aynı şeyi hisseden ölümlü bedenler iki değil tektir. İnsan başkasına değil ikiyi bir yapacak ruha, yansımasına âşık olur.

İki kişi ise biz algılayabilelim diye iki gibi durur. Kavuşmak birliğin farkında olmak ve aslında bir ayrılığın olmadığını anlamakmış. Her şey tek iken zaten bende olan bir şeyi nasıl kaybedebilirim ki? O bende artık, o benim yolculuğumda, o benim kelimelerimde, o benim okuduğum kitaplarda James. Ben ona bu şekilde kavuştum.

Ve İstersen onun yanına götürebilirim seni."

Başımı çevirirken yer değiştiren havayı hissettim. İnanılmaz şaşkındım...

"Ciddi misin?"

38. Toprak

Yeşil renkli soğuk demir parmaklıkların arasından geçerek vardık insanın yaşam sahnesinde bir görünüp sonra kaybolduğu noktaya. İnsanın dünya ziyaretinden sonra çıkıp gittiği, üzerinin toprakla örtülüp kapıların kapandığı yere...

James'in gözlerinin benimkiler kadar kızardığını fark etmiştim. Bu yüzden birbirimize bakmamaya çalışıyorduk çoğunlukla. Kimse diğerindeki cevapsız sorularla karşılaşmasın diye uğraşıyorduk.

Hava bir cehennem kadar sıcak da olsa mezarlıkların demirleri buz gibidir her zaman. Neyse ki iğde ağacı vardı onun yanı başında. Kollarımla doyasıya saramadığım sevdiğimi koruyordu sanki. Çok seviyordum o iğde ağacını... Yeşil bir deniz gibi dalgalanarak selamlıyordu bizi uzaktan. Suyunda benim de gözümün yaşı çoktur.

James'le hâlâ bakmıyorduk birbirimize. Hem başımı kaldırsam da yüzünü göremezdim ki dostumun, gözyaşlarım sağanak olmuş yağıyordu iğdenin köklerine... Bakışlarımız birbirinden uzak öylece duruyorduk mezarın başında.

O kadar çok gelip gitmiştim ki buraya... Alışmıştım sanki ama biriyle duygularını paylaştığında tekrar ilk güne dönüyordu insan. Başa sarıyordu bütün acılar. En başından çekmeye başlıyordun hepsini bir daha ve bir daha... Tekrar canlanmıştı sanki sevdiğim bugün, sonra tekrar kaybetmiştim onu. Yine birdenbire girdi hayatıma, sonra yine birdenbire çekip gitti hayatımdan. Sanki buradaydı, yanımdaydı ama yoktu işte. O benden hiç gitmeyendi, hem biri hem bütünü anladığımdı.

Bir avuç toprak aldım, rüzgâr onu aldığı gibi toprağı da silip süpürdü avuçlarımdan. Havayı kokladım, iyi şeyler bekledim o an dünyadan. Bir ağacın ardından, bir kuş sesine eşlik eder gibi çıkıp geleceğini hayal ettim.

Önceleri beni terk ettiği inancına sarılmak işime gelmişti tabii. Aradan iki yıl geçmiş olmasına rağmen kabul edememiştim öldüğünü. Tanıştıktan bir yıl sonra söylemişti bana hasta olduğunu. Üniversiteyi kazandığından beri sol göğsündeki bir ağrıdan bahsederdi. Genciz ya ikimiz de hep geçiştirdik bu sıkıntıyı. Meğer habis bir kansermiş.

Bana karşı bazen yakın, bazen uzak olmasına rağmen hasta olabileceği düşüncesi hiç gelmemişti aklıma. "Sakın aşka düşme..." diye tembihlemişti bana.

"Neden? Gider misin bir gün benden?" demiştim.

"Başlamak bitmenin, gelmek gitmenin habercisi... Yaşamaya başlamanın bedeli bir gün ölecek olmak değil midir?" demişti.

"Sen gidersen ben de giderim ama" demiştim. Bir ay boyunca bilmediğim şehirlerde beş parasız tek başına yollara düşmemin sebebi olan bu cümleyi kurmuştum ona.

Küsmüştüm her şeye. Biraz ona, biraz onu benden aldığı için İstanbul'a da küsmüştüm. Çünkü âcizdim. Acıyla baş edecek gücüm yoktu. Bu bir ayrılık, bir kopuş gibi geliyordu bana. Oysa James'e anlatırken kendime öğrettiğim şey, kâinatta ayrılığın olmadığı oldu. James rast gelmeseydi, sanrım kendimi asla ikna edemezdim buna.

Gözleri dolu sevgili dostum sanki dua etmek ister gibi avuçlarını gökyüzüne göstererek ellerini kaldırdı. Sonra ben de aynısını yaptım. Ne söylediğimi ne istediğimi hatırlamıyorum. Her ziyarete gittiğimdeki gibi ne kadar zaman geçtiğini de hatırlamıyorum. Bilmiyorum belki de hiçbir şey hatırlamak istemiyorum.

James önce "Çok üzgünüm dostum bilmiyordum" dedi ve beni içinde bulunduğum duygu durumundan çıkarmak için devam etti konuşmaya. "Bazı anlar, bazı mekânlar, bazı insanlar iyi hissettirir. Nedir açıklaması bilmiyorum ama iyi hissedersin. Çok üzücü bir an benim için ama aynı zamanda çok güzel bir insanın yanında olduğuma da o kadar eminim ki. Seni bu kadar güzel, saf bir sevgiyle dolduran biri kim bilir nasıl güzeldir. Sende bu kadar güzel bir sevgiyi var edebilmiş biri kim bilir nasıl sevgi doluydu. Yaşım senin yaşının iki katı neredeyse evlat ve ne sevmeyi tam olarak becerebiliyorum ne de karımın beni sevip sevmediğini biliyorum."

Kendi derdimle onu da üzmek istemedim. Neticede ben hüznümü kabul etmiş ve onunla yaşamayı öğrenmiştim...

"Sen sevmediğin insanı kapına çağırır mısın James? Gel sarılalım der misin? O seni sevmese bu cümleleri kurdurur mu sana? Gözlerini böyle doldurur mu? O seni hep sevdi ki sevgin başka birini değil onu yazmaya devam ediyor cümlelerine. Dün simidimizi paylaştığımız martılar denize küser mi? Bazen kara bulutlar gelir, gök gürler uzaklaşırlar denizden. Çekilirler sessizliğe, bekleyişe. Dağılınca bulutlar aydınlanınca hava kavuşurlar yine denizlerine. Eminim ki ailenle ilgili olabilecek en güzel şeyler olacaktır. Zaten daima olması gereken olur. İnsan neye hazırsa ona dönüşür."

Bu tarz konuları konuştukça bir yandan James'in içinin daraldığını bir yandan da ailesine, sevgiye bakışının güçlendiğini hissediyordum. James çok hassas, ince ruhlu ve duyarlı bir adamdı. İçinde bir yerde hiç dışarı çıkamamış bir çocuk vardı. 41 yaşında küçük bir çocukla yaşıyordu. Ve o çocuk benim hikâyemi öğrenince çok üzülmüştü. Beklemediği bir karşılaşma olmuştu bu onun için.

"Gidelim James..." dedim omzuna dokunarak "Geçen sene yolculuğumun ilk durağını, tren garını göstereyim, hadi yol bizi bekler ihtiyar" dedim kendimden çok onun yüzüne tebessümü çağırarak.

"İnsana gerçek farkındalığı verebilecek tek şey aşktır. Aşk seni gerçeğe uyandırdığında ise her şeyi elde etmiş sayılırsın. Çünkü hiçbir ihtiyacın kalmamıştır. Yaşamın amacını ancak bu şekilde gerçekleştirebilirsin."

Bir Çemberdir Aşk, 20. Sır

39. Arama, Bul

"Delikanlı!" diye sesleniyordu biri. Etrafımda ben yaşlardaki insanlar gibi ben de üzerime alınıp duraksadım bir an. Sesin geldiği yöne doğru baktım. James de ister istemez aynı bakışı attı. Tekrar "Delikanlı!" seslenişini işittiğimizde kim olduğunu yakalamıştım. "Hatırladım" dedim içimden, geçen yıl seyahatten önce gördüğüm son yüzü unutamazdım.

Sahaf...

Sevinçle gülümseyerek onu duyduğumu göstermek için kaldırdım elimi. "Gel James..." dedim. "Tanışman gereken biri daha var burada..."

Aşk Çemberi burada başlamış şimdi yine burada son buluyordu benim için. Seyahatim boyunda tüm yaralarımı saracak cevapları önüme seren kitabı hiçbir ücret talep etmeden ellerimin arasına bırakan adamdı o. Yolculuğumun anlam ve şekil değiştirerek devam etmesine destek olan o sihirli kitaba burada kavuşmuştum ben.

James'i İspanya'dan gelen bir dostum olarak tanıştırdım sahafa. "Nasıl geçti yolculuğun?" diye sordu sahaf. "Yeni mi döndün yoksa? Bu kadar uzun gezeceğini bilseydim başka kitaplar da verirdim sana."

"Hayır..." dedim. "Bir ay sürdü sadece... Dokuz on ay oldu herhalde döneli, koca bir yıl geçmiş aradan... Döndüğümde birkaç hafta sonu da geldim ama hep kapalıydı dükkânınız. Komşunuz da bize de haber vermedi yok epeydir deyince..."

"Evet birkaç ay memleketteydim, anne rahatsızdı ona baktım."

"Nasıl iyi mi?"

"Kavuştu diyelim, onun gibi biz de cennette oluruz inşallah."

"Allah rahmet eylesin amca."

Kısık sesle James'e durumu özetleyince "Tanrı bağışlasın" dedi James de üzüldüğünü belirterek.

James'e ayıp olmaması açısından çat pat da olsa İngilizce devam edebileceğimizi söyledi sahaf. Konuştukça hiç de öyle olmadığını görmüştüm, sanıyorum ki kapıdan giden turistler sayesinde iletişim kurabileceği bir İngilizcesi vardı.

"Anlat bakalım yaralarını sardı mı yolculuk, iyi geldi mi sana?" dedi çayları getirirken.

"Aslında yara yokmuş, sadece anlamam gerekiyormuş" dedim.

Verdiğim cevaptan memnun olmuş gibi omzuma elini koyarak "Sen ya güzel bir yol keşfetmişsin ya da yolda çok güzel yürümüşsün evlat bunu görebiliyorum" dedi tatlı tatlı gülümseyerek.

İnce belli cam bardaklara bakarak "James'in en sevdiği ikram" dedim.

Gülüştük.

Kitabı okuyup okumadığımı sordu sonra sahaf. Benim cevap vermeme fırsat vermeden James girdi araya.

"Ben şahidim okuduğuna..." dedi. "Barselona'dayken hemen her gün bir sayfasını okudu mutlaka. Bazen birlikte okuduk. Açıkçası o kitap için ben de çok teşekkür etmeliyim size. Bu yaşımda ilk kez duyduğum bakış açıları kazandırdı bana."

James'in bu sözlerinden çok memnun olmuştu sahaf. Ben de Barselona'daki dostluğumuzun nasıl başladığından bahsettim biraz. Hiç sıkılmadan ara ara heyecanla dinlediğini belli eder gibi bir çayından yudum alıp bir başını sallıyordu.

Dostluğun nasıl başladığını ve bugüne geldiğini biraz toparladıktan sonra "Ya bak gördün mü?" dedi. "İnsanı insan iyileştirir delikanlı... İnsana yine bir insan iyi gelir. Sen şu işe bak ki genç bir adam İstanbul'dan yola çıkıyor ve yol onu İspanya'daki bir saat hobi dükkânına götürüyor. Sonra da iki dost birbirinin yaralarını tamir ediyor..."

James çok sevmişti bu benzetmeyi. "Ne güzel söylediniz. Yaşadığım kadar daha yaşayacak mıyım bilmiyorum ama bundan sonrasını sahiden de yanlışlarımı tamir ederek doğru anlamı aramak istiyorum..." dedi sahafa bakarak.

Ben de sırt çantamda akşamları okuruz diye yanımda taşıdığım kitabı çıkarıp hepimiz için bir sayfa açtım:

"Her şeyin bir sonunun olması anlamlı kılar yaşamı.
Ölmek için değil, anlam bulmak için doğar insan."
Bir Çemberdir Aşk, 11. Sır

Gülümsedi sahaf...

"Anlam en çok peşinde koşulması gereken şey değil peşinden koşulabilecek yegâne şeydir aslında. Hayat tekâmüller silsilesidir ve insanın hayatında üç önemli nokta vardır. İlki doğmak ve bu bizim elimizde değildir. Üçüncüsü ölmek ki bu da bizim elimizde değildir. İkincisi ise yaşarken yapabileceğimiz ve elimizde olan tek şeydir, o da anlamı bulmaktır. Ne için yaşadığını bulmak, nerden gelip nereye yürüdüğünü anlamak, tüm bunların ne için olduğunu anlamak. Bu soruların peşine düşmek bu dünyada anlamlı olabilecek tek eylemdir. Bunlar ıskalandı mı sahip olduklarımızın hiçbir önemi, bunlar yakalandı mı da kaybettiklerimizin bir önemi kalmaz.

Yolun tuzağı ise insanı arama patikasına hapsetmesidir. Aramak bulmak içindir. Bu sebeple bilenler 'Arama, bul' derler. Aramaya devam edelim ama maksadın aramak değil bulmak olduğunu da unutmayalım."

Sahafın anlattıklarından sonra bir sessizlik oldu. Bu konuşulacak bir şey kalmamasından değil anlatılanların hazmedilmesi için gereken süreydi.

James içinden belli belirsiz tekrarladı sahafın vurguladığı kısmı "Arama bul" ve biraz bekledikten sonra "Hayatımda duyduğum en kısa ama en harekete geçirici ifade olabilir" dedi.

Birlikte gülümsedik yabancı dostumuzun söylediklerine. Ne harika bir şeydi paylaşmak, ne harika bir şeydi anlamak, anlatmak, öğrenmek ve öğretmek.

Sahaf söylediği derin ve harekete geçirici ifadeleri adeta tamamlar gibi devam etti sözüne. "İnsan gerçeği ararken karşısına çok seçenek çıkabilir. Ama bu seçenekler arasında kapıyı açacak doğru anahtar yoksa yüzlerce kez yanılacak anlamına gelir. Ömrümüz doğru anahtara denk gelecek kadar uzun olamayabiliyor. Doğru anahtarı bulmalısın. Kapı o zaman açılacak. Kapının ardında ise bu dünyada neyin güzel olduğunu görür insan. Ölümsüzlüğün anahtarı gerektiği gibi yaşamaktır."

Bu sefer ben tekrarladım: "Ölümsüzlüğün anahtarı gerektiği gibi yaşamaktır." James ile birlikte bu sözü düşünerek dakikalarca bekledik. Söylemlerindeki nüansı anlamamız sahafın hoşuna gitmiş ve gülümsemişti.

Sonra elimdeki kitaba bakıp "Bu kitabın size nasıl geldiğini hatırlıyor musunuz?" dedim sahafa. Durgunlaştı bakışları. Bir yerlere gitmişti sanki aklı ve düşünmesi gerekiyordu.

"Yeğenimindi o kitap..." dedi sonra derinden bir iç çeker gibi. "Hastaydı yeğenim. Çok severdi benimle konuşmayı, yazıp çizerdi arada da. Sonra genç misin yaşlı mı diye sormayan bir hastalık geldi. Genç yaşta uğurladık Allah'a yavrumuzu. Bu kitabı kimseye satmamaya karar verdim. İhtiyacı olana verecektim. Sanırım çok doğru kişiye vermişim kitabı. Sen de ihtiyacı olduğunu düşündüğün birine ver, güzel kalplerde dolaşsın o kitap olur mu?"

İnanamıyordum duyduklarıma... Soluğum kesilmiş, buz tutmuştum olduğum yerde. Dünyanın bütün dağları bir olmuş devriliyordu sanki üzerime. Hareketsiz, nefessiz, cansız durmuştum orada öylece...

İsmini söyledim, "Evet" dedi sahaf. Burnumun ucuna bir yangın düştü, gözlerime yağmurlu bulutlar indi. Sahaf ne olduğunu anlamamış, James ise sanırım tahmin etmişti.

Geçen yıl şu karşıdaki gardan trene binerken onun beni gözlediği hissine kapıldığımdan söz etmiştim ya, artık bundan iyice emindim. Ne ben ondan vazgeçmiştim ne de o bir an olsun bırakmıştı beni. Birlikte planladığımız seyahati gerçekten de birlikte yapmıştık. Görünmeyen bir gölge gibi adım adım izimi sürmüştü işte. Hep yanımdaydı. Biz hiç ayrılmamıştık. O artık yoktu ama bıraktığı hediye beni bulmuştu. Hediyesi beni, ben de kendimi yeni bir hayatın içinde bulmuştum.

Asla cesaret edemeyeceğim bir şeye cüret etmiştim. Anahtarı onda saklı bir kapı arıyordum ve bunun için ülke ülke gezmiştim. Ne dinlesem, nereye yönelsem, her adımımda hep o vardı.

Karıştığım kalabalıklar, kalabalıklarda yalnızlaşmalarım her tecrübemde yanımdaydı. Kendimi en çaresiz hissettiğimde okuduğu kitap o kadar yolu benimle gelmişti.

Derin oyuklu vadilerden, beyaz sisle kaplı yeşil dağlardan, vakur tepelerden, insansızmış gibi görünen büyüklü küçüklü tek tük evlerin önünden geçerken okuduğu cümleleri okuyormuşum. Dokunduğu kitabı taşıyormuşum. Meğer en yakınımdakini özleyip durmaktan kurtulamıyormuşum.

Neler olmuş öyle? Neler yaşamışım fark etmeden? Lakin şimdilik bildiğim bir şey var ki ne kadar uzaklaşsam da o hiç eksilmemiş yanımdan...

40. Son

Üzerimde büyük bir şokla sahaftan ayrıldıktan sonra Dolmabahçe'ye doğru adımladık. Nereye gideceğimizi, ne konuşacağımızı bilmiyordum. Üzerimde müthiş bir şaşkınlık ve duygusallık vardı. Son iki yılda neler olmuştu hayatımda böyle? İlk kez iletişim kurabildiğim biriyle tanışmış ve onu kaybetmiştim, bir aylık çılgın bir maceraya atılmış inanılmaz insanlar tanımıştım, döndüğümde üniversiteye tam motivasyonla başlamış ve çok şey başarmıştım, şimdi de bir yıldır yanımda taşıdığım yaşam kılavuzumun aslında onun okuduğu bir kitap olduğunu öğreniyorum.

Tüm bunların nc kadar fazla olduğunu düşünürken akşam yaşayacağım belki de hayatımın en büyük şokundan haberim yoktu. Hayatıyla, uğraşılarıyla, bildikleriyle, yaşadıklarıyla beni çok şaşırtmayı başarmış bu adam, meğer en büyük şaşkınlığı henüz yaşatmamış. O gece karşılaştığım büyük olay, James'i bende ölümsüz kılacaktı.

***

Dolmabahçe'yi geçene kadar hiç konuşmamıştık nerdeyse. Yürümeye devam ettik ve güneşi yolcu etmeye yakın Ortaköy'de bir çay bahçesinde mola verdik. İyi kızarmış iki tostu beklerken çaylar gelmişti. İki haftalık hızlandırılmış programını tamamlamış, yarı yerli yarı turist gibiydi James. İstanbul'u hem sevmiş hem de ayak uydurmuştu...

Sanıyorum ki üzerimdeki sessizliği bana unutturmak için açmıştı konuyu. "Sahafın söylediği aklımda profesör, 'Arama, bul' ne kadar harekete geçirici bir söz değil mi?" dedi.

"Evet..." dedim. "Bazen vakit kaybedebiliyoruz yolda, hatta bazen o kadar vakit geçiriyoruz ki yürürken nereye yürüdüğümüzü unutuyoruz. Bu arama bul konusuyla ilgili çok hoşuna gidecek bir benzetme biliyor olabilirim."

"Anlat öyleyse" dedi çay bardağını eline alıp heyecanlı gözlerle bana bakarak.

"Çok kısa bir şey aslında, örneğin şurada bir adam masanın altına eğilse ve bir şey arıyor gibi bakıp dursa köşelere, ayakların altına... Onun bir şey aradığını düşünürüz değil mi? Hadi sormuş olalım ona ne aradığını ve o da bize telefonunu aradığını söylesin. Sonra kalkıp gitsek kafeden, sen Barselona'ya dönsen, bir sene geçse ve özlediğin İstanbul'u tekrar görmeye gelsen, yine buraya gelip çay içsek ve yine o adamı masanın etrafında bir şeyler arıyorken bulsak. Ne düşünürüz? Bu adam o kadar zamandır hâlâ telefonunu mu arıyor acaba deriz değil mi? Diyelim yine sorsak adama ve yine telefonunu aradığını söylese biz ona demez miyiz 'Ya sen bulmaya çalışmıyorsun ki sen aramaya dalmışsın, belli ki orada değil telefonun, neden gidip doğru yerlerde aramıyorsun, o kadar zaman geçti yaptığın tek şey aramak. Arama ve git bul artık!' diye?"

Bu tür konuları konuştuktan sonra James'in yüzünden anladıklarının verdiği huzuru rahatlıkla okuyabiliyordum. Bu konunun da James'e çok mantıklı geldiğini, akıl süzgecinden geçirip harika bir zemine oturtabildiğini görebiliyordum.

Bir şey söylemeden bekledi öylece. Çayına devam ederken yanı başımızdaki ağacın rüzgârın içinde dans eden yapraklarını izliyordu.

"Profesör..." dedi. "Çok uzun zaman önce verdim ben bu kararı aslında. Ancak yine de içimde dolaştırdım hep, bu kararla yaşadım, bu kararla uyudum uyandım. Emin miydim? Taşıyabilir miydim? Yeni bir ben ile yaşayabilir miydim? Çok şey sordum kendime."

"Merak ettim, anlat bakalım" dedim.

Dilediği kadar susmasını bekleyebilirdim. Birer çay daha söyledik sonra. Hava iyice kararmıştı artık. Şehrin ışıkları pahalı bir kolye gibi dolanmıştı sahilin boynuna. Alımlı, gösterişli ve hiç yaşlanmayan bir kadına benzetiyordum İstanbul'u günün bu saatlerinde...

"Ben..." çıktı ağzından sadece, insan önemli bir şey söyleyecekse böyle yapardı. Belli ki James gerçekten önemli ve kendisi için söylemesi o kadar da kolay olmayan bir şey söylemek üzereydi.

"Ben... Ben Allah'a inanıyorum artık profesör" dedi.

Donuk yüzümde mimiklerim hareketsiz ve gözlerim kocaman olmuştu.

Ne duyduğumdan emin değildim. Ne yapacağımdan emin değildim. Ne söylenmesi gerektiğinden de emin değildim. Hareketsizliğim, eylemsizliğim tüm bunları anlatıyordu. O an dünya durabilirdi mesela. Pek bir şey kaçırmış olmazdık. Ya da çok yükseklere oksijenin azaldığı yerlere kadar çıkabilirdik, sanırım soluk almaya da ihtiyacımız olmazdı. Nefesim kesilmiş ve ne hissedeceğimi, o an ne yapılması gerektiğini bilmiyordum.

Öyle ya bir insan yaşamında kaç kez denk gelebilir ki böyle bir karar alan birine? Kaç kez düşünür ki ne yapması gerektiğini?

Söyleminden sonra orada ne kadar zaman geçti bilmiyorum ama başka bir yerde yüzyılların geçtiğine eminim. Öylece anlamaya, hissetmeye çalıştım. Biraz ağabeyim, biraz babam olmuş bu adamın inanılmaz keşfi karşısında söylenebilecek her kelime hafif kalacaktı. Hiçbir şey söyleyemedim...

"Evet aylardır düşünüyorum profesör. Aslında senin bana anlattığın gibi bu tam olarak inanmak değil. Ben onun varlığını biliyorum. Bu harika dünyayı, evreni, insanı, insanın içindeki mucizevi hisleri... Göremediğim için 'İnanıyorum' gibi ispata gerek duymayacağım kaçamak bir cevap vermek istemiyorum, bu sebeple sanırım ben de senin gibi bu deneyimimi inanıyorum olarak tanımlamayacağım. Ben tanıklık etmek istiyorum sevgili dostum. Onun varlığına şahit olarak onun yolunu tanımak, öğrenmek, yürümek istiyorum.

Aylardır üzerimde yeni bir ben olana tanıklık etme haliyle yaşıyorum. Tanrı'yı düşündüğümde değil, herhangi bir zamanımda havayla temas eder gibi fark etmeden gözlerimi açıp kapar gibi Tanrı'nın her anımda benimle olduğunu düşünüyorum. Sanki hislerimde bilinmeyen denklemi dosdoğru yerine koymuş gibiyim. Aslında bu benim aldığım bir karar da değil benim dönüştüğüm şey bu. Bu oldu profesör, ben onu gördüm. Onun her yerde ve her şey olduğuna tanık oldum. Bu gerçekleşti.

Sen söylemiştin insan gerçeğe doğduğunda bebek gibi olurmuş. Bu heyecanım, duygularım, tanıklığım tek taraflı mı kalır bilmiyorum. Beni kabul eder mi hiçbir fikrim yok."

Sanki yıllardır biriktirdiği gözyaşları sonunda dökülebilecek bir an yakalamışlardı. Eğer bir gün bir adamın ağladığını görürseniz orada her şey durmalı ve o adamı dinlemeli. Çünkü bir adamın kalbinden dökülen gözyaşları orada var olan her şeyden daha önemli bir şeyler anlatmak üzeredir...

"Profesör, sevgili dostum, bu yaşımdan sonra ne kadar mümkün bilmiyorum ama ben Müslüman olmak istiyorum."

Tarihte birçok devrimsel olaylar olmuştur, ülkelerin ismi bir günde değişmiş, insanlar ertesi günü yeni bir çağın ilk günü olarak isimlendirmiştir. Ama bence en büyük devrimler insanın kafasının içinde gerçekleşir çünkü o karar bütün ömrünü doğrudan değiştirir. En büyük devrimler bir karış beynin içinde gerçekleşiyor.

Ne diyeceğimi hâlâ bilmiyordum. Devam etti James. "Geriye ne kadar ömrüm kaldı bilmiyorum genç dostum. Yaşadığım yıllar kadar yaşayabilir miyim, buna bile emin değilim. Ama ne kadar kaldıysa, ömrümü Tanrı'nın artık ona şahit olarak yaşadığımı bildiğinden emin olarak geçirmek istiyorum."

Eğer bir hakkım olsaydı tam bu an durdurmak isterdim dünyayı ve tam olarak burada... Şu anın içinde sıkışıp kalabilmeyi başarsaydık eğer, içimdekileri kaç yılda anlatabilirdim size bilmiyorum. Çok yüksek ve bambaşka bir his deneyimliyordum. Daha önce hiç yaşamadığım, hiç içinden geçmediğim, adının ne olduğunu bilmediğim ama garip bir his düştü içime. Gözpınarlarımda hafif bir zonklama, yüreğimde bir kuş kanadı çırpınışı, biraz ağlamaklı, biraz sevinç dolu bir histi bu...

İnanılmaz uç duygular saldırıyordu beynime, bu hem iyi hem kötü gibi geliyordu bana. Hem şifa hem acı, hem karanlık hem ışık olmuştum sanki... Ne diyeceğimi bilemiyordum.

Ve sonra içimden gelen ilk duyguyu hiç dokunmadan, hiç düzeltmeden kelimelere döktüm.

"Ne diyeceğimi bilmiyorum. Sadece şunu sormak istiyorum. Buna emin misin? İki haftadır birlikte İstanbul'u geziyor olmamızın ve bu şehirde yüzlerce yıllık bir tarihe ve kültüre yakından bakıyor olmanın etkisinde kalmış olabilir misin acaba? Ya da konuştuklarımız. Farkında olmadan seni etkilemiş olabilir miyim? Bilmiyorum bunlar senin için yeni ve üzerinde baskı kurmuş olabilir mi? Seni zorlamış gibi olmak istemem açıkçası. Eğer böyle bir şey varsa gerçekten çok kızarım kendime."

Söylediklerimin anlamını, doğruluğunu bilmiyordum. Bunlar benim içimden gelenlerdi. Düşünmeden, plan yapmadan, sonucuna göre şekillendirmediğim düşüncelerimdi. Aslında söylediği şey bana çok iyi hissettirdi ve benim soluk aldığım atmosfere bir dostun katılmasından daha güzel ne olabilirdi ki? Ancak buna kişinin kendisi karar verebilirdi. En ufak bir baskı, zorlama olması hem beni kötü hissettirir hem de bu karar James için yalnızca bugün alınmış bir heves olabilirdi.

Asya yakasının ışıklarını izliyordu James. Yüzündeki huzur ve kendine güveni sahiden şaşırtıcıydı. Son bir iki hafta içinde aldığı, acele edilmiş, üzerinde hiç düşünülmemiş, demlenmemiş, sınanmamış bir karardan söz ediyor gibi değildi. Bardağın dibinde kalmış son çayı denize doğru saçtı.

"Damla denizle buluştu profesör."

Sesinden çok büyük bir duygu yoğunluğu yaşadığını hissediyordum. Cümlesine devam edemedi bu sebeple. Bana da geçmişti bu duygu. Üzerimdeki yük gözlerime kadar inmişti. Gökyüzüne baktım, şehrin ışıklarına rağmen yakalayabildiğim yıldızları seçmeye çalıştım. Her şeye rağmen, suni ışıklarla insanları körleştirmeye çalışan dünyaya rağmen bazı yıldızlar kendini göstermeyi başarabiliyordu. Belki de bize gerçeği göstermeye çalışıyorlardı. Ne için var olduğumuzu. Ne için yaşamamız gerektiğini. Her bir yıldızın ışığı söndüğünde hâlâ önemli kalmaya devam edecek olanı...

"Damla denizine kavuştu. Bu yeni bir yola girmek değil, ben yuvama döndüm profesör" dedi ve hıçkırarak ağlamaya başladı...

Bir erkek ağlıyorsa ortada ciddi bir sebep vardır derler. Bir insan hiç görmediği yaratıcıya tanıklık edebildiğini söyleyerek ağlıyorsa işte orada bir durulmalıdır. Çünkü orada tüm evren vardır artık. Bütün yıldızlar, bütün gezegen ve galaksiler oradadır. Bütün atomlar, bütün ruhlar yaratılmış ve yaratılmamış her şey orada o an o kişiye sevgi duyuyorlar ve dokunuyorlardır. Her şey oradadır, geriye önemli hiçbir şey kalmamıştır. Varlık da yokluk da oraya sıkışmıştır. Bir insanın en büyük devrimi, yaşını sonsuza çevirdiği yerdir orası.

***

İspat edemem ama birkaç yıl bekledik orada. Şehrin ışıkları, araçlar, tekneler her şey azalmıştı. Oturduğumuz yerde sadece biz kalmıştık. Sanırım yaşadığımız duygu durumunu gören görevliler de rahatsız etmek istememişlerdi. Birkaç yıllık düşünceler geçmişti ikimizin de zihnimizden.

"Sevgili dostum. Verdiğin cevap bile o kadar saf duygular üzerine kurulu ki. Sen bana daha önce hiç duymadığım şeyler anlattın. Daha önce hiç görmediğim ahlakta bir insan gösterdin. Evimde üzülmemem için kumbaraya para attığını, çocukların açıklarını kapadığını hepsini biliyorum. Ve bunları yaparken bana haber bile vermedin. Çok büyük bir evde kalıyorum, güzel bir arabamın olduğunu görmene rağmen bana tam olarak işimi, ne kadar kazandığımı sormadın. Sormak istemediğinden değil bu senin ilgi alanına girecek bir konu değil ve bunu gördüm profesör. Anlattıkların, anlattıklarını hayata geçirmen ve geçirirken büründüğün saflık, korkusuzluk, eminlik... Bunlar benim dönüşmek istediğim kişiydi profesör. Ve şuna emin oldum ki ancak kusursuz bir felsefi sistem, böylesine güzel bir insan inşa edebilir. Ancak mükemmel bir bahçede böyle güzel bir ağaç bitebilir.

Ve az önce verdiğin cevap. 'Acaba ben mi seni zorladım?' Bu normal bir bakış açısı değil. Senin gibi bir dosta sahip olduğum için ne kadar şanslı olduğuma bir kez daha emin oldum. Bir insanın yapabileceği bir rol, düşünmenin sonrasında alınmış bir karar olamaz. Bir insan ancak baştan aşağı aşka dönüşürse böyle konuşabilir. Senin sevdiğin tanrıya ben de âşık oldum ve seni dönüştürdüğü gibi beni de dönüştürmesini istiyorum."

O kadar güzel şeyler söyledi ki James. O kadar güzel konuşuyordu ki. İnsan gerçekten sadece sevgiyle konuştuğunda neye benzeyebileceğini gösteriyordu adeta. Bir şey diyemedim cümlelerinin üstüne. İkimizin de gözleri dolu, İstanbul'un karanlığında ışıl ışıl parlıyordu masamız...

Kendini biraz toparlayıp devam etti James. "Çok emeğin var, hem de çok. Seninle konuştuğumuz konular bana yeni bir kıta keşfettirdi sanki. O kıtaya adım attım ve sonra devamı geldi. Her keşfim beni bir sonraki için heyecanlandırdı.

İnsanın yok olacak bir atomlar topluluğu olamayacağını düşündüm önce. Sonra İncil'i okudum, sonra elime geçen her kitaba baktım. Senin dininin kitabını da merak ettim ve Kuran'ı okudum. Okurken kendimi çok iyi hissettim sevgili dostum ve bir ayete denk geldim."

Bu sırada çantasından ince bir defter çıkardı. Bir sayfa arayıp buldu içinden. "Bak profesör..." dedi. "Bu çok eski bir defter. Anılarım ve bazı günlüklerim var. Şöyle bir şey yazmışım: Acıtsa da sevindirse de her şey geçiyor. Sanki bir oyun alanında gibiyiz ve insan hep yalnızlaşıyor. Her şey bir gün elimizden alınacak oyuncaklar gibi...

Biliyor musun profesör? Ben bunu 22 yaşında yazmışım. Sonra Kuran'ı okurken denk geldim buna benzer bir konuya. Dünya hayatını bir oyun ve eğlenceye benzetiyordu. Anlıyorum ki çocukluğumdan beri tanımadığım bir çağrının boşluğu ile yaşamışım. Senin satranç oynayan o iki yaşlıyla karşılaşman, dükkânıma adım atman, hiç ama hiç tesadüf değilmiş. Çocukluğumdan beri beni kendini duyurmaya çalışan çağrının dilini hislerim yoluyla anlayabiliyorum artık. Acılarımın dineceği yer burası. Çağrıldığım yer burası profesör.

Sen söylemiştin profesör, nerede doğduğunun ya da hangi şartlar altında doğduğunun hiç kötü bir yanı yok, kötü olan doğduğun koşullarda ölmek... Nerede doğduğumuzu seçemeyiz ama nasıl yaşayacağımıza ve öleceğimize karar verebiliriz."

Dünyanın en güzel cümleleri kuruluyordu masamızda. Dünyada mutlaka çok güzel dostluklar vardır ama en güzellerinden biri de tam o an o masada İstanbul'u izliyordu. İstanbul da bu dostluğa bakıyor ve tarihinde birçoğunu barındırdığı harika cümleleri ekliyordu tarihine. James ise bu sahnenin en güzel insanı ve yaşı yeniden saymaya başlayan en küçüğüydü...

Hikâyenin son sözlerini gözlerinde yaşlarla gülümseyerek söyledi James. "Bir insanın gerçek doğum günü bu dünyaya geldiği gün değil, bu dünyaya neden geldiğini anladığı gündür demiştin profesör. O halde yeni yaşıma yeni hayatıma hoş geldim..."

Dünyanın en güzel anının tam o an yaratıldığını hisseder gibi oldum ve gözyaşlarım denizle buluşurken yüzümde bir gülümseme belirmişti...

"Hoş geldin sevgili dostum, hoş geldin..."

Son

Son Söz

7 yıl sonra...

Profesör, dönüşü olmayan bir aşk açmazıyla başa çıkamayınca küsüp sırt çevirdiği kaderiyle yeniden barışıp yeni bir hayat kurdu kendine. Hem maddeyi hem manayı kullanarak çift kanatlı bir albatros gibi süzülüyordu yaşam yolculuğunda. Çok şey başarıyor, çok şey anlıyor ve anlatıyordu artık. Bir kaybın yasını reddederek değil, birlik dünyasında kaybetmenin mümkün olmadığı hakikatini genç yaşında kavrayarak başarmıştı bunu.

James'in yaşı yeniden saymaya başlamış ve büyükannesinin haklı olduğunu anlamıştı. Gerçekten de Tanrı'nın güzel insanlar için güzel planları vardı. James yeni bir insana dönüşmüştü çünkü buna hazırdı. Zaten insan neye hazırsa ona dönüşürdü...

Şirketini büyütmüş, birçok sosyal sorumluluk projesinde yer almış ve çalışanlarının birçoğunun da kendisi gibi yeniden doğmalarını sağlamıştı.

Sevgiden daha büyük bir güç yaratılmamıştır derler. İnancıyla sevdiği adam arasında gidip gelen Elna hiç vazgeçmeyen hiçbir karşılık beklemeyen bir sevgi karşısında gerçeği görmüş ve Tanrı'ya ancak sevgi ve barışla ulaşılabileceğini anlamıştı. Bir zamanlar günahkâr olarak kabul ettiği adama tekrar âşık olmuş ve sürpriz teklifine evet demişti.

Dünyanın dört bir yanından genç gezginlerin katılımıyla Barselona'da o güne kadar görülen en kalabalık kır düğününü gerçekleştirdiler.

James'in en yakınında ise sağdıcı profesör kolunun altında tuttuğu bir kitaptan bir konuşma yapmaya hazırlanıyordu.

Yaratılmış en güzel şey olan sevgi yine kazanmıştı. İçinde varlığın sürüp gittiği her atom tanesi sanki bir çemberi tamamlar gibi her an dönüp durmaya devam ediyordu. Evrende boşluk olmadığını düşünüyordu profesör. Biten her şeyin yerini bir yenisi alırdı mutlaka. Eksilen her şeyin boşluğu yenisiyle dolardı. Her biten aşka karşılık yeni bir aşk daha tohumlanırdı dünyada. Her yol varması gerektiği yere kadar uzanırdı ve herkes gitmesi gereken yere varırdı.

Her şeyi sayılarla tarif eden, ölçen, biçen, hesaplayan insanın bilgiden fazla sevgiye ihtiyacı olduğundan emindi artık.

Düşünce kapılarının anahtarı, yolların gizli haritası bazen bir sahafta bazen satranç oynayan iki ihtiyarın yanında çıkardı insanın karşısına. Her şey sanki bir tesadüfmüş gibi gözükse de bu matematik evreninde her şey sevgiyle inşa edilirdi...

Ve her bir insan doğup ölsün diye değil güzel yaşasın diye yaratılmıştı...

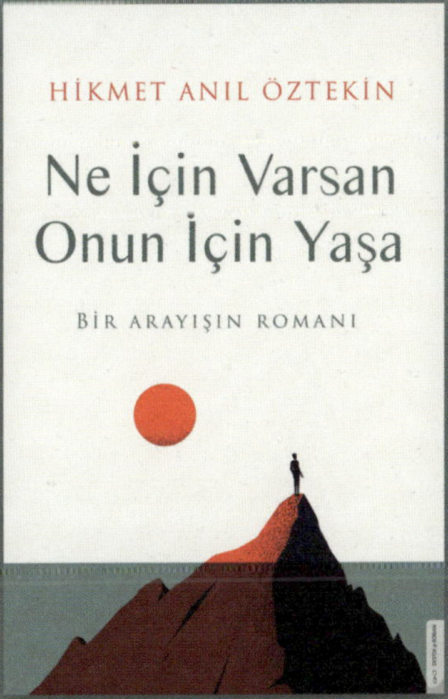

Kitaplar Hangi Sırayla Okunmalı?

Elif Gibi Sevmek / nefes
Elif Gibi Sevmek / dem
birbirlerinden ve tüm setten bağımsız olarak okunabilir.

Eyvallah / Seyyah
Eyvallah / Birlik Dükkânı
Fesleğen
bu sırayla okunması gereken Fesleğen ile Seyyah'ın hikâyesini anlatan 3 kitaplık seridir.

Ne İçin Varsan Onun İçin Yaşa yazarın yayımlanan son romanıdır.